Orlando Syrg Taschenbuch 42023

RAT ACBO

Reihe

Alte Tradition

Azurcelesteblueoscuro

herausgegeben

von

Joerg K. Sommermeyer & Orlando Syrg

Exemplarische Werke der Weltliteratur

herausgegeben von

Joerg K. Sommermeyer

Über dieses Buch

Friedrich Hölderlin arbeitete am »Hyperion« seit 1792. *»Fragment von Hyperion«* und *»Hyperions Jugend«* sind Vorformen und Ergänzungen seines großen experimentellen Romans *»Hyperion oder der Eremit in Griechenland»*, der offen endet. Zugleich Briefroman, antiquarischer, philosophischer Roman, politische und nationale Geschichte, Entwicklungs-, Bildungs- und Künstlererzählung bündelt das Werk viele literarische Traditionen. Sowohl Klassik als auch Romantik, Einflüsse von Goethe, Rousseau und Wieland, sind ebenso zu spüren wie fernes Echo von *»Sturm und Drang«* (selbstzerstörerischer Alabanda). Schönheit, Liebe, Natur, Antike und Moderne, Kunst in Gegenwart und Vergangenheit, französische Revolution und Auflehnung der Griechen gegen die türkischen Unterdrücker im russisch-türkischen Krieg werden thematisiert. Der Bildungsgang des Protagonisten verläuft in Konfrontation, Auf- und Abstiegen, Ekstasen und Trübsal, *»Auseinandervereinigungen«* mit paradigmatischen Persönlichkeiten: Adamas: Weisheit; Diotima: Schönheit; Alabanda: Heroisches. Bildung durch Adamas, Freundschaft mit Alabanda. Liebesglück mit Diotima. Abschied. Lebensweh, Vereinzelungsleid, Sehnsucht nach Einssein, Ahnung des Unendlichen, Gefährlichkeit, das rechte Maß zu verlieren, die vernünftige Mitte zu verfehlen in Liebe, Freundschaft, im Freiheitskampf. Liebe und Freundschaft kommen sich ins Gehege. Alabanda rekrutiert Hyperion für die *»Tat«*, den Freiheitskampf gegen die Türken. Diotima warnt fruchtlos. Hyperion scheitert freilich in der Tat; seine Freiheitskämpfer entpuppen sich als Terroristen, Mörder, Plünderer, Vergewaltiger und Feiglinge. Unwürdig daher will er sich von Diotima abrupt trennen. Alabanda verlässt Hyperion, um Diotima, die er begehrt, nicht zu begegnen. Diotima stirbt. Hyperion wird Eremit.

Hölderlins Briefform gebiert Überzeilichkeit, Gegenwart und Vergangenheit mischen sich. Diese Briefform beschwört das Vergangene in der Gegenwart; Zeiten, Kultur- und Weltgeschichte gehen ineinander über. Mit antiken, griechischen Idealen sollten sich die Deutschen erneuern. Nach Hyperions vernichtendem Urteil können oder wollen sie es aber nicht, versagen, verfehlen die ersehnte, dringend notwendige Heilung.

Der Autor

Johann Christian Friedrich Hölderlin wird am 20. März 1770, als Sohn eines Klosterhofmeisters und dessen Ehefrau, einer Pfarrerstochter, in Lauffen am Neckar geboren. Früh verliert er Vater und Stiefvater. Bildung in Latein- und Klosterschulen in Nürtingen, Denkendorf, Maulbronn und dem Tübinger Stift, wo auch Hegel und Schelling unterrichtet werden. 1793 Abschlussexamen. Kurzdauernde Hofmeisterstellen, die ihn nach Jena, Weimar, Nürtingen, Homburg, Frankfurt am Main, in die Schweiz und nach Bordeaux führen. Schwärmerische Liebe zu Susette *(»Diotima«*; 1769-1802), Gattin des Frankfurter Bankiers Gontard. 1797 erster Band des *»Hyperion«* bei Cotta in Tübingen und *»Der Wanderer«* in Schillers Zeitschrift *»Die Horen«*. 1802-04 innerlich gebrochen und geistesgestört in Nürtingen bei der Mutter, nach vorübergehender Genesung ab 1806 geisteskrank in der Heilanstalt Tübingen, welche ihn 1807 als unheilbar entlässt. Schreinermeister Ernst Zimmer kümmert sich um ihn, nach dessen Tod führt seine Tochter Friedrich Hölderlins Betreuung fort. Er stirbt am 7. Juni 1843 in Tübingen. [Detaillierter Lebenslauf siehe Joerg K. Sommermeyer, *Biographischer Abriss Friedrich Hölderlins*, unten S. 159 f.]

Der Herausgeber

Joerg K. Sommermeyer (JS), geb. am 14.10.1947 in Brackenheim, Sohn des Physikers Kurt Hans Sommermeyer (1906-1969). Kindheit in Freiburg. Studierte Jura, Philosophie, Germanistik, Geschichte und Musikwissenschaft. Klassische Gitarre bei Viktor v. Hasselmann und Anton Stingl. Unterrichtete in den späten Sechzigern Gitarre am Kindergärtnerinnen- / Jugendleiterinnenseminar und in den Achtzigern Rechtsanwaltsgehilfinnen in spe an der Max-Weber-Schule in Freiburg. 1976 bis 2004 Rechtsanwalt in Freiburg. Zahlreiche Veröffentlichungen. JS (Joerg Sommermeyer) lebt in Berlin und Lahnstein.

Orlando Syrg, Berlin, 20. März 2023

Joerg K. Sommermeyer (Hg.)

Friedrich Hölderlins

Prosa

Hyperion und Theoretisches

Ausgewählt, durchgesehen, revidiert und mit einem
Biographischen Abriss herausgegeben

von

Joerg K. Sommermeyer

Orlando Syrg

MMXXIII
1. Auflage 2023
Orlando Syrg, Berlin und Lahnstein
(vormals Freiburg i. Brsg.)
Orlando Syrg Taschenbuch
ORSYTA 42023
Reihe Alte Tradition Azurcelesteblueoscuro
RAT ACBO 38

Auswahl, Durchsicht, Revision, Biographischer Abriss und Herausgabe: Joerg K. Sommermeyer

Umschlaggestaltung (unter Verwendung eines Porträts *„Friedrich Hölderlin, 1792"*, von Franz Karl Hiemer, 1768-1822, auf der Vorderseite): JS

Lektorat, Satz und Layout: Fritz Pernicke, JS, Ton Unbe, Waltraut Schmidt, Hans Ohnson, Karl Anders, Gabi Michaelis, Lars Penath, Marga Sadau, Roland König, Betty Süßblum, Paul Deros, Ella Elle

Herstellung und Verlag: BoD - Books on Demand, Norderstedt

Made in Germany
ISBN: 9783749450985

Inhalt

Fragment von Hyperion

(Neue Thalia, hrsg. von Friedrich Schiller, Leipzig 1793)

Es gibt zwei Ideale unseres Daseins: einen Zustand der höchsten Einfalt, wo unsre Bedürfnisse mit sich selbst, und mit unsern Kräften, und mit allem, womit wir in Verbindung stehen, *durch die bloße Organisation der Natur,* ohne unser Zutun, gegenseitig zusammenstimmen, und einen Zustand der höchsten Bildung, wo dasselbe stattfinden würde bei unendlich vervielfältigten und verstärkten Bedürfnissen und Kräften, *durch die Organisation, die wir uns selbst zu geben im Stande sind.* Die exzentrische Bahn, die der Mensch, im Allgemeinen und Einzelnen, von einem Punkte (der mehr oder weniger reinen Einfalt) zum andern (der mehr oder weniger vollendeten Bildung) durchläuft, scheint sich, *nach ihren wesentlichen Richtungen,* immer gleich zu sein.

Einige von diesen sollten, nebst ihrer Zurechtweisung, in den Briefen, wovon die folgenden ein Bruchstück sind, dargestellt werden.

Der Mensch möchte gerne *in* allem und *über* allem sein, und die Sentenz in der Grabschrift des Loyola:

non coerceri maximo, contineri tamen a minimo

kann eben so die alles begehrende, alles unterjochende gefährliche Seite des Menschen, als den höchsten und schönsten ihm erreichbaren Zustand bezeichnen. In welchem Sinne sie für jeden gelten soll, muss sein freier Wille entscheiden.

Zante.

Ich will nun wieder in mein Ionien zurück: umsonst hab ich mein Vaterland verlassen, und *Wahrheit gesucht.*

Wie konnten auch Worte meiner durstenden Seele genügen?

Worte fand ich überall; Wolken, und keine Juno.

Ich hasse sie, wie den Tod, alle die armseligen Mitteldinge von Etwas und Nichts. Meine ganze Seele sträubt sich gegen das Wesenlose.

Was mir nicht *Alles,* und ewig *Alles* ist, ist mir *Nichts.*

Mein Bellarmin! wo finden wir das Eine, das uns Ruhe gibt, Ruhe? Wo tönt sie uns einmal wieder, die Melodie unsers Herzens in den seligen Tagen der Kindheit?

Ach! einst sucht ich sie in *Verbrüderung mit Menschen.* Es war mir, als sollte die Armut unsers Wesens Reichtum werden, wenn nur ein Paar solcher Armen *Ein* Herz, *Ein* unzertrennbares Leben würden, als bestände der ganze Schmerz unsers Daseins nur in der Trennung von dem, was zusammengehörte.

Mit Freud und Wehmut denk ich daran, wie mein ganzes Wesen dahin trachtete, nur dahin, ein herzlich Lächeln zu erbeuten, wie ich mich hingab für einen Schatten von Liebe, wie ich mich wegwarf. Ach! wie oft glaubt ich das Unnennbare zu finden, das mein, mein werden sollte, dafür, dass ich es wagte, mich selbst an das Geliebte zu verlieren! Wie oft glaubt ich den heiligen Tausch getroffen zu haben, und forderte nun, forderte, und da stand das arme Wesen, verlegen und betroffen, oft auch hämisch – es wollte ja nur Kurzweil, nichts so Ernstes!

Ich war ein blinder Knabe, lieber Bellarmin! Perlen wollt ich kaufen von Bettlern, die ärmer waren, als ich, so arm, so begraben in ihr Elend, dass sie nicht wussten, wie arm sie waren, und sich recht wohl gefielen in den Lumpen, womit sie sich behangen hatten.

Aber die mannigfaltige Täuschung drückte mich unaussprechlich nieder.

Ich glaubte wirklich unterzugehn. Es ist ein Schmerz ohnegleichen, ein fortdauerndes Gefühl der Zernichtung, wenn das Dasein so ganz seine Bedeutung verloren hat. Eine unbegreifliche Mutlosigkeit drückte mich. Ich wagte das Auge nicht aufzuschlagen vor den Menschen. Ich fürchtete das Lachen eines Kindes. Dabei war ich oft sehr still und geduldig; hatte oft auch einen recht wunderbaren Aberglauben an die Heilkraft mancher Dinge. Oft konnte ich ingeheim von einem kleinen erkauften Besitztum, von einer Kahnfahrt, von einem Tale, das mir ein Berg verbarg, erwarten, was ich suchte.

Mit dem Mute schwanden auch sichtbar meine Kräfte.

Ich hatte Mühe, die Trümmer ehemals gedachter Gedanken zusammenzulesen; der rege Geist war veraltet; ich fühlte, wie sein himmlisch Licht, das mir kaum erst aufgegangen war, sich allmählich verdunkelte.

Freilich, wenn es einmal, wie mir deuchte, den letzten Rest meiner verlornen Existenz galt, wenn mein Stolz sich regte, dann war ich lauter Wirksamkeit, und die Allmacht eines Verzweifelten war in mir; oder wenn sie einen Tropfen Freuden eingesogen hatte, die welke dürftige Natur, dann drang ich mit Gewalt unter die Menschen, sprach, wie ein Begeisterter, und fühlte wohl manchmal auch die Träne der Seligen im Auge; oder wenn einmal wieder ein Gedanke, oder das Bild eines Helden in die Nacht meiner Seele strahlte, dann staunt ich, und freute mich, als kehrte ein Gott ein in dem verarmten Gebiete, dann war mir, als sollte sich eine Welt bilden in mir; aber je heftiger sich die schlummernden Kräfte aufgerafft hatten, desto müder sanken sie hin, und die unbefriedigte Natur kehrte zu verdoppeltem Schmerze zurück.

Wohl dem, Bellarmin! wohl dem, der sie überstanden hat, diese Feuerprobe des Herzens, der es verstehen gelernt hat, das Seufzen der Kreatur, das Gefühl des verlornen Paradieses. Je höher sich die Natur erhebt über das Tierische, desto größer die Gefahr, zu verschmachten im Lande der Vergänglichkeit!

Aber Eines hab ich dir noch mitzuteilen, brüderliches Herz!

Ich fürchtete mich noch vor gewissen Erinnerungen, als wir uns fanden über den Trümmern des alten Roms. Unser Geist gleitet so leicht aus seiner Bahn; müssen wir doch oft dem Säuseln eines Blatts entgehen, um ihn nicht zu stören in seinem stillen Geschäfte!

Jetzt kann ich wohl manchmal spielen mit den Geistern vergangner Stunden.

Mein alter Freund, der Frühling, hatte mich überrascht in meiner Finsternis. Sonst hätt ich ihn noch von ferne gefühlt, wenn die erstarrten Zweige sich regten, und ein lindes Wehen meine Wange berührte. Sonst hätt ich für jedes Weh Linderung von ihm gehofft. Aber das Hoffen und Ahnden war allmählich aus meiner Seele verschwunden.

Jetzt war er da, in aller Glorie der Jugend.

Mir war, als sollt ich doch auch wieder fröhlich werden. Ich öffnete meine Fenster, und kleidete mich, wie zu einem Feste. Er sollte auch mich besuchen, der himmlische Fremdling.

Ich sah, wie alles hinausströmte ins Freie, aufs freundliche Meer von Smyrna, und sein Gestade. Sonderbare Erwartungen regten sich in mir. Ich ging auch hinaus.

Da zeigte sich recht die Allmacht der Natur. Fast jedes Gesicht war herzlicher; überall wurde offner gescherzt, und wo man sich sonst recht feierlich begrüßt hatte, bot man sich jetzt die Hände. Alles verjüngte und begeisterte der herrliche süße Frühling.

Der Hafen wimmelte von jauchzenden Schiffen, wo Blumenkränze wehten, und Chierwein blinkte, die Myrtenlauben tönten von fröhlichen Melodien, und Tanz und Spiel durchrauschte die Ulmen und Platanen.

Ach! ich suchte mehr, als das. Das konnte nicht vom Tode retten. Unwillkürlich, verloren in meinem Gram, kam ich in den Garten des Gorgonda Notara, meines Bekannten. –

Ein Rauschen aus einem Seitengange störte mich auf. –

Ach! mir – in diesem schmerzlichen Gefühl meiner Einsamkeit, mit diesem freudeleeren blutenden Herzen – erschien mir Sie; hold und heilig, wie eine Priesterin der Liebe stand sie da vor mir; wie aus Licht und Duft gewebt, so geistig und zart; über dem Lächeln voll Ruh und himmlischer Güte thronte mit eines Gottes Majestät ihr großes begeistertes Auge, und, wie Wölkchen ums Morgenlicht, wallten im Frühlingswinde die goldnen Locken um ihre Stirne.

Mein Bellarmin! könnt ich dirs mitteilen, ganz und lebendig, das Unaussprechliche, das damals vorging in mir! – Wo waren nun die Leiden meines Lebens, seine Nacht und Armut? die ganze dürftige Sterblichkeit?

Gewiss, er ist das höchste und seligste, was die unerschöpfliche Natur in sich fasst, ein solcher Augenblick der Befreiung! Er wiegt Äonen unsers Pflanzenlebens auf! Tot war mein irdisches Leben, die Zeit war nicht mehr, und entfesselt und auferstanden fühlte mein Geist seine Verwandtschaft und seinen Ursprung.

Jahre sind vorüber; Frühlinge kamen und gingen; manch herrlich Bild der Natur, manche Reliquie deines Italiens, aus himmlischer Phantasie hervorgegangen, erfreute mein Auge; aber das meiste verwischte die Zeit; nur *Ihr* Bild ist mir geblieben, mit allem, was mit ihm verwandt ist. Noch steht sie da vor mir, wie in dem heiligen trunknen Momente, da ich sie fand; ich press es an mein glühendes Herz, das süße Phantom; ich höre ihre Stimme, das Lispeln ihrer Harfe; wie ein friedlich Arkadien, wo Blüte und Saat in ewig stiller Luft sich wiegt, wo ohne des Mittags Schwüle die Ernte reift, und die süße Traube gedeiht, wo keine Furcht das sichere Land umzäunt, wo man von nichts weiß, als von dem ewigen Frühling der Erde, und dem wolkenlosen Himmel und seiner Sonne, und seinen freundlichen Gestirnen, so stehet es offen da vor mir, das Heiligtum ihres Herzens und Geistes.

Melite! o Melite! himmlisches Wesen!

Ich möchte wohl wissen, ob sie meiner noch zuweilen gedächte. Sie bedauert mich vielleicht. Ich werde sie wiederfinden, in irgendeiner Periode des ewigen Daseins. Gewiss! was sich verwandt ist, kann sich nicht ewig fliehen.

Ach! der Gott in uns ist immer einsam und arm. Wo findet er alle seine Verwandten? Die einst da waren, und da sein werden? Wann kömmt das große Wiedersehen der Geister? Denn einmal waren wir doch, wie ich glaube, alle beisammen.

Gute Nacht, Bellarmin, gute Nacht!

Morgen werd ich ruhiger erzählen.

Zante.

Der Abend jenes Tages meiner Tage ist mir mit allem, was ich noch gewahr ward in meiner Trunkenheit, unvergesslich. Mir war er das schönste, was der Frühling der Erde geben kann, und der Himmel und sein Licht. Wie eine Glorie der Heiligen, umfloss *Sie* das Abendrot, und die zarten goldnen Wölkchen im Äther lächelten herunter, wie himmlische Genien, die sich freuten über ihre Schwester auf Erden, wie sie unter uns einherging in aller Herrlichkeit der Geister, und doch so gut, und freundlich war gegen alles, was um sie war.

Alles drängte sich an sie. Allen schien sich ein Teil ihres Wesens mitzuteilen. Ein neuer zarter Sinn, eine süße Traulichkeit war unter alle gekommen, und sie wussten nicht, wie ihnen geschah.

Ohne zu fragen, erfuhr ich, sie komme von den Ufern des Paktols, aus einem einsamen Tale des Tmolus, wohin ihr Vater, ein sonderbarer Mann, aus Verdruss über die jetzige Lage der Griechen sich schon gar lange von Smyrna weg begeben hätte, um dort seines finstern Grams zu pflegen, und ihre Mutter, ehemals die Krone von Ionien, sei eine Verwandte des Gorgonda Notara.

Notara bat uns, den Abend mit ihm unter seinen Bäumen zuzubringen, und, so, wie wir jetzt gestimmt waren, dachte keines gerne an ein Auseinandergehen.

Allmählich kam immer mehr Leben und Geist unter uns. Wir sprachen viel von den herrlichen Kindern des alten Ioniens, von Sappho und Alcäus, und Anakreon, sonderlich von Homer, seinem Grabe zu Nio, von einer nahen Felsengrotte, am Ufer des Meles, wo der Herrliche manche Stunde der Begeisterung gefeiert haben soll, und manchem andern; wie neben uns die freundlichen Bäume des Gartens, wo vom Hauche des Frühlings gelöst, die Blüten auf die Erde regneten, so teilten unsre Gemüter sich mit; jedes nach seiner Art, und auch die Ärmsten gaben etwas. Melite sprach manch himmlisches Wort, kunstlos, ohne alle Absicht, in lautrer heiliger Einfalt. Oft wenn ich sie sprechen hörte, fielen mir die Bilder des Dädalus ein, von denen Pausanias sagt, ihr Anblick habe bei all ihrer Einfachheit etwas Göttliches gehabt.

Lange saß ich stumm, und verschlang die himmlische Schönheit, die, wie Strahlen des Morgenlichts, in mein Inneres drang, und die erstorbenen Keime meines Wesens ins Leben rief.

Man sprach endlich auch von so manchen Wundern griechischer Freundschaft, von den Dioskuren, von Achill und Patroklus, von der Phalanx der Sparter, von all den Liebenden und Geliebten, die auf- und untergingen über der Welt, unzertrennlich, wie die ewigen Lichter des Himmels.

Da wacht ich auf. Wir sollten davon nicht sprechen, rief ich.

Solche Herrlichkeit zernichtet uns Arme. Freilich waren es goldne Tage, wo man die Waffen tauschte und sich liebte bis zum Tode, wo man unsterbliche Kinder zeugte in der Begeisterung der Liebe und Schönheit, Taten fürs Vaterland, und himmlische Gesänge, und ewige Worte der Weisheit, ach! wo der ägyptische Priester dem Solon noch vorwarf: »ihr Griechen seid alle Zeit Jünglinge!« Wir sind nun Greise geworden, klüger, als alle die Herrlichen, die dahin sind; nur schade, dass so manche Kraft verschmachtet in diesem fremden Elemente!

Vergiss das zum wenigsten für heute, Hyperion! rief Notara; und ich gab ihm recht.

Melites Auge ruhte so ernst und groß auf mir. Wer hätte nicht alles vergessen.

Auf dem Wege nach der Stadt kam ich an ihre Seite. Ich drückte die Arme mit Macht gegen mein schauderndes Herz. Ich zwang den verwirrenden Tumult in mir, dass ich sprechen konnte.

O mein Bellarmin! Wie ich sie verstand, und wie sie das freute! wie ein zufällig Wörtchen von ihr eine Welt von Gedanken in mir hervorrief! Sie war ein wahrer Triumph der Geister über alles Kleine und Schwache, diese stille Vereinigung unsers Denkens, und Dichtens.

An Notaras Hause schieden wir. Ich taumelte fort in rasender Freude, schalt und lachte über den Kleinmut meines Herzens in den vergangenen Tagen, und sah mit namenlosem Stolze auf meine alten Leiden zurück.

Wie ich aber nun nach Hause kam, und vor die offnen Fenster trat, und meine verwilderten, und halb verdorrten Blumen, und hinaufsah zu der verfallnen Burg von Smyrna, die vor mir lag im dämmernden Lichte, wie sonderbar überfiel mich das alles!

Ach! da war ich ehmals so oft gestanden um Mitternacht, wenn ich den Schlaf nicht finden konnte auf meinem einsamen Lager, und hatte den Trümmern aus bessrer Zeit, und ihren Geistern meinen Jammer geklagt!

Jetzt war er wiedergekehrt, der Frühling meines Herzens. Jetzt hatt ich, was ich suchte. Ich hatt es wiedergefunden in der himmlischen Grazie Melites. Es tagte wieder in mir. Das hohe Wesen hatte meinen Geist aus seinem Grabe gerufen.

Aber was ich war, war ich durch sie. Die Gute freute sich über dem Lichte, das in mir leuchtete, und dachte nicht, dass es nur der Widerschein des ihrigen war. Ich fühlte nur zu bald, dass ich ärmer wurde, als ein Schatten, wenn sie nicht in mir, und um mich, und für mich lebte, wenn sie nicht mein ward; dass ich zu nichts ward, wenn sie sich mir entzog. Es konnte nicht anders kommen, ich musste mit dieser Todesangst jede Miene, und jeden Laut von ihr befragen, ihrem Auge folgen, als wollte mir mein Leben entfliehen, es mochte gen Himmel sich wenden, oder zur Erde; o Gott! es musste ja ein Todesbote für mich sein, jedes Lächeln ihres heiligen Friedens, jedes ihrer Himmelsworte, das mir sagte, wie ihr an ihrem, ihrem Herzen genüge: Sie musste ja über mich kommen, diese Verzweiflung, dass das Herrliche, was ich liebte, so herrlich war, dass es mein nicht bedurfte. Verzeih es mir die Heilige! oft flucht ich der Stunde, wo ich sie fand, und raste im Geiste gegen das himmlische Geschöpf, dass es mich nur darum ins Leben geweckt hätte, um mich wieder niederzudrücken mit seiner Hoheit. Kann so viel Unmenschliches in eines Menschen Seele kommen?

Pyrgo in Morea.

Schlummer und Unruhe, und manche andre seltsame Erscheinung, die halb sich bildete in mir, und verschwand, ließen indes nichts, was ich dir mitteilen wollte, zur Sprache kommen. Oft hab ich schöne Tage. Dann lass ich mein Innres walten, wie es will, träumen und sinnen, lebe meist unter freiem Himmel, und die heiligen Höhn und Tale von Morea stimmen oft recht freundlich in die reineren Töne meiner Seele.

Alles muss kommen, wie es kömmt. Alles ist gut. Ich sollte das Vergangne schlummern lassen. Wir sind nicht fürs Einzelne, Beschränkte geschaffen. Nicht wahr, mein Bellarmin? Mir wuchs ja nur darum kein Arkadien auf, dass das Dürftige, das in mir denkt und lebt, sich ausbreiten sollte, und das Unendliche umfassen.

– – –

Das möcht ich auch, o das möcht ich! Zernichten möcht ich die Vergänglichkeit, die über uns lastet, und unsrer heiligen Liebe spottet, und wie ein Lebendigbegrabner sträubt sich mein Geist gegen die Finsternis, worin er gefesselt ist.

Ich wollte erzählen. Ich will es tun. Von außen stört mich nichts in meinen Erinnerungen. Meer und Erde schläft in der Schwüle des Mittags, und selbst die Quelle, die sonst hier unter mir rieselte, ist vertrocknet. Kein Lüftchen säuselt durch die Zweige. Ein leises Ächzen der Erde, wenn der brennende Strahl den Boden spaltet, hör ich zuweilen. Aber das stört wohl nicht. Auch gibt die Zypresse, die über mir trauert, Schatten genug.

Der Abend, da ich von ihr ging, hatte mit der Nacht gewechselt, und die Nacht mit dem Tage; aber für mich nicht. In meinem Leben war kein Schlaf und kein Erwachen mehr. Es war nur Ein Traum von ihr, ein seliger schmerzlicher Traum; ein Ringen zwischen Angst und Hoffnung. Endlich ging ich hin zu ihr.

Ich erschrak, wie sie nun vor mir stand, so ganz anders, als in mir es aussah, so ruhig und selig, in der Allgenügsamkeit einer Himmlischen. Ich war verwirrt und sprachlos. Mein Geist war mir entflohen.

Ich glaube nicht, dass sie es ganz bemerkte, wie sie überhaupt bei all ihrer himmlischen Güte nicht sehr genau darauf zu achten schien, was um sie vorging.

Sie hatte Mühe, mich dahin zurückzubringen, wo wir den Abend zuvor geendet hatten. Endlich regte sich doch hie und da ein Gedanke in mir, und schloss sich fröhlich an die ihrigen an.

Sie wusste nicht, wie unendlich viel sie sagte, und wie ihr Bild zum Überschwenglichen sich verherrlichte, wenn das Hohe ihrer Gedanken an ihrer Stirne sich offenbarte, und der königliche Geist sich vereinigte mit der Huld des arglosen allliebenden Herzens. Es war, als träte die Sonne hervor im freundlichen Äther, oder

14

als stiege ein Gott hernieder zu einem unschuldigen Volke, wenn das Selbstständige, das Heilige neben ihrer Grazie sichtbar ward.

Solang ich bei ihr war, und ihr begeisterndes Wesen mich emporhub über alle Armut der Menschen, vergaß ich oft auch die Sorgen und Wünsche meines dürftigen Herzens. Aber wenn ich weg war, dann verbarg ichs mir umsonst, dann klagt' es laut auf in mir, sie liebt dich nicht! Ich zürnte und kämpfte. Aber mein Gram ließ nicht ab von mir. Meine Unruhe stieg von Tage zu Tage. Je höher und mächtiger ihr Wesen über mir leuchtete, desto düstrer und verwilderter ward meine Seele.

Sie schien mir endlich auszuweichen. Auch ich beschloss, sie nimmer zu sehen und hatt es auch wirklich unter namenloser Peinigung meinem Herzen abgetrotzt, dass ich einige Tage wegblieb.

Um diese Zeit begegnete mir, da ich eben von der Einöde des Korax zurückkehrte, wohin ich vor Tagesanbruch hinausgegangen war, Notara mit seinem Weibe. Er sagte mir, dass sie zu einem benachbarten Verwandten geladen wären, und auf den Abend wieder da zu sein gedenken. Melite, setzte er hinzu, sei zu Hause geblieben; die fromme Tochter müsse Briefe schreiben an Vater und Mutter.

Alle meine niedergedrückten Wünsche erwachten wieder. Einen Augenblick darauf ermannt ich mich zwar, und sagte dem Sturm in mir, dass ich heute gerade sie schlechterdings nicht sehen wolle, ging aber doch an ihrem Hause vorüber, gedankenlos und zitternd, als hätt ich einen Mord im Sinne. Darauf zwang ich mich nach Hause, schloss die Türe ab, warf die Kleider von mir, schlug mir, nachdem meine Wahl ziemlich lange gezögert hatte, den Ajax Mastigophoros auf, und sah hinein. Aber nicht eine Silbe nahm mein Geist in sich auf. Wo ich hinsah, war ihr Bild. Jeder Fußtritt störte mich auf. Unwillkürlich, ohne Sinn sagt ich abgerissene Reden vor mich hin, die ich aus ihrem Munde gehört hatte. Oft streckt ich die Arme nach ihr aus, oft floh ich, wenn sie mir erschien.

Endlich ergrimmt ich über meinen Wahnsinn, und sann mit Ernst darauf, es von Grund aus zu vertilgen, dieses tötende Sehnen. Aber mein Geist versagte mir den Dienst. Dafür schien es, als drängen sich falsche Dämonen mir auf, und böten mir Zaubertränke dar, mich vollends zu verderben mit ihren höllischen Arzneien.

Ermattet von dem wütenden Kampfe sank ich endlich nieder. Mein Auge schloss sich, meine Brust schlug sanfter, und, wie der Bogen des Friedens nach dem Sturme, ging ihr ganzes himmlisches Wesen wieder auf in mir.

Der heilige Frieden ihres Herzens, den sie mir oft auf Augenblicke mitgeteilt hatte durch Red und Miene, dass mirs ward, als wandelte ich wieder im verlassenen Paradiese der Kindheit, ihre fromme Scheue, nichts zu entweihen durch übermütigen Scherz oder Ernst, wenn es nur ferne verwandt war mit Schönem und Gutem, ihre anspruchlose Gefälligkeit, ihr Geist mit seinen königlichen Idealen, woran ihre stille Liebe so einzig hing, dass sie nichts suchte und nichts fürchtete in der Welt – alle die lieben, seelenvollen Abende, die ich zugebracht hatte mit ihr, ihre Stimme und ihr Saitenspiel, jeder Reiz ihrer Bewegung, die, wo sie stand und ging, nur sie – ihre Güte und ihre Größe bezeichnete; ach! das alles und mehr ward so lebendig in mir.

Und diesem himmlischen Geschöpfe zürnt ich? Und warum zürnt ich ihr? Weil sie nicht verarmt war, wie ich, weil sie den Himmel noch im Herzen trug, und nicht sich selbst verloren hatte, wie ich, nicht eines andern Wesens, nicht fremden Reichtums bedurfte, um die verödete Stelle auszufüllen, weil sie nicht unterzugehen fürchten konnte, wie ich, und sich mit dieser Todesangst an ein anderes zu hängen, wie ich; ach! gerade, was das göttlichste an ihr war, diese Ruhe, diese himmlische Genügsamkeit hatt ich gelästert mit meinem Unmut, mit unedlem Groll sie um ihr Paradies beneidet. Durfte sie sich befassen mit solch einem zerrütteten Geschöpfe? Musste sie mich nicht fliehen? Gewiss! ihr Genius hatte sie gewarnt vor mir.

Das alles ging mir, wie ein Schwert, durch die Seele.

Ich wollte anders werden. O! ich wollte werden, wie sie. Ich hörte schon aus ihrem Munde das Himmelswort der Vergebung, und fühlte mit tausend Wonnen, wie es mich umschuf.

So eilt ich zu ihr. Aber mit jedem Schritte ward ich unruhiger. Melite erblasste, wie ich hereintrat. Dies brachte mich vollends aus der Fassung. Doch war mir das gänzliche Verstummen von beiden Seiten, so kurz es dauerte, zu schmerzhaft, als dass ich es nicht mit aller Macht zu brechen versucht hätte.

Ich musste kommen, sagt ich. Ich war es dir schuldig, Melite! Das Gemäßigte meines Tons schien sie zu beruhigen, doch fragte sie etwas verwundert, warum ich dann kommen *müsste*?

Ich habe so viel dir abzubitten, Melite! rief ich.

»Du hast mich ja nicht beleidigt.«

O Melite! wie straft mich diese himmlische Güte! Mein Unmut ist dir sicher aufgefallen. –

»Aber beleidigt hat er mich nicht, du wolltest ja das nicht, Hyperion! Warum soll ichs dir nicht sagen? Getrauert hab ich über dich. Ich hätte dir so gerne Frieden gegönnt. Ich wollte dich oft auch bitten, ruhiger zu sein. Du bist so ganz ein andrer, in deinen guten Stunden. Ich gestehe dir, ich fürchte für dich, wenn ich dich so düster und heftig sehe. Nicht wahr, guter Hyperion! du legst das ab?«

Ich konnte kein Wort vorbringen. Du fühlst es wohl auch, Bruder meiner Seele! wie mir sein musste. Ach! so himmlisch der Zauber war, womit sie dies sprach, so unaussprechlich war mein Schmerz.

Ich habe manchmal gedacht, fuhr sie fort, woher es wohl kommen möchte, dass du so sonderbar bist. Es ist so ein schmerzlich Rätsel, dass ein Geist, wie der deinige, von solchen Leiden gedrückt werden soll. Es war gewiss eine Zeit, wo er frei war von dieser Unruhe. Ist sie dir nicht mehr gegenwärtig? Könnt ich sie dir zurückbringen, diese stille Feier, diese heilige Ruhe im Innern, wo auch der leiseste Laut vernehmbar ist, der aus der Tiefe des Geistes kömmt, und die leiseste Berührung von außen, vom Himmel her, und aus den Zweigen, und Blumen – ich kann es nicht aussprechen, wie mir oft ward, wenn ich so dastand vor der göttlichen Natur, und alles Irdische in mir verstummte – da ist er uns so nahe, der Unsichtbare!

Sie schwieg, und schien betroffen, als hätte sie Geheimnisse verraten.

Hyperion! begann sie wieder, du hast Gewalt über dich; ich weiß es. Sage deinem Herzen, dass man vergebens den Frieden außer sich suche, wenn man ihn nicht sich selbst gibt. Ich habe diese Worte immer so hoch geachtet. Es sind Worte meines Vaters, eine Frucht seiner Leiden, wie er sagt. Gib ihn dir, diesen Frieden, und sei fröhlich! Du wirst es tun. Es ist meine erste Bitte. Du wirst sie mir nicht versagen.

Was du willst, wie du willst, Engel des Himmels! rief ich, indem ich, ohne zu wissen, wie mir geschah, ihre Hand ergriff, und sie mit Macht gegen mein jammerndes Herz hinzog.

Sie war, wie aus einem Traume geschreckt, und wand sich los, mit möglichster Schonung, aber die Majestät in ihrem Auge drückte mich zu Boden.

Du musst anders werden, rief sie etwas heftiger, als gewöhnlich. Ich war in Verzweiflung. Ich fühlte, wie klein ich war, und rang vergebens empor. Ach! dass es dahin kommen konnte mit mir! Wie die gemeinen Seelen, sucht ich darin Trost für mein Nichts, dass ich das Große verkleinerte, dass ich das Himmlische – Bellarmin! es ist ein Schmerz ohnegleichen, so einen schändlichen Fleck an sich zu zeigen. Sie will deiner los sein, dacht ich, das ists all! – »Nun ja, ich will anders werden!« Das stieß ich Elender unter erzwungenem Lächeln heraus, und eilte, um fortzukommen.

Wie von bösen Geistern getrieben, lief ich hinaus in den Wald, und irrte herum, bis ich hinsank ins dürre Gras.

Wie eine lange entsetzliche Wüste lag die Vergangenheit da vor mir, und mit höllischem Grimme vertilgt ich jeden Rest von dem, was einst mein Herz gelabt hatte und erhoben.

Dann fuhr ich wieder auf mit wütendem Hohngelächter über mich und alles, lauschte mit Lust dem grässlichen Widerhall, und das Geheul der Schakale, das durch die Nacht her von allen Seiten gegen mich drang, tat meiner zerrütteten Seele wirklich wohl.

Eine dumpfe, fürchterliche Stille folgte diesen zernichtenden Stunden, eine eigentliche Totenstille! Ich suchte nun keine Rettung mehr. Ich achtete nichts. Ich war, wie ein Tier unter der Hand des Schlächters.

»Auch sie! auch sie!« Das war der erste Laut, der nach langer Zeit mir über die Lippen kam, und Tränen traten mir ins Auge.

»Sie kann ja nicht anders; sie kann sich ja nicht geben, was sie nicht haben kann, deine Armut und deine Liebe! « Das sagt ich mir endlich auch. Ich ward nach und nach ruhig, und fromm, wie ein Kind. Ich wollte nun gewiss nichts mehr suchen, wollte mir forthelfen von einem Tage zum andern, so gut ich konnte, ich war mir selbst nichts mehr, forderte auch nicht, dass ich andern etwas sein sollte, und es gab Augenblicke, wo es mir möglich schien, die Einzige zu sehn, und nichts zu wünschen.

So hatt ich einige Zeit gelebt, als eines Tages Notara zu mir kam mit einem jungen Tinioten, sich über meine sonderbare Eingezogenheit beschwerte, und mich bat, mich den andern Tag abends bei Homers Grotte einzufinden, er habe etwas Eignes vor, dem Tinioten zulieb, der so recht mit ganzer Seele am alten Griechenlande hänge, und jetzt auf dem Wege sei, die äolische Küste, und das alte Troas zu besuchen, es wäre mir heilsam, setzte er hinzu, wenn ich seinen Freund dahin geleitete, er erinnere sich ohnedies, dass ich einmal den Wunsch geäußert hätte, diesen Teil von

Kleinasien zu sehn. Der Tiniote bat auch, und ich nahm es an, so wie ich alles angenommen hätte, beinahe mit willenloser Lenksamkeit.

Der andre Tag verging unter Anstalten zur Abreise, und abends holte Adamas, so hieß der Tiniote, mich ab, zur Grotte hinaus.

Es ist kein Wunder, (begann ich, um andern Erscheinungen in mir nicht Raum zu geben, nachdem wir eine Weile am Meles auf und nieder unter den Myrten und Platanen gegangen waren,) dass die Städte sich zankten um die Abkunft Homers. Der Gedanke ist so erheiternd, dass der holde Knabe da im Sande gespielt habe, und die ersten Eindrücke empfangen, aus denen so ein schöner gewaltiger Geist sich mählich entwickelte.

Du hast recht, erwiderte er, und ihr Smyrner müsst euch den erfreulichen Glauben nicht nehmen lassen. Mir ist es heilig, dieses Wasser und dies Gestade! Wer weiß, wie viel das Land hier, nebst Meer und Himmel, teilhat an der Unsterblichkeit des Mäoniden! Das unbefangne Auge des Kindes sammelt sich Ahndungen und Regungen aus der Beschauung der Welt, die manches beschämen, was später unser Geist auf mühsamem Wege erringt.

In diesem Tone fuhr er fort, bis Notara mit Melite und einigen andern herankam. Ich war gefasst. Ich konnte mich ihr nähern, ohne merkliche Änderung im Innern. Es war gut, dass ich unmittelbar zuvor nicht mir selbst überlassen war.

Sie litt auch. Man sah es. Aber o Gott! wie unendlich größer!

In die Regionen des Guten und Wahren hatte sich ihr Herz geflüchtet. Ein stiller Schmerz, wie ich ihn nie bemerkt hatte an ihr, hielt die frohen Bewegungen ihres Angesichts gefangen; aber ihren Geist nicht. In unwandelbarer Ruhe leuchtete dieser aus dem himmlischen Auge, und ihre Wehmut schloss sich an ihn, wie an einen göttlichen Tröster.

Adamas fuhr fort, wo er unterbrochen worden war; Melite nahm teil; ich sprach auch zuweilen ein Wörtchen.

So kamen wir an die Grotte Homers.

Stille traurende Akkorde empfingen uns vom Felsen herab, unter den wir traten; die Saitenspiele ergossen sich über mein Innres, wie über die tote Erde ein warmer Regen im Frühling. Innen, im magischen Dämmerlichte der Grotte, das durch die verschiedenen Öffnungen des Felsen, durch Blätter und Zweige hereinbricht, stand eine Marmorbüste des göttlichen Sängers, und lächelte gegen die frommen Enkel.

Wir saßen um sie herum, wie die Unmündigen um ihren Vater, und lasen uns einzelne Rhapsodien der Ilias, wie sie jedes nach seinem Sinne sich auswählte; denn alle waren wir vertraut mit ihr.

Eine Nänie, die mein Innerstes erschütterte, sangen wir drauf dem Schatten des lieben blinden Mannes, und seinen Zeiten. Alle waren tiefbewegt. Melite sah fast unverwandt auf seinen Marmor, und ihr Auge glänzte von Tränen der Wehmut und der Begeisterung.

Alles war nun stille. Wir sprachen kein Wort, wir berührten uns nicht, wir sahen uns nicht an, so gewiss von ihrem Einklang schienen alle Gemüter in diesem Augenblicke, so über Sprache und Äußerung schien das zu gehen, was jetzt in ihnen lebte.

Es war Gefühl der Vergangenheit, die Totenfeier von allem, was einst da war. Errötend beugte sich endlich Melite gegen Notara hin, und flüsterte ihm etwas zu.

Notara lächelte, voll Freude über das süße Geschöpf, nahm die Schere, die sie ihm bot, und schnitt sich eine Locke ab.

Ich verstand, was das sollte, und tat stillschweigend dasselbe.

Wem sonst, als dir? rief der Tiniote, indem er seine Locke gegen den Marmor hielt.

Auch die andern gaben, ergriffen von unsrem Ernste, ihr Totenopfer.

Melite sammelte das andere zu dem ihrigen, band es zusammen, und legte es an der Büste nieder, indes wir andern wieder die Nänie sangen.

Das alles diente nur, um mein Wesen aus der Ruhe zu locken, in die es gesunken war. Mein Auge verweilte wieder auf ihr, und meine Liebe und mein Schmerz ergriffen mich gewaltiger, als je.

Ich strengte mich umsonst an, auszuhalten. Ich musste weggehn. Meine Trauer war wirklich grenzenlos. Ich ging hinab an den Meles, warf mich nieder aufs Gestade und weinte laut. Oft sprach ich mir leise ihren Namen vor, und mein Schmerz schien davon besänftigt zu werden. Aber er war es nur, um desto unaufhaltsamer zurückzukehren. Ach! für mich war keine Ruhe zu finden, auf keiner Stelle der Welt! Ihr nahe zu sein, und ferne von ihr, die ich so namenlos liebte, und so namenlos, so unaussprechlich schändlich gequält hatte, das war gleich! Beides war Hölle für mich geworden! ich konnte nicht lassen von ihr, und konnte nicht um sie bleiben!

Mitten in diesem Tumulte hört ich etwas durch die Myrten rauschen. Ich raffte mich auf – und o Himmel! es war Melite!

Sie musste wohl erschrecken, so ein zerstörtes Geschöpf vor sich zu sehen. Ich stürzte hin zu ihr in meiner Verzweiflung und rang die Hände und flehte nur um ein, *Ein* Wort ihrer Güte. Sie erblasste und konnte kaum sprechen. Mit himmlischen Tränen bat sie mich endlich, den edlern stärkern Teil meines Wesens kennen zu lernen, wie sie ihn kenne, auf das Selbstständige, Unbezwingliche, Göttliche, das wie in allen, auch in mir sei, mein Auge zu richten – was nicht aus dieser Quelle entspringe, führe zum Tode – was von ihr komme, und in sie zurückgehe, sei ewig – was Mangel und Not vereinige, höre auf, *Eines* zu sein, sowie die Not aufhöre; was sich vereinige in dem und für das, was allein groß, allein heilig, allein unerschütterlich seie, dessen Vereinigung müsse ewig bestehen, wie das Ewige, wodurch und wofür sie bestehe und so – Hier musste sie enden. Die andern kamen ihr nach. Ich hätte in diesem Augenblicke tausend Leben daran gewagt, sie auszuhören! Ich habe sie nie ausgehört. Über den Sternen hör ich vielleicht das übrige.

Nahe bei der Grotte, zu der wir wieder zurückkehrten, fing sie noch von meiner Reise an, und bat mich, die Ufer des Skamanders, und den Ida und das ganze alte Trojer-Land von ihr zu grüßen. Ich beschwur sie, kein Wort mehr zu sprechen von dieser verhassten Reise, und wollte geradezu den Adamas bitten, mich loszusprechen von meinem gegebnen Worte. Aber mit all ihrer Grazie flehte Melite, das nicht zu tun; sie sei so gewiss, nichts seie vermögend, Frieden und Freude zwischen ihr und mir zu stiften, wie diese Reise, ihr wäre, als hänge Leben und Tod daran, dass wir uns auf eine kleine Weile trennten, sie gestände mir, es sei ihr selbst nicht so deutlich, warum sie mich so sehr bitten müsste, aber sie müsste, und wenn es ihr das Leben kostete, sie müsste.

Ich sah sie staunend an, und schwieg. Mir war, als hätt ich die Priesterin zu Dodona gehört. Ich war entschlossen zu gehn, und wenn es mir das Leben kostete. Es war schon dunkel geworden, und die Sterne gingen herauf am Himmel.

Die Grotte war erleuchtet. Wolken von Weihrauch stiegen aus dem Innern des Felsen, und mit majestätischem Jubel brach die Musik nach kurzen Dissonanzen hervor.

Wir sangen heilige Gesänge von dem, was besteht, was fortlebt unter tausend veränderten Gestalten, was war und ist und sein wird, von der Unzertrennlichkeit der Geister, und wie sie *Eines* sei'n von Anbeginn und immerdar, so sehr auch Nacht und Wolke sie scheide und aller Augen gingen über vom Gefühle dieser Verwandtschaft und Unsterblichkeit.

Ich war ganz ein andrer geworden. Lasst vergehen, was vergeht, rief ich unter die Begeisterten, es vergeht, um wiederzukehren, es altert, um sich zu verjüngen, es trennt sich, um sich inniger zu vereinigen, es stirbt, um lebendiger zu leben.

So müssen, fuhr nach einer kleinen Weile der Tiniote fort, die Ahndungen der Kindheit dahin, um als Wahrheit wieder aufzustehen im Geiste des Mannes. So verblühen die schönen jugendlichen Myrten der Vorwelt, die Dichtungen Homers und seiner Zeiten, die Prophezeiungen und Offenbarungen, aber der Keim, der in ihnen lag, gehet als reife Frucht hervor im Herbste. Die Einfalt und Unschuld der ersten Zeit erstirbt, dass sie wiederkehre in der vollendeten Bildung, und der heilige Friede des Paradieses gehet unter, dass, was nur Gabe der Natur war, wiederaufblühe, als errungnes Eigentum der Menschheit.

Herrlich! herrlich! rief Notara.

Doch wird das Vollkommne erst im fernen Lande kommen, sagte Melite, im Lande des Wiedersehens, und der ewigen Jugend. Hier bleibt es doch nur Dämmerung. Aber anderswo wird er gewiss uns aufgehen, der heilige Morgen; ich denke mit Lust daran; da werden auch wir uns alle wiederfinden, bei der großen Vereinigung alles Getrennten.

Melite war ungewöhnlich bewegt. Wir sprachen sehr wenig auf unserem Rückwege. An Notaras Hause bot sie mir noch die Hand; »lebe wohl, guter Hyperion!« das waren ihre letzten Worte, und so entschwand sie.

Lebe wohl, Melite, lebe wohl! Ich darf deiner nicht oft gedenken. Ich muss mich hüten vor den Schmerzen und Freuden der Erinnerung. Ich bin, wie eine kranke Pflanze, die die Sonne nicht ertragen kann. Leb auch du wohl, mein Bellarmin! Bist du indes dem Heiligtum der Wahrheit näher gekommen? Könnt ich ruhig suchen, wie Du! –

Ach! bin ich nur dort einmal angekommen, dann soll es anders werden mit mir. Tief unter uns rauscht dann der Strom der Vergänglichkeit mit den Trümmern, die er wälzt, und wir seufzen nicht mehr, als wenn das Jammern derer, die er hinunterschlingt, in die stillen Höhen des Wahren und Ewigen heraufdringt.

20

Vom Gegenwärtigen ein andermal! Auch von meiner Reise mit Adamas vielleicht ein andermal! Unvergesslich ist mir besonders die Nacht vor unserem Abschiede, wo wir an den Ufern des alten Ilion unter Grabhügeln, die vielleicht dem Achill und Patroklus, und Antilochus, und Ajax Telamon errichtet wurden, vom vergangnen und künftigen Griechenlande sprachen, und manchem andern, das aus den Tiefen und in die Tiefen unsers Wesens kam und ging.

Der herzliche Abschied Melites, Adamas Geist, die heroischen Phantasien und Gedanken, die, wie Sterne aus der Nacht, uns aufgingen aus den Gräbern und Trümmern der alten Welt, die geheime Kraft der Natur, die überall sich an uns äußert, wo das Licht und die Erde, und der Himmel und das Meer uns umgibt, all das hatte mich gestärkt, dass jetzt etwas mehr sich in mir regte, als nur mein dürftiges Herz; Melite wird sich freuen über dich! sagt ich mir oft ingeheim mit inniger Lust, und tausend güldne Hoffnungen schlossen sich an, an diesen Gedanken. Dann konnte mich wieder eine sonderbare Angst überfallen, ob ich sie wohl auch noch treffen werde, aber ich hielt es für ein Überbleibsel meines finstern Lebens und schlug es mir aus dem Sinne.

Ich hatte am Sigäischen Vorgebirge ein Schiff getroffen, das geradezu nach Smyrna segelte, und es war mir ganz lieb, den Rückweg auf dem Meere an Tenedos und Lesbos hin zu machen.

Ruhig schifften wir dem Hafen von Smyrna zu. Im süßen Frieden der Nacht wandelten über uns die Helden des Sternenhimmels. Kaum kräuselten sich die Meereswellen im Mondenlichte. In meiner Seele wars nicht ganz so stille. Doch fiel ich gegen Morgen in einen leichten Schlaf. Mich weckte das Frohlocken der Schwalben und der erwachende Lärm im Schiffe. Mit allen seinen Hoffnungen jauchzte mein Herz dem freundlichen Gestade meiner Heimat zu, und dem Morgenlichte, das über dem Gipfel des dämmernden Pagus, und seiner alternden Burg, und über den Spitzen der Moskeen und dunkeln Zypressenhaine hereinbrach, und ich lächelte treuherzig gegen die Häuserchen am Ufer, die mit ihren glühenden Fenstern wie Zauberschlösser hervorleuchteten hinter den Oliven und Palmen.

Freudig säuselte mir der Inbat in den Locken. Freudig hüpften die kleinen Wellen vor dem Schiffe voran ans Ufer.

Ich sah, und fühlte das, und lächelte.

Es ist schön, dass der Kranke nichts ahndet, wenn der Tod ihm schon ans Herz gedrungen ist.

Ich eilte vom Hafen zu Notaras Hause. Melite war fort. Sie sei schnell abgeholt worden auf Befehl ihres Vaters, sagte mir Notara, wohin wisse man nicht. Ihr Vater habe die Gegend des Tmolus verlassen, und er habe weder seinen jetzigen Aufenthalt, noch die Ursache seiner Entfernung erfahren können. Melite hab es wahrscheinlich selbst nicht gewusst. Sie habe übrigens am Tage des Abschieds überhaupt beinahe nichts mehr gesprochen. Sie hab ihm aufgetragen, mich noch zu grüßen.

Mir war, als würde mir mein Todesurteil gesprochen. Aber ich war ganz stille da-zu. Ich ging nach Hause, berichtigte notwendige Kleinigkeiten, und war sonst im Äußern ganz, wie die andern. Ich vermied alles, was mich an das Vergangne erin-nern konnte; ich hielt mich ferne von Notaras Garten, und dem Ufer des Meles. Al-les, was irgend mein Gemüt bewegen konnte, floh ich, und das Gleichgültige war mir noch gleichgültiger geworden. *Abgezogenheit von allem Lebendigen,* das war es, was ich suchte. Über den ehrwürdigen Produkten des altgriechischen Tiefsinns brütet ich Tage und Nächte. Ich flüchtete mich in ihre Abgezogenheit von allem Le-bendigen. Allmählich war mir das, was man vor Augen hat, so fremde geworden, dass ich es oft beinahe mit Staunen ansah. Oft, wenn ich Menschenstimmen hörte, war mirs, als mahnten sie mich, aus einem Lande zu flüchten, worein ich nicht ge-hörte, und ich kam mir vor, wie ein Geist, der sich über die Mitternachtsstunde ver-weilt hat, und den Hahnenschrei hört.

Während dieser ganzen Zeit war ich nie hinausgekommen. Aber mein Herz schlug noch zu jugendlich: sie war noch nicht in mir gestorben, die Mutter alles Lebens, die unbegreifliche Liebe.

Ein rätselhaft Verlangen zog mich fort. Ich ging hinaus.

Es war ein stiller Herbsttag. Wunderbar erfreute mich die sanfte Luft, wie sie die welken Blätter schonte, dass sie noch eine Weile am mütterlichen Stamme blieben.

Ein Kreis von Platanen, wo man über das felsige Gestade weg ins Meer hinaus-sah, war mir immer heilig gewesen.

Dort saß ich und ging umher.

Es war schon Abend geworden, und kein Laut regte sich ringsumher.

Da ward ich, was ich jetzt bin. Aus dem Innern des Hains schien es mich zu mah-nen, aus den Tiefen der Erde und des Meers mir zuzurufen, warum liebst du nicht MICH?

Von nun an konnt ich nichts mehr denken, was ich zuvor dachte, die Welt war mir heiliger geworden, aber geheimnisvoller. Neue Gedanken, die mein Innerstes erschütterten, flammten mir durch die Seele. Es war mir unmöglich, sie festzuhal-ten, ruhig fortzusinnen.

Ich verließ mein Vaterland, um jenseits des Meeres Wahrheit zu finden.

Wie schlug mein Herz von großen jugendlichen Hoffnungen!

Ich fand nichts, als dich. Ich sage das dir, mein Bellarmin! Du fandest ja auch nichts, als mich.

Wir sind nichts; was wir suchen, ist alles.

Auf dem *Cithäron.*

Noch ahnd ich, ohne zu finden.

Ich frage die Sterne, und sie verstummen, ich frage den Tag, und die Nacht; aber sie antworten nicht. Aus mir selbst, wenn ich mich frage, tönen mystische Sprüche, Träume ohne Deutung.

Meinem Herzen ist oft wohl in dieser Dämmerung. Ich weiß nicht, wie mir ge-schieht, wenn ich sie ansehe, diese unergründliche Natur; aber es sind heilige selige

Tränen, die ich weine vor der verschleierten Geliebten. Mein ganzes Wesen verstummt und lauscht, wenn der leise geheimnisvolle Hauch des Abends mich anweht. Verloren ins weite Blau, blick ich oft hinauf an den Äther, und hinein ins heilige Meer, und mir wird, als schlösse sich die Pforte des Unsichtbaren mir auf und ich verginge mit allem, was um mich ist, bis ein Rauschen im Gesträuche mich aufweckt aus dem seligen Tode, und mich wider Willen zurückruft auf die Stelle, wovon ich ausging.

Meinem Herzen ist wohl in dieser Dämmerung. Ist sie unser Element, diese Dämmerung? Warum kann ich nicht ruhen darinnen?

Da sah ich neulich einen Knaben am Wege liegen. Sorgsam hatte die Mutter, die ihn bewachte, eine Decke über ihn gebreitet, dass er sanft schlummre im Schatten, und ihn die Sonne nicht blende. Aber der Knabe wollte nicht bleiben, und riss die Decke weg, und ich sah wie ers versuchte, das freundliche Licht anzusehn, und immer wieder versuchte, bis ihm das Auge schmerzte und er weinend sein Gesicht zur Erde kehrte.

Armer Knabe! dacht ich, andern ergehts nicht besser, und hatte mir beinahe vorgenommen, abzulassen von dieser verwegnen Neugier. Aber ich kann nicht! ich soll nicht!

Es muss heraus, das große Geheimnis, das mir das Leben gibt oder den Tod.

Hyperions Jugend

(Fragment, 1795; Archiv für Literaturgeschichte, Teubner, Leipzig 1885)

Erster Teil

Erstes Kapitel

In den ersten Jahren der Mündigkeit, wenn der Mensch vom glücklichen Instinkte sich losgerissen hat, und der Geist seine Herrschaft beginnt, ist er gewöhnlich nicht sehr geneigt, den Grazien zu opfern.

Ich war fester und freier geworden in der Schule des Schicksals und der Weisen, aber streng ohne Maß, in vollem Sinne tyrannisch gegen die Natur, wiewohl ohne die Schuld meiner Schule. Der gänzliche Unglaube, womit ich alles aufnahm, ließ keine Liebe in mir gedeihen. Der reine freie Geist, glaubt ich, könne sich nie mit den Sinnen und ihrer Welt versöhnen. Ich kämpfte überall mit dem Vernunftlosen, mehr, um mir das Gefühl der Überlegenheit zu erbeuten, als um den regellosen Kräften, die des Menschen Brust bewegen, die schöne Einigkeit mitzuteilen, deren sie fähig sind. Stolz schlug ich die Hilfe aus, womit uns die Natur in jedem Geschäfte des Bildens entgegenkömmt, die Bereitwilligkeit, womit der Stoff dem Geiste sich hingibt; ich wollte zähmen und zwingen. Ich richtete mit Argwohn und Härte mich und andre.

Für die stillen Melodien des Lebens, für das Häusliche und Kindliche hatt ich den Sinn beinahe ganz verloren.

Einst hatte Homer mein junges Herz so ganz gewonnen; auch von ihm, und seinen Göttern war ich abgefallen.

Ich reiste, und wünscht oft, ewig fortzureisen.

Da hört ich einst von einem guten Manne, der seit kurzem ein nahes Landhaus bewohne, und ohne sein Bemühn recht wunderbar sich aller Herzen bemeistert habe, der kleineren, wie der größern, der meisten freilich, weil er fremd und freundlich wäre, doch wären auch einige, die seinen Geist verständen, ahndeten.

Ich ging hinaus, den Mann zu sprechen. Ich traf ihn in seinem Pappelwalde. Er saß an einer Statue, und ein lieblicher Knabe stand vor ihm. Lächelnd streichelt' er diesem die Locken aus der Stirne, und schien mit Schmerz und Wohlgefallen das holde Wesen zu betrachten, das so ganz frei und traulich dem königlichen Mann ins Auge sah.

Ich stand von fern und ruhte auf meinem Stabe; doch da er sich umwandte, und sich erhub, und mir entgegentrat, da widerstand ich dem neuen Zauber, der mich umfing, mit Mühe, dass ich mir den Geist frei erhielt, doch stärkte mich auch wieder die Ruhe und Freundlichkeit des Mannes. –

Und wie ich wohl die Menschen fände auf meinen Wanderungen, fragt' er mich nach einer Weile. Mehr tierisch, als göttlich, versetzt ich hart und strenge, wie ich war. O wenn sie nur erst menschlich wären! erwidert' er mit Ernst und Liebe. Ich bat ihn, sich darüber zu erklären.

Es ist wahr, begann er nun, das Maß ist grenzenlos, woran der Geist des Menschen die Dinge misst, und so soll es sein! wir sollen es rein und heilig bewahren, das Ideal von allem, was erscheint, der Trieb in uns, das Ungebildete nach dem Göttlichen in uns zu bilden, und die widerstrebende Natur dem Geiste, der in uns herrscht, zu unterwerfen, er soll nie auf halbem Wege sich begnügen; doch um so ermüdender ist auch der Kampf, um so mehr ist zu fürchten, dass nicht der blutige Streiter die Götterwaffen im Unmut von sich werfe, dem Schicksal sich gefangen gebe, die Vernunft verleugne, und zum Tiere werde, oder auch, erbittert vom Widerstande, verheere, wo er schonen sollte, das Friedliche mit dem Feindlichen vertilge, die Natur aus roher Kampflust bekämpfe, nicht um des Friedens willen, seine Menschlichkeit verleugne, jedes schuldlose Bedürfnis zerstöre, das mit andern Geistern ihn vereinigte, ach! dass die Welt um ihn zu einer Wüste werde, und er zu Grunde gehe in seiner finstern Einsamkeit.

Ich war betroffen; auch er schien bewegt.

Wir können es nicht verleugnen, fuhr er wieder erheitert fort, wir rechnen selbst im Kampfe mit der Natur auf ihre Willigkeit. Wie sollten wir nicht? Begegnet nicht in allem, was da ist, unsrem Geiste ein freundlicher verwandter Geist? und birgt sich nicht, indes er die Waffen gegen uns kehrt, ein guter Meister hinter dem Schilde? – Nenn ihn, wie du willst! Er ist derselbe. – Verborgnen Sinn enthält das Schöne. Deute sein Lächeln dir! Denn so erscheint vor uns der Geist, der unsern Geist nicht einsam lässt. Im Kleinsten offenbart das Größte sich. Das hohe Urbild aller Einigkeit, es begegnet uns in den friedlichen Bewegungen des Herzens, es stellt sich hier, im Angesichte dieses Kindes dar. – Hörtest du nie die Melodien des Schicksals rauschen? – Seine Dissonanzen bedeuten dasselbe.

Du denkst wohl, ich spreche jugendlich. Ich weiß, es ist Bedürfnis, was uns dringt, der ewig wechselnden Natur Verwandtschaft mit dem Unsterblichen in uns zu geben. Doch dies Bedürfnis gibt uns auch das Recht. Es ist die Schranke der Endlichkeit, worauf der Glaube sich gründet; deswegen ist er allgemein, in allem, was sich endlich fühlt.

Ich sagt ihm, dass es mir sonderbar ginge mit dem, was er gesagt; es sei so fremdartig mit meiner bisherigen Denkart, und doch scheine mir es so natürlich, als wär es bis jetzt mein einziger Gedanke gewesen. So kann ich ja wohl noch mehr wagen, rief er traut und heiter, doch erinnre mich zu rechter Zeit! – Als unser Geist, fuhr er nun lächelnd fort, sich aus dem freien Fluge der Himmlischen verlor, und sich erdwärts neigte vom Äther, als der Überfluss mit der Armut sich gattete, da ward die Liebe. Das geschah am Tage, da Aphrodite geboren ward. Am Tage, da die schöne Welt für uns begann, begann für uns die Dürftigkeit des Lebens. Wären wir einst mangellos und frei von aller Schranke gewesen, umsonst hätten wir doch nicht die Allgenügsamkeit verloren, das Vorrecht reiner Geister. Wir tauschten das Gefühl des Lebens, das lichte Bewusstsein für die leidensfreie Ruhe der Götter ein. Denke, wenn es möglich ist, den reinen Geist! Er befasst sich mit dem Stoffe nicht; drum lebt auch keine Welt für ihn; für ihn geht keine Sonne auf und unter; er ist alles, und darum ist er nichts für sich. Er entbehrt nicht, weil er nicht wünschen kann; er leidet nicht, denn er lebt nicht. – Verzeih mir den Gedanken! er ist auch nur Gedanke und nichts mehr. – Nun fühlen wir die Schranken unsers Wesens, und die gehemmte Kraft sträubt sich ungeduldig gegen ihre Fesseln, und der Geist sehnt sich zum ungetrübten Äther zurück. Doch ist in uns auch wieder etwas, das die Fesseln gerne trägt; denn würde der Geist von keinem Widerstande beschränkt, wir fühlten uns und andre nicht. Sich aber nicht zu fühlen, ist der Tod. Die Armut der Endlichkeit ist unzertrennlich in uns vereiniget mit dem Überflusse der Göttlichkeit. Wir können den Trieb, uns auszubreiten, zu befreien, nie verleugnen; das wäre tierisch. Doch können wir auch des Triebs, beschränkt zu werden, zu empfangen, nicht stolz uns überheben. Denn es wäre nicht menschlich, und wir töteten uns selbst. Den Widerstreit der Triebe, deren keiner entbehrlich ist, vereiniget die Liebe, die Tochter des Überflusses und der Armut. Dem Höchsten und Besten ringt unendlich die Liebe nach, ihr Blick geht aufwärts und das Vollendete ist ihr Ziel, denn ihr Vater, der Überfluss, ist göttlichen Geschlechts. Doch pflückt sie auch die Beere von den Dornen, und sammelt Ähren auf dem Stoppelfeld des Lebens, und wenn ihr ein freundlich Wesen einen Trank am schwülen Tage reicht, verschmähet sie nicht den irdnen Krug, denn ihre Mutter ist die Dürftigkeit. – Groß und rein und unbezwinglich sei der Geist des Menschen in seinen Forderungen, er beuge nie sich der Naturgewalt! Doch acht er auch der Hilfe, wenn sie schon vom Sinnenlande kömmt, verkenne nie, was edel ist, im sterblichen Gewande, stimmt hie und da nach ihrer eignen Weise die Natur in seine Töne, so schäm er sich nicht der freundlichen Gespielin! Wenn deine Pflicht ein feurig Herz begleitet, verschmähe den rüstigen Gefährten nicht! Wenn dem Geistigen in dir die Phantasie ein Zeichen erschafft, und goldne Wolken den Äther des Gedankenreichs umziehn, bestürme nicht die freudigen Gestalten! Wenn dir als Schönheit entgegenkömmt, was du als Wahrheit in dir trägst, so nehm es dankbar auf, denn du bedarfst der Hilfe der Natur.

Doch erhalte den Geist dir frei! verliere nie dich selbst! für diesen Verlust entschädiget kein Himmel dich. Vergiss dich nicht im Gefühle der Dürftigkeit! Die Liebe, die den Adel ihres Vaters verleugnet, und immer außer sich ist, wie mannigfaltig irrt sie nicht, und doch wie leicht!

Wie kann sie den Reichtum, den sie tief im Innersten bewahrt, in sich erkennen? So reich sie ist, so dürftig dünkt sie sich. Sie trägt der Armut schmerzliches Gefühl, und füllt den Himmel mit ihrem Überfluss an. Mit ihrer eignen Herrlichkeit veredelt sie die Vergangenheit; wie ein Gestirn, durchwandelt sie die Nacht der Zukunft mit ihren Strahlen, und ahndet nicht, dass nur von ihr die heilige Dämmerung ausgeht, die ihr entgegenkömmt. In ihr ist nichts, und außer ihr ist alles. Ihre Männlichkeit ist hin. Sie hofft und glaubt nur; und trauert nur, dass sie noch da ist, um ihr Nichts zu fühlen, und möchte lieber in das Heilige verwandelt sein, das ihr vorschwebt. Aber sie fühlt sich so ferne von ihm; die Fülle des Göttlichen ist zu grenzenlos, um von ihrer Dürftigkeit umfasst zu werden. Wunderbar! vor ihrer eignen Herrlichkeit erschrickt sie. Lass ihr das Unsichtbare sichtbar werden! es erschein ihr im Gewande des Frühlings! es lächl' ihr vom Menschenangesichte zu! Wie ist sie nun so selig! Was so fern ihr war, ist nahe nun, und ihresgleichen, und die Vollendung, die sie an der Zeiten Ende nur dunkel ahndete, ist da. Ihr ganzes Wesen trachtet, das Göttliche, das ihr so nah ist, sich nun recht innig zu vergegenwärtigen, und seiner, als ihres Eigentums, bewusst zu werden. Sie ahndet nicht, dass es verschwinden wird im Augenblicke, da sie es umfasst, dass der unendliche Reichtum zu nichts wird, sowie sie ihn sich zu eigen machen will. In ihrem Schmerze verlässt sie das Geliebte, hängt sich dann oft ohne Wahl an dies und das im Leben, immer hoffend und immer getäuscht; oft kehrt sie auch in ihre Ideenwelt zurück; mit bittrer Reue nimmt sie oft den Reichtum zurück, womit sie sonst die Welt verherrlichte, wird stolz, hasst und verachtet nun; oft tötet sie der Schmerz der ersten Täuschung ganz, dann irrt der Mensch ohne Heimat umher, müd und hoffnungslos, und scheint ruhig, denn er lebt nicht mehr. Sie sind unendlich, die Verirrungen der Liebe. Doch überall möcht ich ihr sagen: verstehe das Gefühl der Dürftigkeit, und denke, dass der Adel deines Wesens im Schmerze nur sich offenbaren kann! Kein Handeln, kein Gedanke reicht, so weit du willst. Das ist die Herrlichkeit des Menschen, dass ihm ewig nichts genügt. In deiner Unmacht tut sie dir sich kund. Denke dieser Herrlichkeit! Denn wer nur seiner Unmacht denkt, muss immer mit Angst nach fremder Stütze sich umsehn, und wer sich beredet, er habe nichts zu geben, will immer nur aus fremder Hand empfangen, und wird nie genug haben. Denn würd ihm auch alles gegeben, es müsste doch mangelhaft vor ihm erscheinen. Auf dem schmalen Wege des Empfangens wird auch der Reichtum für uns zur Dürftigkeit. Wer umspannt den Olymp mit seinen Armen? Wer fasst den Ozean in eine Schale? Und welchem Auge stellte sich ein Gott in unverhüllter Glorie dar? Es ist so unmöglich für uns, das Mangellose ins Bewusstsein aufzunehmen, als es unmöglich ist, dass wir es hervorbringen. Was blieb' uns auch zum Tagewerk noch übrig, wenn die Natur sich überwunden gäbe, und der Geist den letzten Sieg feierte?

Doch soll es werden, das Vollkommene! Es soll! so kündet die geheime Kraft in dir sich an, woraus, vom heißen Strahle genährt, dein ewig Wachstum sich entwickelt. Lass deine Blüte fallen, wenn sie fällt, und deine Zweige dürre werden! Du trägst den Keim zur Unendlichkeit in dir! Erhalt ihn in der Dürftigkeit des Lebens! Dein freier Geist verübe sein Recht unüberwindlich am Widerstande der Natur! Wenn sie uns zum Kampfe fordert, will sie nicht, dass wir um Gnade rufen, sie schützt die Feigen nicht, sie straft den Schmeichler, wenn er im Hochgefühle seines Adels und seiner Macht der alten Kämpferin begegnen sollte, und wimmernd zu ihr spricht: Du meinst es gut, meine Freundin! Ich gebe mich und meine Waffen dir. Den stößt des Schicksals eherner Wagen um, der seinen Rossen nicht mit Mut in die Zügel fällt. – Auch will die Natur nicht, dass man vor ihren Stürmen sich ins Gedankenreich flüchte, zufrieden, dass man der Wirklichkeit vergessen könne im stillen Reiche des Möglichen. Ergründe sie, die Tiefen deines Wesens, doch nur, um unüberwindlicher aus ihnen in den Kampf hervorzutreten, wie Achill, da er im Styx sich gebadet. Vollbringe, was du denkst! – Wenn aber die Natur dir freundlich entgegenkömmt, im Gewande des Friedens, und lächelnd dir zu deinem Tagewerke die Hände reicht, wenn, freudig überrascht, im Sinnenlande dein Geist, wie in einem Spiegel, sein Ebenbild beschaut, die Formen der Natur zum einsamen Gedanken sich schwesterlich gesellen, so freue dich, und liebe, doch vergiss dich nie! Verlass dein Steuer nicht, wenn eine fröhliche Luft in deine Segel weht! Entehre nicht des Schicksals gute Göttin! du machst sie zur Sirene, wenn sie dich mit ihren Melodien in den Schlummer wiegt.

Es ist das beste, frei und froh zu sein; doch ist es auch das schwerste, lieber Fremdling! – In seinen Höhn den Geist emporzuhalten, im stillen Reiche der Unvergänglichkeit, und heiter doch hinab ins wechselnde Leben der Menschen, auch ins eigne Herz zu blicken, und liebend aufzunehmen, was von ferne dem reinen Geiste gleicht, und menschlich auch dem Kleinsten die fröhliche Verwandtschaft mit dem, was göttlich ist, zu gönnen! Gewaffnet zu stehn vor den feindlichen Bewegungen der Natur, dass ihre Pfeile stumpf vom unverwundbaren Geschmeide fallen, doch ihre friedlichen Erscheinungen mit friedlichem Gemüte zu empfangen, den düstern Helm vor ihnen abzunehmen, wie Hektor, als er sein Knäblein herzte! Des Lebens Nächte mit dem Rosenlichte der Hoffnung und des Glaubens zu beleuchten, doch die Hände nicht müßig fromm zu falten! was wahr und edel ist, aus fesselfreier Seele den Dürftigen mitzuteilen, doch nie der eignen Dürftigkeit zu vergessen, dankbar aufzunehmen, was ein reines Wesen gibt und der brüderlichen Gabe sich zu freuen! Dies ist das Beste! so lehrte mich – ich ehre sie – die Schule meines Lebens. –

Der seltne Mann erschien vor meinem Innern so sanft und groß. Froh bot ich ihm die Hand, und dankte, und sagt ihm meinen Irrtum.

Nur zu lange, rief er, irrt auch ich, und die Geschichte meiner Jugend ist ein Wechsel widersprechender Extreme; ich kenne das, wo wir traurend und verarmt des hohen Eigentums nicht gedenken und alles ferne wähnen, was wir doch in uns finden sollten, und das Verlorne in der Zukunft suchen und in der Gegenwart, im ganzen Labyrinthe der Welt, in allen Zeiten und ihrem Ende; ich kenn auch das, wo das feindliche verhärtete Gemüt jede Hilfe verschmäht, jedes Glaubens lacht in seiner Bitterkeit, auch die Empfänglichkeit für unsre Wünsche der guten Natur missgönnt, und lieber seine Kraft an ihrem Widerstande misst.

Doch auch diesen Verirrungen gönn ich jetzt oft einen freundlichen Blick, wenn sie mir erscheinen. Wie sollt ich sie noch mit Strenge bekämpfen? Sie schlummern friedlich in ihrem Grabe. Wie sollt ich sie aus meinem Sinne bannen? Sie sind doch alle Kinder der Natur, und wenn sie oft der Mutter Art verleugnen, so ist es, weil ihr Vater, der Geist, vom Geschlechte der Götter ist. Genügsam hält sich ewig in ihrer sichern Grenze die Natur; die Pflanze bleibt der Mutter Erde treu, der Vogel baut im dunkeln Strauche sein Haus, und nimmt die Beere, die er gibt; genügsam ist die Natur, und ihres Lebens Einfalt verliert sich nie, denn sie erhebt sich nie in ihren Forderungen über ihre Armut. Genügsam ist der mangellose Geist, in seiner ewigen Fülle, und in dem Vollkommenen ist kein Wechsel. Der Mensch ist nie genügsam. Denn er begehrt den Reichtum einer Gottheit, und seine Kost ist Armut der Natur. – Verdamme nicht, wenn in dem Sinnenlande das niebefriedigte Gemüt von einem zum andern eilt! es hofft Unendliches zu finden: durch die Dornen irrt der Bach; er sucht den Vater Ozean. Wenn sein vergessen, des Menschen Geist über seine Grenze sich verliert, ins Labyrinth des Unerkennbaren, und vermessen seiner Endlichkeit sich überhebt, verdamme nicht! Er dürstet nach Vollendung. Es rollten nicht über ihr Gestade die regellosen Ströme, würden sie nicht von den Fluten des Himmels geschwellt.

Der schöne Knabe, der indes im Garten sich beschäftigt hatte, kam und bracht uns Blumen, erzählt' uns auch manches, und wies uns das goldne Feuer über den Gebirgen. Es war schon Abend geworden. Ich nahm die freundliche Herberge mit Dank an. Das Leben ist nicht so reich, dass wir ein reines Wesen, wie der Mann war, den ich gefunden hatte, so schnell verlassen könnten.

Zweites Kapitel

Noch denk ich gerne des Morgens, der uns jetzt umfing, und wie sein Zauber uns verjüngte. Doch fand ich nie ein treues Bild für meine goldnen Stunden, um andern zu verkünden, was ich genoss. Die Natur gab ihren Mutterpfennigen ein ungangbares Gepräge, damit wir sie nicht, wie Scheidemünze, verschleudern sollten. Auch mir war sie lange fremd gewesen, diese Ruhe und Regsamkeit, wo alle Kräfte ineinander spielen, wie die stillen Farben am Bogen des Friedens.

Es war ein heiterer blauer Apriltag. Wir setzten uns in den Sonnenschein, auf den Balkon; es säuselten um uns die Zweige und durch die sonntägliche Stille tönte ferner Türme Geläut und gegenüber das Spiel der Orgel vom Hügel der Kapelle.

Du machtest mich begierig, fing ich endlich an, auf die Geschichte deines jugendlichen Lebens –

Ich bin auch jetzt gerade gestimmt, unterbrach er mich freundlich, die wunderbaren unschuldigen Gestalten erscheinen zu lassen, auch die wildern. Du bleibst so lange bei mir, bis ich zu Ende bin. Ich gestehe dir, ich musste mich lange von ihnen ferne halten um deswillen, was ich verlor, ich musste mich hüten vor den Freuden und Schmerzen der Erinnerung, ich war, wie eine kranke Pflanze, die die Sonne nicht ertragen kann.

Drittes Kapitel

tum der Heroen, unter den Augen der Miltiade und Aristide, beim Wettgesange der edeln Dichter und im Kampfspiel, wo der Lorbeer winkte! und deine Gespielen – du hättest sie gewiss recht lieb gewonnen, die starken bildsamen Jünglinge! ihr hättet euch in eures Herzens Fröhlichkeit eure Geheimnisse vertraut, wie es euch schmerze, noch nichts getan zu haben, wie ihr oft in der Stille über euch trauertet vor dem Bilde eines Helden, wie ihr nicht lassen könntet von der Liebe zum Lorbeer, und euch oft berauschtet im Gedanken der Unsterblichkeit, ihr hättet euch gefreut, dass es einem ergehe, wie dem andern, und kühn geschworen, des Herzens Triebe Genüge zu tun. – Nun ist es freilich anders, gutes Herz! Du siehest vor dir, wie es ist. Aber lass dich das nicht irren! – Siehe das Licht des Himmels an! Bedarf es fremden Feuers, um zu leuchten und zu wärmen? bedarf es eines Dankes, um wohlzutun? und wenn sich die Erde mit Dünsten umwölkt, und seine reinen Strahlen nicht aufnimmt, in ihr Innres, leuchtet es minder, wie sonst? So sei auch du! Denk und tue, wie du sollst, und siehe nicht um dich; und wenn der kleinen Menschen kleiner Tadel in deinem sichern Gange dir nachtönt, so denke dir recht lebendig, wie der arme Perser den ungehorsamen Ozean peitschte! – Es ist dein liebster Gedanke, zu werden, wie die Herrlichen, die einst waren. Erhalt ihn! werde nicht mutlos! Gib dich nie auf halbem Wege zufrieden! Verweile nicht an Armseligkeiten! Sei still und harre, bis deine Zeit kömmt! Lebe in Gemeinschaft mit deinen Heroen! Du findest ihresgleichen schwerlich so bald unter den Lebendigen. Bewahre dich, junge Seele! Du gehörst einer andern Welt. Befasse dich nicht zu viel mit dieser, bis deine Zeit kommt, und du unter ihr wirkst. Nähre dein Herz mit der Geschichte besserer Tage, suche nichts unter den jetzigen! Das wenige, was sie dir geben, ist, wenigstens jetzt, nicht für dich. – Denke meiner Worte, Lieber! wenn ich ferne bin. Ich muss dich bald verlassen. Wer weiß? es könnten die letzten Worte sein, die ich dir sagte! Wenn ich sterbe, so sterb ich mit der Hoffnung, dass mein bestes Leben fortdaure in dir und denen, die du einst bildest, dass sie wieder in andern pflanzen, was in ihnen reifte durch dich. Und was sprech ich von mir? Stehet ihr wieder auf im Geiste meines Lieblings, ihr Herrlichen, die ihr schlaft unter den Trümmern des gefallenen Griechenlands! verjüngt euch wieder in ihm, ihr alten Tugenden von Athen und Sparta! o kehret wieder, goldne Tage, Tage der Wahrheit und der Schönheit, kehret wieder in ihm! – Er sah, dass ich zu tief erschüttert war, um noch zu hören, auch ihm mochte zu viel sich aufdringen, um es der jungen Seele mitzuteilen. Er umschlang mich schweigend, innigst bewegt, ich Glücklicher! in seinen Armen barg ich meine heftigen Seufzer und meine Tränen.

Wir fuhren zurück nach Tina, und, wie ich ihn des andern Tags besuchen wollte, war er fort.

Viertes Kapitel

Ich trauerte lang um meinen Freund. Im Innersten betrübt dacht ich oft, wenn ich an seinem Hause vorüberging, wie er vormals dagestanden wäre am Fenster, und mir entgegengenickt hätte, wenn ich die Straße heraufgekommen wäre, und wenn die Türe offen stand, sah ich wehmütig hinein in den dunkeln Vorsaal, und hörte seine Stimme wieder, wie er mir die Treppe herunter nachrief: schlaf wohl, lieber Junge! Wenn das Volk versammelt war, und von ungefähr die Farbe seines Mantels mir erschien, erschrak ich, als wär er da, und wenn ich einen Schiffer hörte, wie er von seiner Fahrt sprach, und von fremden Menschen, die er gesehn, glaubt ich immer, es müsst ihm auch der Herrliche, den ich liebte, bekannt sein; oft, wenn ich draußen herumging, weilte mein Blick am Horizont; dort wär er wohl hinausgefahren, dacht ich, und meine Tränen rannen ins Meer. Der kleinste Laut, den ich von ihm im Herzen bewahrte, war mir heilig, wie der letzte Wille eines Verstorbenen. Ich folgte ihm fast zu treu. Ich verschloss mich, so sehr ich nur konnte vor den Menschen. Neben den Geistern des Altertums fand nur er in meiner Seele Platz. Mein Herz gehörte denen, die ferne waren. Wo ich ging und stand, geleiteten mich die ehrwürdigen Gestalten. Wie Flammen, verloren sich in meinem Sinne die Taten aller Zeiten, die ich kannte, ineinander. Nur *Ein* großer Sieg waren für mich die hundertfältigen Siege der Olympiaden. Was durch Jahrhunderte getrennt war, versammelte sich vor meinem jugendlichen Geiste. Ich vergaß mich so ganz über all der Größe, die mich umgab.

So war ich allmählich herangewachsen. Ich fing jetzt an, mich über mich selbst zu befragen. Ich kehrt jetzt oft von den Halbgöttern, denen mein Herz gehörte, auf mich zurück; ich maß, und erschrak über mein Nichts. Mein ganzes Wesen raffte sich auf, dem tödlichen Schmerze zu entgehen, der im Gefühle meines Mangels lag. Ich wollt im härtesten Kampfe mir einen Wert erringen. Aber wo sollt ich? – Ach! ich hätte gerne eine Stunde aus eines großen Mannes Leben mit Blut erkauft. Traurend sah ich jetzt oft in meinen Plutarch, und bittre Tränen rannen mir aufs Blatt. Oft wenn über mir die Gestirne aufgingen, nannt ich ihre Namen, die Namen der Heroen, die einst auf Erden lebten – erbarmt euch meiner, ihr Göttlichen, rief ich, lasst mich vergessen, was ihr wart, oder tötet mich mit eurer Herrlichkeit, ihr seligen Jünglinge! –

Ich suchte endlich Trost unter den Menschen. Was ich mir selbst nicht geben konnte, dacht ich unter andern zu finden. Man hatte mir schon oft gesagt, es würde mir gut sein, wenn ich nicht so sehr einsam lebte. Man würde so leicht exzentrisch in seinen Meinungen bei gänzlicher Zurückgezogenheit. In der Gesellschaft lerne man die Fülle des Guten friedlich unter sich teilen, man lerne, aus sich nicht Alles zu machen, aus andern auch nicht, und sich zu begnügen mit dem, was jedem beschieden sei, man lerne Geduld, und das wäre Gewinns genug. Aber ich war damals so gar nicht gestimmt, etwas Verständiges der Art auf mich wirken zu lassen. Ich trat mit ganz andrem Sinne unter die Menschen.

Es ist sonderbar, wie ein jugendlich Gemüt oft in die Kinderspiele des Lebens so viel Gehalt legt. Es war mir unbegreiflich, wie die Menschen so befriedigt zurückkommen könnten von ihren kleinen Festen, wenn nicht seltne Dinge dabei zu finden wären. Wenn ich mir dachte, dass ich dort wohl auch so fröhlich werden könnte, wie sie, wie unendlich viel musst ich erwarten!

Auch versprach mir jedes ehrliche Gesicht so viel. Ich habe manchen vergöttert, im ersten Augenblicke, der sich recht sehr begnügte mit seiner Menschlichkeit. Mit Bedauern denk ich daran, wie ich jetzt oft mit all meiner Liebe trachtete, ein herzlich Lächeln zu erbeuten, wie ich oft in einem Worte meine ganze Seele gab, und einen witzigen Spruch dafür zurückbekam, wie bei einem andern ein wenig Gutmütigkeit mich so innig freute, und wie ich mich verstanden glaubte von ihm, bis auch er mitteilte, was ihm am Herzen lag, und ich dann Dinge hörte, woran ich so gar keinen Wert finden konnte, wie ich dastand und huldigte vor prächtigen Sentenzen – ach! wie ich oft glaubte, das Unnennbare zu finden, das mein werden sollte, dafür, dass ich mich selbst an das Geliebte verlor! – Das arme Wesen dachte, zwei Menschen könnten sich Alles sein, dacht oft wirklich den heiligen Tausch getroffen zu haben, wo einer des andern Gott sein sollte, und machte nun freilich Forderungen, worüber der andre sich wunderte. Er wollte ja nur Kurzweil, nichts so Ernstes! Einem jungen Manne, Gorgonda Notara nannt er sich, war ich immer gut geblieben. Ich hatte so oft umsonst gehofft, ein Wesen zu finden, wo ich sagen könnte, nun bin ich zufrieden auf ewig! hatte so oft mit Schmerzen mich losgerissen, wo mein Herz so schnell und innig sich angehängt hatte, ich hatte mich durch Dornen gewunden, und sie hatten mit jedem Schritte mich festgehalten, um mich ihren Stachel fühlen zu lassen, ich hatte so oft mich hingedrängt, wo es besser gewesen wäre, auszuweichen, ich war nun froh, doch etwas an ihm zu haben, und wenn ich mich entfernen wollte in meiner Ungenügsamkeit, zog er mich immer wieder an sich. Er war etwas vielseitig, und das kam mir zustatten; gab mir freilich auch oft ein Misstrauen gegen ihn. Er wusste jedem Dinge einen Wert zu geben; er war äußerst duldsam gegen mich, das tat mir wohl, aber er war es auch gegen andre, die meine Gegenteile waren, und das war mir unbegreiflich. Er bestritt mich oft gerade in meinen liebsten Überzeugungen, aber mit Freundlichkeit und Bedacht, – ich verglich uns, wenn wir so zusammen stritten, oft mit den jungen Lämmern, die sich scherzend einander an die Stirne stießen, als wollten sie sich so das Gefühl ihres Daseins in sich wecken – und, wie es schien, mehr um das Gespräch zu beleben, mehr zum Versuche, was wohl aus dem Für und Wider sich ergeben möchte, als in strengem Ernste, und indes er wider mich sprach, schien er doch auch seine Freude zu haben an dem sonderbaren Geschöpfe, das so ungelenksam und unersättlich wäre in seinen Forderungen, und doch so leicht und oft gerade dem Kleinsten sich hingäbe; ich hätte in meinem Leben noch keinen Menschen gesehen, meinte er, ich wandelte von je her unter Geistererscheinungen, und es wäre nur schade, dass diese verschwänden, sobald ich näher käme, aber man müsst ihm doch gut sein, dem wunderlichen Phantasten! –

Einst saßen wir mit andern zusammen; es war ein alter Bekannter von einer Fahrt zurückgekommen, und wir feierten das fröhliche Wiedersehn. Alle waren inniger, wie sonst; ich glühte, und sprach ungewöhnlich viel. Ich fühlte wirklich zum ersten Male die Freude jugendlicher Verbrüderung ganz. O man lebt doch nicht umsonst, ihr Lieben! rief ich in meines Herzens Trunkenheit, und streckte die Hand aus über dem Tische, und jeder bot die seinige dar. – Öffne geschwinde die Fenster, rief ich einem, der mir gegenüber saß, nach einer Weile zu. Was hast du, Hyperion? fragt' ein andrer. Dort gehn die Dioskuren am Meer herauf, rief ich freudig. Zufällig sah ich einen Augenblick darauf in den Spiegel, und glaubte drin ein zweideutig Lächeln an Notara zu bemerken. Betroffen blickt ich um mich, und es war mir, als fänden sich auch auf andern Gesichtern solche Spuren. Das war mir ein Dolch ins Herz! Ich glaubte mein Innerstes verunehrt, meine beste Freude verlacht, von meinem letzten Freunde mein Herz verspottet. Ich sprang auf, und eilte fort. – Alle die traurigen Täuschungen, die ich von jeher erfahren, jede Miene, jeder Laut, der mein Herz zurückgestoßen hatte, seit ich unter die Menschen gekommen war mit meinen Hoffnungen, jeder unfreundliche Scherz, womit man sich an meinen kleinen Unaufmerksamkeiten gerächt, jede Missdeutung, womit man meine unbefangenen innigen Äußerungen lächerlich gemacht, jede Falschheit, womit man, wie mir jetzt schien, meine Liebe und meinen Glauben nachgeäfft hatte, alles, was ich längst verziehen hatte und vergessen, gesellte sich nun zu den unverhofften Entdeckungen, die ich eben gemacht, – ich dachte mir einen um den andern aus dem Zirkel, den ich verlassen hatte, wie er mir wohl seine bittern Bemerkungen nachschicken werde; der raue Seemann stand lebendig vor mir mit seinem Ärger und gegenüber Notara mit seinen hämischen Entschuldigungen. Jetzt kam ich an dem Hause vorüber, wo der edle Fremdling gewohnt hatte. Du hattest recht, guter Mann! dacht ich, o du hattest recht! Ich sollte mich nicht zu viel befassen mit dieser Welt, sagtest du. Ach! dass ich dir nicht folgte, mein Schutzgeist! Nun bist du gerächt.

Man belächelt oft den Menschen, und findet es ungereimt, wenn oft von einer kleinen Wunde sein Innerstes erkrankt, und nur sehr schwer genest. Man würde besser tun, wenn man teilnehmend das Übel zu ergründen suchte. Man würde dann finden, dass auch dem schwächsten Feinde der Sieg sehr leicht wird, wenn ihm insgeheim ein Stärkerer vorarbeitete, und unsre stärksten Feinde sind wir selbst.

Das arme Wesen wollte sich nun zurückflüchten in sich selbst, und hatte doch längst sein Selbst verloren. Ich hatte mich gewöhnt, Ruh und Freude aus fremder Hand zu erwarten, und war nun dürftiger geworden, als zuvor. Ich war, wie ein Bettler, den der Reiche von seiner Türe stieß, und der nun heimkehrt in seine Hütte, sich da zu trösten, und nur um so bittrer sein Elend fühlt zwischen den ärmlichen Wänden. Je mehr ich über mir brütete in meiner Einsamkeit, um so öder ward es in mir. Es ist wirklich ein Schmerz ohnegleichen, ein fortdauerndes Gefühl der Zernichtung, wenn das Dasein so ganz seine Bedeutung verloren hat. Eine unbeschreibliche Mutlosigkeit drückte mich. Ich wagt oft das Auge nicht aufzuschlagen vor den Menschen. Ich hatte Stunden, wo ich das Lachen eines Kindes fürchtete. Dabei war ich sehr still und geduldig; hatt oft einen wunderbaren Aberglauben an die Heilkraft mancher Dinge; oft konnt ich insgeheim von einem kleinen erkauften Besitztum, von einer Kahnfahrt, von einem Tale, das mir ein Berg verbarg, Trost erwarten. Mit dem Mute schwanden auch sichtbar meine Kräfte. Ich glaubte wirklich unterzugehn.

Ich hatte Mühe, die Trümmer ehmals gedachter Gedanken zusammenzulesen, der rege Geist war entschlummert; ich fühlte, wie sein himmlisch Licht, das mir kaum erst aufgegangen war, sich allmählich verdunkelte. – Freilich, wenn es einmal, wie mir deuchte, den letzten Rest meiner verlornen Existenz galt, wenn mein Stolz sich regte, dann war ich lauter Wirksamkeit, und die Allmacht eines Verzweifelten war in mir, oder wenn sie von einem Tropfen der Freude getränkt war, die welke dürftige Natur, dann drang ich mit Gewalt unter die Menschen, sprach, wie ein Begeisterter, und fühlte wohl manchmal auch die Träne der Seligen im Auge, oder wenn einmal wieder ein Gedanke oder das Bild eines Helden in die Nacht meiner Seele strahlte, dann staunt ich und freute mich, als kehrte ein Gott ein in dem verarmten Gebiete, dann war mir, als sollte sich eine Welt bilden in mir; aber je heftiger die schlummernden Kräfte sich aufgerafft hatten, um so müder sanken sie hin; versuche nur nichts mehr, sagt ich mir dann, es ist doch aus mit dir!

Wohl dem, der das Gefühl seines Mangels versteht! wer in ihm den Beruf zu unendlichem Fortschritt erkennt, zu unsterblicher Wirksamkeit, wer im Schmerze der

Erniedrigung den kleinen Trost verachten kann, unter den Kleinen groß zu sein, ohne an sich zu verzweifeln, und den Glauben an die Götterkraft des Geistes aufzugeben, wer sie überstanden hat, diese Feuerprobe des Herzens, wenn es überall eine Leere findet, und das wenige, was es geben kann, verschmäht fühlt! – Wohl manches jugendliche Gemüt trauert, wie ich einst trauerte, im Gefühle menschlicher Armut, und je trefflicher die Natur, desto größer die Gefahr, dass es verschmachte im Lande der Dürftigkeit. Mir ist er heilig, dieser Schmerz, so wahr michs freut, wenn mir ein freundlich Auge begegnet! Aber sagen möcht ich der Seele, die mir ihn klagte, dass sie nur darum ihr Paradies verloren hätte, damit sie ein Paradies erschaffe, doch werde dies mitnichten am siebenten Tage vollendet sein, denn der Ruhetag der Geister würd ihr Tod sein, sagen würd ich ihr, dass sie, um ihres Adels willen nicht einzig fremder Hilfe vertrauen soll, die treuste Pflege müsse den zu Grunde richten, der müßig von ihr allein sein Heil erwarte; in brüderlichem Zusammenwirken bestehe das Beste, doch sei es auch herrlich, allein zu stehn, und sich hindurchzuarbeiten durch die Nacht, wenn es an Kampfgenossen gebreche.

Mich hatte nun der Frühling überrascht in meiner Finsternis. Ich hatt ihn wohl zuweilen von ferne gefühlt, wenn die toten Zweige sich regten, und ein lindes Wehen meine Wange berührte. Das junge Grün hatte mich oft wunderbar belebt auf Augenblicke, und manchmal, wann das freundliche Morgenlicht mich weckte, hatte die Ahndung, dass es wohl noch besser werden könnte, mein hilflos Herz erfreut. Aber das war vorübergegangen, wie der Schatten einer Geliebten.

Ich hatte mich häuslicher Geschäfte wegen einige Wochen in einem andern Teile der Insel aufgehalten, und kehrte nun zurück nach San-Nicolo.

Er war jetzt da in meinen Hainen, der holde Frühling, in aller Fülle der Jugend.

Mir war, als sollt ich doch auch wieder fröhlich werden. Ich öffnete meine Fenster, und kleidete mich, wie zu einem Feste. Auch für mich sollt er wiederkehren, der himmlische Fremdling! Was hofft dann der Arme? möchten die Toten auferstehn? dacht ich bei mir selbst. Aber mein Herz ließ sich nicht abweisen. Es ging mir, wie den Kindern, die so gerne Zutraun fassen zu einem heiter farbigen Kleide. Mit jedem Blicke wuchs in mir der Glaube an bessere Tage vor dem fröhlichen Bilde der Natur.

Ich sah, wie alles hinausströmte aufs freundliche Meer von Tina, und sein Gestade. Ich ging auch hinaus.

Alles verjüngte und begeisterte der süße zauberische Frühling. Fast jedes Gesicht war herzlicher, lebendiger; überall wurde gutmütiger gescherzt, und die sonst mit fremdem Gruße vorübergegangen waren, boten sich jetzt die Hände.

Das fröhliche Volk bestieg die Boote, steuerte hinaus ins Meer und jauchzte von ferne der holden Insel zu, kehrte dann zurück in die Platanenwälder, zu seinen zephyrlichen Tänzen, lagerte sich unter Zelten zum lieblichen Mahle, und pries und freute sich hoch, dass keiner sich verirrt hätte in den Labyrinthen des Ronnecatanzes.

Aber mein Herz suchte mehr, als das. Das konnte nicht vom Tode retten.

Ich ging fort, und streifte herum auf einsamen Hügeln, sah oft hinunter nach der fröhlichen Welt, und dachte, warum ich dann darben müsste, wo alles so selig wäre.

Doch wollt ich keinem seine Freude missgönnen, und hoffte, auch meiner warte vielleicht noch eine gute Stunde. So kehrt ich zurück.

An Notaras Hause, wo ich vorüberkam, saß seine Mutter, deren Liebling ich war, und um sie ein Zirkel edler Mädchen, die Seide spannen, und kindliche Liedchen sangen. Da kömmt der Menschenfeind, rief die Mutter mir zu. Ich trat näher, und dankt ihr für den freundlichen Gruß. Du bist gestraft, dass du so lange wegbliebst, fuhr sie lächelnd fort, etwas Lieberes hat indes in meinem Hause Platz genommen. Man kann dich nun entbehren, du Stolzer!

Ich sah mich um. Da stand sie vor mir, die Herrliche, wie eine Priesterin der Liebe, heilig und hold! – ach! über dem Lächeln voll Ruh und himmlischer Duldsamkeit thronte mit eines Gottes Majestät ihr großes begeistertes Auge, und wie Wölkchen ums Morgenlicht, wallt' im Frühlingswinde der dunkle Schleier um ihre Stirne.

Ich kann es nicht anders nennen, es war Gefühl der Vollendung, was sie mir gab in diesem Augenblicke; war doch die Nacht und Armut meines Lebens, die ganze dürftige Sterblichkeit, mit allem, was sie gibt und nimmt, so dahin, als wäre sie nie gewesen! Oft trauert ich, dass wir nur dann erst wissen, von diesen Momenten der Befreiung, wann sie vorüber sind. Sie wägen Äonen unsers Pflanzenlebens auf, sprach ich oft bei mir selbst, wenn ich ihr Andenken feierte, diese namenlosen Begeisterungen, wo das irdische Leben tot und die Zeit nicht mehr ist, und der entfesselte Geist zum Gotte wird.

Jahre gingen vorüber, Meere trennten mich von ihr, tausendfältig verwandelte sich vor mir die Gestalt der Welt, aber ihr Bild verließ mich nie. Oft, wenn ich am heißen Mittag, ermattet von meinen Wanderungen, unter fremdem Himmel ruhte, erschien sie mir, wie in dem trunknen Momente, da ich sie fand, ich presst es an mein glühendes Herz, das süße Phantom, ich hörte ihre Stimme, das Lispeln ihrer Harfe; wie ein friedlich Arkadien, wo in ewigstiller Luft die Blüte sich wiegt, wo ohne Zwang die Frucht der Ernte und die süße Traube gedeiht, wo keine Furcht das sichre Land umzäunt, wo man von nichts weiß, als von dem ewigen Frühling der Erde, und dem wolkenlosen Himmel und seiner Sonne, und seinen heiligen Gestirnen, so stand es offen vor mir, das Heiligtum ihres Herzens und Geistes.

Und später, unter den Bitterkeiten und Mühen des Lebens, bei stürmischer Fahrt, am Schlachttag, unter namenlosem Unmut, wo er mir auf ewig verschwunden schien, der gute Geist, den ich sonst so gerne ahndete, in allem, was lebt, wo ich kalt und stolz mir sagte: hilf dir selber, es ist kein Gott! ach! da trat oft ihr Schatten vor mich, wie ein Engel des Friedens, und besänftigte mein verwildertes Herz mit seiner himmlischen Weisheit.

Jetzt ehr ich als Wahrheit, was mir einst dunkel in ihrem Bilde sich offenbarte. Das Ideal meines ewigen Daseins, ich hab es damals geahndet, als sie vor mir stand in ihrer Grazie und Hoheit, und darum kehr ich auch so gerne zurück, zu dieser seligen Stunde, zu dir, Diotima, himmlisches Wesen!

Fünftes Kapitel

Der Abend jenes Tages meiner Tage ist mir mit allem, was ich noch gewahr ward in meiner Trunkenheit, unvergesslich. Mir war er das schönste, was der Frühling der Erde geben kann, und der Himmel und sein Licht. Wie eine Glorie der Heiligen, umfloss sie das Abendrot, und die zarten goldnen Wölkchen im Äther lächelten herunter, wie himmlische Genien, die sich freuten über ihrer Schwester auf Erden, wie sie unter uns wandelte in aller Herrlichkeit der Geister, und doch so gut und freundlich war gegen alles, was um sie war.

Alles drängte an sie. Allen schien sich ein Teil ihres Wesens mitzuteilen. Ein freundlicher Ernst, ein zärteres Aufmerken, eine innigere Traulichkeit war unter alle gekommen, und sie wussten nicht, wie ihnen geschah.

Mit Begeisterung erzählte mir die Mutter, indes die andern um Diotima beschäftigt waren, wie ihr das liebe Mädchen Freude mache mit ihrem stillen nachdenklichen Wesen, und ihrer steten Zufriedenheit, wie sie sich scheue vor allem, was einem menschlichen Herzen wehe tun könne, vor allem, was nicht schön und schicklich wäre; auch sehe man es sogleich, wenn etwas durch ihre Hände gegangen wäre, man könne gewiss nicht sagen, ihr Herz hänge an kleinen Dingen, und doch wär es immer, als wäre sie mit ihrer ganzen Seele an der Sache gewesen; ein Gartenbeet gewinne ein ganz andres Ansehn, wenn sie es ordne; es wär ihr auch so leicht nicht abzulernen, das Eigentliche, was einem an den Gewändern gefiele, die sie geschnitten, und den Kränzen, die sie gewunden hätte; – ihr Element seien aber die alten Dichter und Weisen, hierin seie sie ein eignes Wesen, sie sei zwar sehr geheim damit, aber man hätte doch schon bemerkt, dass sie im Herzen das Andenken großer Menschen im alten Griechenlande ungefähr ebenso feire, wie die andern frommen Gemüter das Fest der Panagia, und anderer Seligen; auch sonst sei etwas – sie müsste nur sagen – Übermenschliches an ihr. Hättest du sie gestern gesehn, setzte sie hinzu, es wäre dir wohl so sonderbar zu Mut gewesen, wie mir. Es hatte kaum getagt, als ich hinunter ging in den Garten. Da sah ich, ohne dass sie mich bemerken konnte, das liebe Mädchen in dem heimlichen Plätzchen unter den Platanen, wie sie dastand mit ausgebreiteten Armen, und emporrief: Dir opfr' ich mein Herz, ewige Schönheit! – Ich werde den Anblick im Leben nicht vergessen.

Sie komme von den Ufern des Paktols, fuhr die Mutter nach einer Weile fort, aus einem einsamen Tale des Tmolus wohin ihr Vater, ein Verwandter der Notara, aus Verdruss über sein Volk sich von Smyrna zurückgezogen hätte, und ihre Mutter, ehmals die Krone von Ionien, seie seit einem Jahre tot.

Der junge Notara trat jetzt auch noch zu uns, grüßte mich freundlich, und fragte, ob ich immer noch zürne, er wisse nicht einmal seine Schuld genau, die Mutter ließ ihn aber nicht weiterreden, zog ihn auf die Seite, und flüsterte ihm, herzlich zu mir herüberlächelnd, einige Worte zu, dass ich fast etwas Freudiges vermuten musste. – Ich bat Notara, mir zu verzeihen. Staunen. Mein Geist verzehrte sich über der frohen Mühe, den ganzen Reichtum zu fassen, der vor ihm sich auftat. – Es fiel mir lange nicht ein, ein Wort zu sprechen, und, da es mir einfiel, ließ es meine Verwirrung nicht zu.

Man sprach endlich auch von so manchen Wundern griechischer Freundschaft, von Achill und Patroklus, von der Kohorte der Thebaner, von der Phalanx der Sparter, von Dion und Plato, von all den Liebenden und Geliebten, die auf- und untergingen in der Welt, unzertrennlich, wie die brüderlichen Gestirne.

Da wacht ich auf. Solche Herrlichkeit zernichtet uns Arme! rief ich; freilich waren es goldne Tage, wo man die Waffen tauschte und sich liebte bis zum Tode, wo man unsterbliche Kinder zeugte in der Begeisterung der Liebe, Taten und Gesänge und ewige Gedanken, ach! wo der ägyptische Priester dem Solon noch vorwarf, ihr Griechen seid allzeit Jünglinge! wir sind nun doch Greise bei all unsrem leichten Sinne! – Es ist alles so anders geworden. Man lebt bequem, und hat daran genug. Der Mensch bedarf des Menschen nicht mehr; er braucht nur Hände und Arme, zu seinem Dienste.

So spricht mein Vater auch, versetzte Diotima, und ihr Auge verweilte ernster an mir.

Nun kann ichs ihm nicht länger vorenthalten! rief die Mutter; spricht dein Vater auch so, Diotima? Ich glaub es wohl. Wisst ihr auch, ihr guten Kinder, dass ihr aus einer Quelle geschöpft habt? Der fremde Mann, Hyperion, mit dem ich so oft dich lustwandeln sah, und dich an so manches Steinchen stoßen, weil du kein Auge von ihm wandtest, dem du so oft nachweintest am Meere draußen, als er fort war, wie du mir selbst gestandst, der ist Diotimas Vater.

Tausend Herzensgrüße von ihm! rief Diotima freudig – ich hab auch etwas mitgebracht; die böse Mutter hätt es wohl eher sagen können, setzte sie lächelnd hinzu, und eilte hinein ins Haus.

O ihr Lieben! rief ich außer mir vor Freude, und fasste die Hände Notaras und seiner Mutter. Nun seh ich erst, wie herzlich gut du dem Manne bist, versetzte die Mutter. Ja wohl bin ich ihm herzlich gut, erwidert ich etwas betroffen, denn ich fühlte wohl, dass meine Freude nicht ihm allein galt.

Jetzt kam Diotima zurück, und brachte mir zwei goldne Münzen. Auf einer stand Minerva mit der Ägide, und warf die Lanze, und eine Palme sprosste zu ihren Füßen; die andre mit dem Apollonskopfe gab mir Diotima mit dem Zusatze, ich möchte dabei an Delos und den Cynthus denken.

Sie erzählte mir noch viel von ihrem Vater, und wie er oft von mir gesprochen habe; wir sprachen auch noch manches im allgemeinen.

Wie ich sie da verstand! und wie sie das freute! wie ein zufällig Wörtchen von ihr eine Welt von Gedanken in mir hervorrief! sie war wirklich ein Triumph des jugendlichen Geistes, die stille Vereinigung unsers Denkens und Dichtens, und ich erfuhr zum ersten Male ganz, wie die Freude begeistern kann.

Kinder! es wird spät! fiel endlich die Mutter ein, und Hyperion kann uns immer Dank sagen für diesen Abend. Leer ist er nicht ausgegangen.

Sie gingen hinein. Ich stürzte fort in rasender Freude, schalt und lachte über den Kleinmut meines Herzens in den vergangnen Tagen, und der stolze Knabe konnte gar nicht begreifen, wie es möglich gewesen wäre, so ein ärmlich Wesen zu sein.

38

Wunderbar war mirs zu Mut, als ich in mein Zimmer trat. Es war mir alles so fremd geworden. Jedes Geräte schien mir etwas Trauriges an sich zu haben, und ich war doch so selig. Auch ihr musstet es entgelten, ihr Armen! sagt ich vor mich hin in meines Herzens Trunkenheit, als ich vor die offnen Fenster trat, und meine verwilderten und halbverwelkten Blumen sah, nahm das Wassergefäß und begoss sie lächelnd.

Ich brachte die Nacht unter dem Fenster zu. Es waren zauberische Stunden. Aus goldnen Träumen, wo an ein Wörtchen von ihr meine ganze Seele sich hing, um es hundertfach zu deuten, und über ihrem Bilde mir jedes Dasein schwand, weckte mich das Wehen der Nachtluft um meine glühende Wange; die stille Natur schien mir das Fest meines Herzens mitzufeiern; die Sterne blickten freundlicher durch die Zweige; lieblicher duftete der Odem der Blüten. Ich schlummert endlich stehend ein, süßberauscht, wie von holden Melodien eingewiegt. – Bald spielte, wie eines Freundes warme Hand, das kommende Tageslicht um meine Stirne, und ich lächelt empor.

Es war ein seliger Morgengruß, den jetzt mein Herz dem Himmel und der schönen Erde brachte. Himmel und Erde schienen mir neugeboren, wie ich es war.

Ich ging hinaus zu meinen alten Lieblingsplätzen. Die längstvergangnen Stunden, die Stunden des Erwachens, wo der Knabe dasaß in dunklem Sehnen, und nicht wusste, was es war, als die Fittiche der jungen Seele sich regten, wo zum ersten Male tiefer atmend die Brust sich hob, und das Auge nun nicht mehr so gerne verweilte an dem, was nahe war, und lieber nach der blauen geheimnisvollen Ferne sich richtete, die ahndungsvollen Stunden des Erwachens dämmerten wieder auf in mir. Damals, dacht ich, weissagtest du dir diesen Frühling! o damals sahst du hinaus in die bessre Welt, die dich jetzt umgibt!

Ich dünkte mir nun so reich und stark. Mein Innerstes war so befriedigt. Es gab für mich in der Welt nichts Feindliches mehr. Meine Insel hatt ich nun auch recht lieb gewonnen. Mit innigem Wohlgefallen sah ich hinab auf ihre grünen Ufer, wo die Wellchen unschädlich um die Myrtengebüsche spielten, und wie das friedliche San-Nicolo mit seinen Blütenwäldern aus dem Morgendufte sein rötlich Haupt erhub, und die Fenster an Notaras Hause glühten, und der Rauch aufstieg von seinem Herde; bald sah ich, wie die Türe sich öffnete, die in den Garten führte, und Diotima die Marmortreppen hinunterging; ich erkannte sie an der hohen schlanken Gestalt, und dem purpurnen Oberkleide, das um den weißen Leibrock flog. Wie mein Auge an diesen Farben sich weidete! Es ist nichts, was sich nicht in der Nähe eines solchen Geschöpfs beseelte, für einen Sinn, wie der meinige war ...

Notara begleitete sie und die Mutter war im Hause beschäftiget. Diotima ging allein umher unter den Blumen. Es schien ihr etwas widerfahren zu sein. Der Schmerz auf ihren Lippen ging mir durch die Seele, so mild er schien. Wir gingen eine Weile schweigend auf und nieder.

Mich verfolgt ein bitterer Gedanke, rief sie endlich, ich wag es kaum, ihn zu sagen, und kann doch von ihm nicht ablassen. Schon manchmal hat er sich mir aufgedrungen, auch heute wieder. Ist es dann wahr – je mehr Menschen, je weniger Freude? – O wie oft ich das fühlen musste! rief ich, wie oft – es ist unbegreiflich, wie man des Zusammenlaufens nicht müde wird! – Als wüsstest du nicht, erwiderte Diotima, dass der bunteste Wechsel diesen Menschen das Beste dünkt, und diesen finden sie doch untereinander – ihr bunter uneiniger Wechsel, fuhr ich fort, der ist gerade die wahre Gestalt des Übels; ich mag es nicht nachempfinden, wie er mich oft verwirrte, und verzerrte, wie in dem Kriege, den man unter der Larve des Friedens führt, wo man immer das, woran das eigne Herz hängt, vor fremden Pfeilen sichern, wo man so ängstlich jede unschuldige Blöße verhüllen muss, wo der andere bei aller Ruh und Freundlichkeit, die er zeigt, doch misstrauisch jede Bewegung belauert, ob sie nicht für Feindesanfall gelte, wie in diesem kleinen schlechten Kriege die Kräfte so heillos zu Grunde gehn; nein! es ist eine unerhörte Ungereimtheit! sie bieten allem auf, um zusammenzusein, und dann, wann sie zusammen sind, strengen sie mit aller erdenklichen Mühe sich an, um einsam zu sein im eigentlichen Sinne, sie öffnen die Türe und verschließen ihr Herz – dem Himmel sei Dank, dass ich los bin!

Das betrübt mich eben, dass es rätlicher scheint, für sich zu leben, fuhr Diotima fort; ich trage ein Bild der Geselligkeit in der Seele; guter Gott! wie viel schöner ists nach diesem Bilde, zusammen zu sein, als einsam! Wenn man nur solcher Dinge sich freute, denk ich oft, nur solcher, die jedem Menschenherzen lieb und teuer sind, wenn das Heilige, das in allen ist, sich mitteilte durch Rede und Bild und Gesang, wenn in *Einer* Wahrheit sich alle Gemüter vereinigten, in *Einer* Schönheit sich alle wiedererkennten, ach! wenn man so Hand in Hand hinaneilte in die Arme des Unendlichen –

O Diotima, rief ich, wenn ich wüsste, wo sie wäre, diese göttliche Gemeinde, noch heute wollt ich den Wanderstab ergreifen, mit Adlerseile wollt ich mich flüchten in die Heimat unsers Herzens!

Oft leb ich unter ihr im Geiste, fuhr Diotima fort, und mir ist, als wär ich ferne in einer andern Welt, und ich entbehre der gegenwärtigen so leicht; – wir singen andre Lieder, wir feiern neue Feste, die Feste der Heiligen in allen Zeiten und Orten, der Heroen des Morgen- und Abendlands; da wählt jedes einen aus, der seinem Herzen, seinem Leben am nächsten ist, und nennt ihn, und der herrliche Tote tritt mitten unter uns in der Glorie seiner Taten, auch wer, geschäftig am stillen Herde, mit reinem Sinne das seine tat, wird nie von uns vergessen, und Kronen blühn für jede Tugend; und wenn auf unsern Wiesen die goldne Blume glänzt, in seiner bläulichen Blüte das Ährenfeld uns umrauscht, und am heißen Berge die Traube schwillt, dann freun wir uns der lieben Erde, dass sie noch immer ihr friedlich schönes Leben lebt, und die sie bauen, singen von ihr, wie von einer freundlichen Gespielin; auch sie lieben wir alle, die Ewigjugendliche, die Mutter des Frühlings, willkommen, herrliche Schwester! rufen wir aus der Fülle unsers Herzens, wenn sie heraufkömmt zu unsern Freuden, die Geliebte, die Sonne des Himmels; doch ists nicht möglich, ihrer allein zu denken! Der Äther, der uns umfängt, ist er nicht das Ebenbild unsers Geistes, der reine, unsterbliche? und der Geist des Wassers, wenn er unsern Jünglingen in der heiligen Woge begegnet, spielt er nicht die Melodie ihres Herzens? Er ist ja wohl eines Festes wert, der selige Friede mit allem, was da ist! – Den Einen, dem

40

wir huldigen, nennen wir nicht; ob er gleich uns nah ist, wie wir uns selbst sind, wir sprechen ihn nicht aus. Ihn feiert kein Tag; kein Tempel ist ihm angemessen; der Einklang unserer Geister, und ihr unendlich Wachstum feiert ihn allein.

Es ist mir unmöglich, die Begeisterung des heiligen Mädchens nachzusprechen. O schone dich, Diotima, schone dich und mich, rief ich endlich, da sie mit so grenzenloser Liebe sich in ihre bessere Welt verlor, wer will es aushalten, nach solchen Stunden, in der Armseligkeit, in die man zurückmuss? Aber du bist glücklich, du fühlst die Gegenwart nur selten, hast sie nie gefühlt, wie ich es musste – Ach! sie sind doch Menschen, fuhr Diotima fort, die Armen, die sich vor uns müde ringen, und abkümmern, ohne dass sie wissen worüber; weil ihnen das Eine, was not ist, nicht erscheint, da möchte man so gerne helfen – Wie gerne, rief ich, möcht ich es ihnen gönnen, dass sie lebten, wie du! –

Guter Hyperion! unterbrach sie mich mit ihrer stillen Herzlichkeit, und ihr großes Auge glänzte von freundlichen Tränen. Mir ging ein Himmel auf in diesen Worten. Es war mir ohnedies schon lange eine Qual gewesen, so ruhig vor ihr zu bleiben. O Schwester meines Herzens! rief ich, mir hast du den Frieden gegeben! erhalt ihn mir, um dieser Stunde willen! ich lebe dein Leben durch dich – o deinen Himmel, Diotima, fuhr ich fort, da sie mich unterbrechen wollte, ich hab ihn umsonst gesucht auf dem dürren Felde des Lebens, ich war so lange ohne Heimat; ach! es war die Nacht vor dem erfreulichen Tage; ich seh es nun, wir sterben nur, um neu zu leben, ich war hingewelkt vor der Zeit, nun kömmt mir ein ewiger Frühling, ich fühl es, hier ist unsterbliche Jugend, hier, wo du bist! – Stille, stille, jugendlicher Geist! rief Diotima.

Ich war, indes sie es sprach, selbst über mich erschrocken. Es schwebte mir noch manches warme Wort auf der Zunge; ich verschwieg es, aber bei jedem ward ich bestürzter. Ich war stille, aber ich fühlte nur um so brennender, wie ich an ihr hing. Sonst war ich ruhiger von ihr gegangen als heute. Ich wollte noch an demselben Abend zurück, aus mancherlei Gründen, die ich mir einredete, aber ich hatte kaum drei Schritte gewagt, so verwies ich es mir. Mit quälender Ungeduld erwartet ich den andern Tag. Tausend Dinge wollt ich ihr sagen. Ich stand im Geiste vor ihr, fasste ihre Hände zum ersten Male, und drückte sie so mit Zittern an meine Stirne. Wenn Diotima nicht wäre, dacht ich, und es war mir, als fühlt ich Zernichtung.

Ich erschrak über diese Heftigkeit; ich hielt mir die schönen Tage vor, wo ich freier und stiller um Diotima lebte, ich suchte, ihre zarten Melodien in mein Herz zurückzurufen, aber die Unruhe blieb, und ich ward nur um so verwirrter, je mehr ich mein unbändiges Herz mit Vorstellungen plagte. – Es war mir unerklärlich, dass ich gerade heute so sein sollte.

Ich wusste mir nicht zu helfen, wie ich des andern Tages vor sie trat. Sie schien mir so fremd, so unbekümmert um mich. Sie war auch meist abwesend mit der Mutter, bei häuslichen Geschäften. Sie wollten mit Diotima die Insel ein wenig durchwandern, sagte mir die Mutter, es würde dem lieben Mädchen doch Freude machen, das schöne Land zu sehn, und so hätte sie jetzt noch manches zu besorgen, weil sie einige Tage ausbleiben würden.

Es war gut, dass sie meine Antwort nicht abwartete, und wieder hinauseilte. So schnell hätt ich ihr nichts darauf zu sagen gewusst.

Und morgen schon wird die Reise vor sich gehn? fragt ich die Mutter, als sie wieder hereintrat, wohl auch sehr frühe? Vor Tagesanbruch! versetzte sie; wir wollen möglichst in der Kühle reisen. – Die Seeluft mildert zwar die Hitze ziemlich, erwidert ich, doch ist der Morgen freilich lieblicher. Und wann werdet ihr zurückkommen?

In sechs Tagen würden die Ältesten gewählt, versetzte sie, da möchte sie doch wieder in San-Nicolo sein. Es wäre schön, wenn ich entgegenkäme.

Wie doch das unerfahrne Herz so klug ist, wenn es liebt! Beredsamkeit war sicher meine Tugend nie gewesen, und heut am wenigsten. Jetzt, da Diotima wieder gegenwärtig war, konnt ich gar kein Ende finden in meinen Schilderungen von dem Wege, den sie zu machen gedachte. In meinem Leben malt ich nie lebendiger. Nicht eine der lieblichen und großen Stellen ließ ich unbemerkt, die sie unterweges finden würde. Alles Erfreuliche, was ihr begegnen konnte, sucht ich an mich anzuknüpfen. Bei jedem Reize der herrlichen Insel sollte Diotima mein gedenken. –

Ich hatte keine Ruhe die Nacht über. Die Sterne leuchteten noch am Himmel, als ich hinausging. Ich lagerte mich unter dunkeln Platanen an einem Hügel, der nicht sehr ferne von der Straße lag. Mancherlei bewegte sich mir in der Seele. Auch meine trüben Tage, ehe ich Diotima gefunden hatte, erschienen mir wieder. Der Mensch kann manches tragen, dacht ich. Die Freude gehet über ihm auf und unter. Aber er wandert doch auch in der Nacht seinen Weg so hin. Ist er nur einmal vertraut damit geworden, so wird ihm auch das Unerträgliche leidlich. Nur muss er nicht zurücksehn, auf das, was er verlor. Ein Tropfe aus der Schale der Vergessenheit, das ist alles, was er bedarf!

Ich hatte einige Tage zuvor einen alten Schiffer gesprochen, der im Gefechte mit den Korsaren den rechten Arm verloren hatte, auch sonst zur Fahrt zu schwach geworden war. Der hatte mir erzählt, wie er anfangs jedesmal hinausgegangen sei an den Hafen, wenn ein Schiff ausgelaufen sei, oder wiedergekommen, wie er sich immer da der alten Zeiten erinnert habe, wo ihm der Vater noch seinen Segen mitgegeben hätte auf die Fahrt, und wie er dann mit klopfendem Herzen hinausgewandert wäre aufs herrliche Meer, wie ihm ein frischer Trunk vom Brunnen das Herz erfreuet hätte bei einer Landung, oder der blaue Himmel nach einer stürmischen Nacht, und dann bei glücklicher Rückkunft der Gruß seines Alten – das wär ihm immer eingefallen, wenn er draußen am Hafen hätte Schiffe gehn und kommen gesehn, und ihm hätte oft vor Sehnsucht das Herz geblutet, und er hätte oft geweint in seinen alten Tagen, wie ein Kind, wenn er wieder in seine Hütte geschlichen wäre mit seinem einen Arme, aber seitdem ihn seine Füße nicht mehr tragen wollten, und er nicht mehr ans Meer hinaus käme, und nicht mehr so oft seiner Jugend gedächte, trag' er sein Schicksal geduldiger. So ist der Mensch, dacht ich, ist nur erst die Freude recht ferne, so hält er dem Kummer stille, und hilft sich, so gut er kann.

Der erwachende Morgen weckte mich aus meinen Gedanken. Es schien mir sonderbar, dass ich darauf gekommen war.

Jetzt sah ich unten auf der Straße die lieben Reisenden herankommen. Ich raffte schnell mich auf, und wollte hinab. Aber ich dachte, es möchte doch wohl auffallen, und so blieb ich. Ich hörte, wie sie sangen. Siehst du, wie entbehrlich du bei ihrer Freude bist, sagt ich mir, und mir war es doch, als könnt ich eher die Luft, die ich atmete, vermissen, als Diotima. Nun war mir der Gesang allmählich verhallt, auch die dunkeln Gestalten, die mein Auge, solang es konnte, verschlang, waren verschwunden. Ich lauschte noch eine Weile, und blickte da hinaus, wo ich sie verloren hatte; aber ich hörte nur das tropfende Wasser in den Ritzen des Hügels; kein menschliches Geschöpf zeigte sich in der ganzen Strecke, wohin ich sah. Lebe wohl, Diotima! Herrliche! Gute! rief ich endlich und kehrte nach Hause.

Ich geleitete sie im Geiste; ich belauschte ihr Auge, wie es hinaussah in die schöne Welt; jetzt ist sie wohl in dem Tale, dacht ich, wo die lieblichen Gruppen von Ulmen und Pappeln stehn, wovon du ihr sagtest; da denkt sie vielleicht, du hättest nicht uneben geweissagt, und sagt den andern, sie möchte dir wohl gönnen, dass du auch da wärst, und deine Freude hättest. – Aber entbehren kann sie dich doch gar leicht! du sahst es ja! Das dacht ich auch, doch zürnt ich mir dabei, und schlug mirs aus dem Sinne, weil es klein und eigennützig wäre, dass ich wünschen könnte, sie sollte nicht fröhlich sein, wann ich gerade mich nicht freuen könnte.

Mit meiner ganzen Liebe hing ich an der Stunde, wo ich sie wiedersehen sollte. Es war ein fröhliches Gewebe von Hoffnungen, womit ich das Herz mir schweigte, und war ich damit zu Ende, so löst ichs wieder auf, es lieblicher zu erneuern.

Mit süßem Zauber wehten mir, wie Boten der Holdin, die Lüfte des Himmels vom Tal entgegen, wo ich ihrer wartete. Blütenflocken umtanzten mich, und Nachtigallen schlugen unter den Rosen am Wege. Sonst war es stille ringsumher; ich konnte jeden Laut vernehmen, der von ferne kam.

Jetzt wanderte mir ein freundlicher Pilger vorüber. Ob er nicht auf seinem Wege Reisenden begegnet wäre, fragt ich ihn. Er hätte Reisende gesehn in einem Haine, erwiderte der Pilger, sie hätten dort sich vor dem Mittagsstrahle unter die Ulmen geflüchtet; ein holdes Mädchen hätte Namen in die Bäume geschnitten. Ich wünscht ihm herzlich für seine frohen Worte frohe Wandertage und eilte fort. Jetzt, wo das Tal sich öffnete, sah ich hinaus; da kamen sie!

Diotima warf den Schleier zurück, und nickt' und lächelte mir entgegen, und ich flog hinan. Da bot sie traulich mir die Hand; ich musst ihr geschwind erzählen, wie ich jeden Tag indes gelebt; ich sagt ihr, dass ich früh am Tage, wo sie abgereist, den Hügel bei San-Nicolo besucht, und sie von da gesehen hätt und gehört, dass ich indes ihre Harfe gestimmt, und den Gesang gelernt, den sie am Abend, da ich sie zum ersten Male begrüßte, gesungen hätte, dass ich oft nach ihren liebsten Blumen in Notaras Garten gesehn, und ihrer gepflegt; auch hätt ich aus dem seltnen Buche, das ein Fremder mir geliehn, die Blätter für sie abgeschrieben, die am meisten sie vergnügten – so warst du ja recht fleißig, sagte Diotima, fuhr dann fort, wie sie meinen Sinn geahndet hätte in jeder Stelle der Insel, die ich ihr beschrieben, wie man so ganz zusammentreffen könne in einem Urteil, einer Freude, gerade da, wo die andern so selten einig wären; man hätt auch einmal von Delos gesprochen, da hätte sie den Knaben Hyperion vor sich gesehn, wie er mit ihrem Vater so fromm umhergegangen wäre unter den heiligen Ruinen, wie er staunend oben auf dem Cynthus gestanden, und schweigend mit dem Auge nur gefragt; sie hätte dann so herzlich gewünscht, dass sie damals auch mit uns umhergewandert wäre; sie wäre zwar ein unverständig Kind gewesen, doch hätte sie gewiss auch etwas geahndet, weil der Vater so ernst gewesen wäre, und der kleine Gespiele – so und anders dacht ich mir Diotimas Empfang, und war selig in meinen kindischen Träumen.

Sechstes Kapitel

Es wäre gut, wenn die Hoffnung etwas seltner wäre im Gemüte des Menschen. Er waffnete sich dann zu rechter Zeit gegen die Zukunft.

Der Abend war nun wirklich da, wo ich sie wiedersehen sollte. Ich war auch kaum hinausgegangen, so ward ich die Reisenden in einiger Entfernung gewahr. Diotima grüßte mich auch freundlich, aber die Diotima, von der ich geträumt hatte, war sie doch nicht. Ihr reiner immertätiger Geist äußerte sich gegen mich, wie zuvor; aber es ward mir schwerer, als sonst, auf sie zu merken; ich war zerstreut, und hört oft Augenblicke lang kein Wort von allem, was sie sprach, und wenn ich lauschte, so war es, weil das arme Wesen trachtete, für seine sterblichen Wünsche ein erfreulich Wörtchen zu erhaschen. Oft, wenn sie während ihrer Rede meinen Namen nannte, war ich plötzlich mit meiner ganzen Seele gegenwärtig; aber mit Schmerzen fühlt ich bald, dass ihr Geist nur einen Augenblick mir nahe gewesen war.

Ich ahndete nun allmählich trübe Tage. Es war jetzt oft, als warnte mich etwas, als ging' ich nicht auf rechtem Wege.

Sie war das einzige, woran mein Leben sich erhielt, mein Herz hatte sich nach und nach so gewöhnt, dass auch nicht der Schatte in mir war von einer Hoffnung, die ohne sie bestanden wäre, und sie schien sich doch mit jedem Tage mehr von mir zu entfernen. Ich fühlte den sterbenden Frühling meines Herzens. Der milde Himmel, der es umfangen hatte, und genährt, die stille Seligkeit, die ich gefunden hatte im sorglosen Anschaun der Grazie und Hoheit dieses seltnen Wesens, verschwand mit jedem Tage merklicher. Mit Todesangst konnt ich jetzt jede Miene und jeden Laut von ihr befragen, ob sie mich verlassen würde; ihr Auge mochte gen Himmel sich wenden, oder zur Erde, ich folgt ihm, als wollte mir mein Leben entfliehn. Ich muss es nur geradezu sagen, ich war oft ärgerlich über alles Gute und Wahre, wovon sie sprach, weil sie mich darüber zu vergessen schien. O es ist mir sehr begreiflich geworden, wie der Mensch dahin geraten kann, dass er das beste, was wir haben, das edle freie Leben des Geistes zu morden strebt in dem Wesen, woran sein Herz hängt. Es geht mir durch die Seele, wenn ich mir die guten Kinder denke, die sich das Mein! und Dein! so unbedingt, mit solcher Entzückung sagen. Der Missverstand ist so leicht. Und weh ihnen, wenn sie sich missverstehn!

Solang ich bei ihr war, und ihr begeisterndes Wesen mich emporhub über alle Armut der Menschen, vergaß ich oft auch die Sorgen und Wünsche meines dürftigen Herzens. Aber das dauerte nicht lange. Sowie ich zu mir selbst kam, begann auch wieder meine Not, und je höher und heller ihr Geist über mir leuchtete, um so brennender fühlt ich meinen Jammer. Aber tief in mein Innerstes begrub ich ihn. Es ging mir, wie den Menschen, denen die Flamme ihre Kammern verzehrt, und die nicht um Hilfe rufen mögen, aus Scham und Scheu vor andern. Keine Stelle war mir sicher genug, um mich der Klage meines Herzens zu entlasten. Ich erinnere mich nicht eines Worts, das ich über meinen Gram gesprochen hätte. Ich sah auch nicht, was es mir fruchten könnte, irgendein Wesen um Hilfe anzusprechen; ich hatte ja schon einmal Trost in der Welt gesucht, und war ärmer zurückgekommen.

Ich verzehrte mich in verworrenem gewaltsamem Ringen nach ihr, und mein Wesen mattete sich um so schrecklicher ab, je mehr ich meine glühenden Wünsche verbarg.

So kam ich eines Tags zu Diotima. Ich war nicht lange da, so fing sie an: es hätte jemand einen Dank von ihr zu fordern, es wär ihr gestern eingefallen, dass sie ihrer Harfe so ganz vergäße, sie hätte sie hervorgeholt, ihren Missklang, so gut sie könnte, zu mildern, und sie ganz wohllautend gefunden.

Der Himmel weiß, wie viel ich mir unter dem versprochenen Danke dachte.

Ich hätte sie gestimmt, rief ich, und wusste mir kaum zu helfen in meiner Freude, ich hätte nichts Besseres zu tun gewusst für meine Freundin, solange sie verreist gewesen wäre. Auch fiele mir eben ein, dass ich damals einiges für sie abgeschrieben hätte; ich wüsste nicht, wie es gekommen wäre, dass ich nicht eher daran gedacht hätte – ich lief sogleich fort, die Papiere zu holen; ich konnte kaum sie finden in meiner freudigen Eile; o einen Dank von dir, herrliches Wesen! rief ich, und segnete mit Tränen meine Schmerzenstage, um meiner neuen Hoffnung willen!

Sie bat mich, wie ich zurück war, ihr das Geschriebne vorzulesen, freute sich innig über die goldnen Stellen, und sprach darüber ungewöhnlich heiter und lebendig. Anfangs, solange noch die süße Erwartung sich in mir regte, stimmt ich mit allem Feuer des seligen Herzens in ihre frohen Töne ein, doch wie sie endlich so lange mit dem Danke zögerte, da verstummt ich freilich; es war etwas in meiner Betrübnis, wovon bisher keine Spur in mir erschienen war; ich möchte fast sagen, es sei Bitterkeit gewesen.

Mit einer sonderbaren Gelassenheit schied ich, als ich endlich zu gehen genötigt war. Ich hörte kaum darauf, als sie mir noch nachrief, ich danke dir, Hyperion!

Ich kam nun immer seltner hin; blieb endlich ganz weg. Eine Totenstille, die ich kaum an mir begreife, war allmählich über mich gekommen. Ich lebte so hin, mit halbem Bewusstsein, ich suchte nichts mehr, ich half mir fort von einem Tage zum andern, so gut ich konnte; ich achtete nichts, war mir selbst nichts mehr, trachtete auch nicht, andern etwas zu sein.

Um diese Zeit begegnete mir, da ich so in meiner Finsternis draußen herumirrte, Notara mit seiner Mutter und einigen andern. Er beschwerte sich über meine Eingezogenheit; ich sagt ihm, dass ich sein Haus nicht hätte mit der bösen Laune plagen mögen, die mich seit einiger Zeit heimgesucht hätte, und wagt' es, zu fragen, wo dann Diotima wäre? – Sie sei zu Hause, rief die Mutter, die fromme Tochter schreibe an ihren Vater.

45

Es war traurig, wie die unschuldigen Worte mich aus meiner Dumpfheit weckten. Jetzt musst du hin! rief es augenblicklich in mir, und Feuer und Schrecken wechselten in meinem verwilderten Herzen. Zitternd, gedankenlos ging ich vorüber an ihrem Fenster – nein! nein! du gehest nicht hinauf, dacht ich, und taumelte fort nach Hause, und schloss die Türe ab. Aber wo ich hinsah, war ihr Bild, und alle die freundlichen Worte, die ich einst gehört hatte von ihr, umtönten mich. – Was willst du von mir? rief ich vor mich hin; was störst du meine Ruhe? – Ich war, wie ein zürnender Geist, den die Stimme des Beschwörers aus seinem Grabe zwang. Verzeih es mir die Gute! ich fluchte der Stunde, wo ich sie fand, und rast' im Geiste gegen das himmlische Geschöpf, dass es mich nur darum ins Leben geweckt hätte, um mich wieder niederzudrücken mit seinem Stolze. Wie eine lange entsetzliche Wüste lag die Vergangenheit da vor mir, und wütend vertilgt ich jeden Rest von dem, was einst mein Herz gelabt hatte und erhoben. Ich muss dir danken, dacht ich, ich bettelte vor deiner Türe, und du nährtest mich mit Brosamen. Wer will es dir verargen, dass du das Beste für dich behieltst? Was solltest du auch dich an ein Geschöpf verschwenden, das kaum des Rettens wert war? Nein! du hast keine Schuld auf dir. Ich war ja zertrümmert, zertreten von den andern, eh ich zu dir kam. Da war nichts mehr zu verderben, nichts mehr gut zu machen! – Aber es ist doch wahrlich auch ein grausames Erbarmen, das Wesen, das der langen Ruhe schon nah ist, mit einem Balsamtropfe zu wecken, dass es zwiefach stirbt! – Ich danke nun dafür; ich wollte, du hättest dich nie bemüht. Nein! sie hat nicht gut an mir gehandelt. Sie ist, wie alle. Die andern begannen, und sie hats vollendet – meisterlich! – Ich erschrak endlich doch über meine Lästerungen. Die reinen Melodien ihres Herzens, die sie mir oft auf Augenblicke mitgeteilt hatte durch Red und Miene, dass mirs ward, als wandelt ich wieder im verlassenen Paradiese der Kindheit, ihre fromme Scheu, nichts zu entweihen durch übermütigen Scherz oder Ernst, wenn es nur ferne verwandt war mit Schönem und Gutem, ihre absichtlose Güte, ihr Geist mit seinen hohen Idealen, woran ihre stille Liebe so einzig hing, dass sie nichts suchte, und nichts fürchtete in der Welt, alle die lieben seelenvollen Abende, die ich zugebracht hatte mit ihr, jeder Reiz ihrer Bewegung, die, wo sie stand und ging, nur sie – das edle, unbefangne, stille Gemüt – bezeichnete, das alles und mehr, ihr ganzes himmlisches Wesen, ging wieder auf mir, wie der Boge des Friedens nach Gewittern. – Und dieser Einzigen zürnst du? sagt ich mir; und warum? weil sie nicht verarmt ist, wie du, weil sie den Himmel noch im Herzen trägt, nicht eines andern Wesens, nicht fremden Reichtums bedarf, um die verödete Stelle auszufüllen, weil sie nicht unterzugehen fürchten kann, wie du, um sich mit dieser Todesangst an ein andres zu hängen; ach! gerade das Göttlichste an ihr, diese Ruhe, diese himmlische Genügsamkeit hast du gelästert, die Unschuld hast du um ihr Paradies beneidet; und mit einem so zerrütteten Geschöpfe sollte sie sich befassen? muss sie dich nicht fliehen? o warnt, ihr guten Geister! warnt sie vor diesem Gefallenen! –

Ich hätte nun gerne alle Last des Lebens über mich genommen, um mein Unrecht gut zu machen. Nun war es mir nicht mehr um mich zu tun. Ich hätte nun keinen Dank begehrt, für die Tugend eines Halbgotts! Ich wollte nun ganz werden, wie sie, um ihretwillen! um ihr mit tausendfacher Freude zu vergüten, was ich ihr zu Leide getan!

Ich wollte mich überhaupt einmal herausarbeiten aus meiner Nichtigkeit. Ich sah mit Begeisterung hinaus auf mein künftig Leben. Es war mir, als hätte schon jetzt ein heilig Feuer mich geläutert, und meine Schlacken weggetilgt auf ewig. O Diotima! Diotima! rief ich, wenn ich einst vor dir stehe, wie ein neuer Mensch, im Siegsgefühle, wenn es da ist, was ich einst als Knabe träumte – und es muss kommen, es muss, so wahr ein göttlich Wesen des Menschen Brust bewegt! – wenn du dann in deiner reinen Freude mich begrüßest, und denkst, es hätte doch ein guter Funke geschlummert in dem ärmlichen Geschöpfe – dann will ich dir ganz bekennen, wie klein, wie arm ich war, und du wirst nicht zürnen, dass der Schmerz zum Manne mich schmiedete.

Ich glaubte, nun endlich auf dem rechten Wege zu sein. Ich war es nicht. Indes brachte mich doch dieser neue Stoß wieder ins Leben. Ich war doch aus der trägen Resignation heraus, wo man nichts mehr will, und nichts mehr achtet, aus der Totenruhe, die bei allem Scheine von Weisheit, womit sie von den Feigen geprediget wird, gewiss das Nichtswürdigste ist, worein der Mensch geraten kann. Entschuldige sich keiner, ihn habe die Welt gemordet! Er selbst ists, der sich mordete! in jedem Falle! –

Nun erst fiel mir Diotimas Vater wieder ein. Ich schrieb ihm: Du hast meiner gedacht, edler Geist! ich denke deiner, jetzt, …

Hyperion oder Der Eremit in Griechenland

(J. G. Cotta, Tübingen 1797 / 1799)

Erster Band

Non coerceri maximo,
contineri minimo, divinum est.

Vorrede

Ich verspräche gerne diesem Buche die Liebe der Deutschen. Aber ich fürchte, die einen werden es lesen, wie ein Kompendium, und um das fabula docet sich zu sehr bekümmern, indes die andern gar zu leicht es nehmen, und beide Teile verstehen es nicht.

Wer bloß an meiner Pflanze riecht, der kennt sie nicht, und wer sie pflückt, bloß, um daran zu lernen, kennt sie auch nicht.

Die Auflösung der Dissonanzen in einem gewissen Charakter ist weder für das bloße Nachdenken, noch für die leere Lust.

Der Schauplatz, wo sich das Folgende zutrug, ist nicht neu, und ich gestehe, dass ich einmal kindisch genug war, in dieser Rücksicht eine Veränderung mit dem Buche zu versuchen, aber ich überzeugte mich, dass er der einzig angemessene für Hyperions elegischen Charakter wäre, und schämte mich, dass mich das wahrscheinliche Urteil des Publikums so übertrieben geschmeidig gemacht.

Ich bedaure, dass für jetzt die Beurteilung des Plans noch nicht jedem möglich ist. Aber der zweite Band soll so schnell, wie möglich, folgen.

Erstes Buch

Hyperion an Bellarmin

Der liebe Vaterlandsboden gibt mir wieder Freude und Leid.

Ich bin jetzt alle Morgen auf den Höhn des Korinthischen Isthmus, und, wie die Biene unter Blumen, biegt meine Seele oft hin und her zwischen den Meeren, die zur Rechten und zur Linken meinen glühenden Bergen die Füße kühlen.

Besonders der eine der beiden Meerbusen hätte mich freuen sollen, wär ich ein Jahrtausend früher hier gestanden.

Wie ein siegender Halbgott, wallte da zwischen der herrlichen Wildnis des Helikon und Parnass, wo das Morgenrot um hundert überschneite Gipfel spielt, und zwischen der paradiesischen Ebene von Sicyon der glänzende Meerbusen herein, gegen die Stadt der Freude, das jugendliche Korinth, und schüttete den erbeuteten Reichtum aller Zonen vor seiner Lieblingin aus.

Aber was soll mir das? Das Geschrei des Schakals, der unter den Steinhaufen des Altertums sein wildes Grablied singt, schreckt ja aus meinen Träumen mich auf. Wohl dem Manne, dem ein blühend Vaterland das Herz erfreut und stärkt! Mir ist, als würd ich in den Sumpf geworfen, als schlüge man den Sargdeckel über mir zu, wenn einer an das meinige mich mahnt, und wenn mich einer einen Griechen nennt, so wird mir immer, als schnürt' er mit dem Halsband eines Hundes mir die Kehle zu.

Und siehe, mein Bellarmin! wenn manchmal mir so ein Wort entfuhr, wohl auch im Zorne mir eine Träne ins Auge trat, so kamen dann die weisen Herren, die unter euch Deutschen so gerne spuken, die Elenden, denen ein leidend Gemüt so gerade recht ist, ihre Sprüche anzubringen, die taten dann sich gütlich, ließen sich beigehn, mir zu sagen: klage nicht, handle!

O hätt ich doch nie gehandelt! um wie manche Hoffnung wär ich reicher! –

Ja, vergiss nur, dass es Menschen gibt, darbendes, angefochtenes, tausendfach geärgertes Herz! und kehre wieder dahin, wo du ausgingst, in die Arme der Natur, der wandellosen, stillen und schönen.

Hyperion an Bellarmin

Ich habe nichts, wovon ich sagen möchte, es sei mein eigen.

Fern und tot sind meine Geliebten, und ich vernehme durch keine Stimme von ihnen nichts mehr.

Mein Geschäft auf Erden ist aus. Ich bin voll Willens an die Arbeit gegangen, habe geblutet darüber, und die Welt um keinen Pfenning reicher gemacht.

Ruhmlos und einsam kehr ich zurück und wandre durch mein Vaterland, das, wie ein Totengarten, weit umher liegt, und mich erwartet vielleicht das Messer des Jägers, der uns Griechen, wie das Wild des Waldes, sich zur Lust hält.

Aber du scheinst noch, Sonne des Himmels! Du grünst noch, heilige Erde! Noch rauschen die Ströme ins Meer, und schattige Bäume säuseln im Mittag. Der Wonnegesang des Frühlings singt meine sterblichen Gedanken in Schlaf. Die Fülle der alllebendigen Welt ernährt und sättiget mit Trunkenheit mein darbend Wesen.

O selige Natur! Ich weiß nicht, wie mir geschiehet, wenn ich mein Auge erhebe vor deiner Schöne, aber alle Lust des Himmels ist in den Tränen, die ich weine vor dir, der Geliebte vor der Geliebten.

Mein ganzes Wesen verstummt und lauscht, wenn die zarte Welle der Luft mir um die Brust spielt. Verloren ins weite Blau, blick ich oft hinauf an den Äther und hinein ins heilige Meer, und mir ist, als öffnet' ein verwandter Geist mir die Arme, als löste der Schmerz der Einsamkeit sich auf ins Leben der Gottheit.

Eines zu sein mit Allem, das ist Leben der Gottheit, das ist der Himmel des Menschen.

Eines zu sein mit Allem, was lebt, in seliger Selbstvergessenheit wiederzukehren ins All der Natur, das ist der Gipfel der Gedanken und Freuden, das ist die heilige

Bergeshöhe, der Ort der ewigen Ruhe, wo der Mittag seine Schwüle und der Donner seine Stimme verliert und das kochende Meer der Woge des Kornfelds gleicht. Eines zu sein mit Allem, was lebt! Mit diesem Worte legt die Tugend den zürnenden Harnisch, der Geist des Menschen den Zepter weg, und alle Gedanken schwinden vor dem Bilde der ewigeinigen Welt, wie die Regeln des ringenden Künstlers vor seiner Urania, und das eherne Schicksal entsagt der Herrschaft, und aus dem Bunde der Wesen schwindet der Tod, und Unzertrennlichkeit und ewige Jugend beseliget, verschönert die Welt.

Auf dieser Höhe steh ich oft, mein Bellarmin! Aber ein Moment des Besinnens wirft mich herab. Ich denke nach und finde mich, wie ich zuvor war, allein, mit allen Schmerzen der Sterblichkeit, und meines Herzens Asyl, die ewigeinige Welt, ist hin; die Natur verschließt die Arme, und ich stehe, wie ein Fremdling, vor ihr, und verstehe sie nicht.

Ach! wär ich nie in eure Schulen gegangen. Die Wissenschaft, der ich in den Schacht hinunter folgte, von der ich, jugendlich töricht, die Bestätigung meiner reinen Freude erwartete, die hat mir alles verdorben.

Ich bin bei euch so recht vernünftig geworden, habe gründlich mich unterscheiden gelernt von dem, was mich umgibt, bin nun vereinzelt in der schönen Welt, bin so ausgeworfen aus dem Garten der Natur, wo ich wuchs und blühte, und vertrockne an der Mittagssonne.

O ein Gott ist der Mensch, wenn er träumt, ein Bettler, wenn er nachdenkt, und wenn die Begeisterung hin ist, steht er da, wie ein missratener Sohn, den der Vater aus dem Hause stieß, und betrachtet die ärmlichen Pfennige, die ihm das Mitleid auf den Weg gab.

Hyperion an Bellarmin

Ich danke dir, dass du mich bittest, dir von mir zu erzählen, dass du die vorigen Zeiten mir ins Gedächtnis bringst.

Das trieb mich auch nach Griechenland zurück, dass ich den Spielen meiner Jugend näher leben wollte.

Wie der Arbeiter in den erquickenden Schlaf, sinkt oft mein angefochtenes Wesen in die Arme der unschuldigen Vergangenheit.

Ruhe der Kindheit! himmlische Ruhe! wie oft steh ich stille vor dir in liebender Betrachtung, und möchte dich denken! Aber wir haben ja nur Begriffe von dem, was einmal schlecht gewesen und wieder gut gemacht ist; von Kindheit, Unschuld haben wir keine Begriffe.

Da ich noch ein stilles Kind war und von dem allem, was uns umgibt, nichts wusste, war ich da nicht mehr, als jetzt, nach all den Mühen des Herzens und all dem Sinnen und Ringen?

Ja! ein göttlich Wesen ist das Kind, solang es nicht in die Chamäleonsfarbe der Menschen getaucht ist.

Es ist ganz, was es ist, und darum ist es so schön.

Der Zwang des Gesetzes und des Schicksals betastet es nicht; im Kind ist Freiheit allein.

In ihm ist Frieden; es ist noch mit sich selber nicht zerfallen. Reichtum ist in ihm; es kennt sein Herz, die Dürftigkeit des Lebens nicht. Es ist unsterblich, denn es weiß vom Tode nichts.

Aber das können die Menschen nicht leiden. Das Göttliche muss werden, wie ihrer einer, muss erfahren, dass sie auch da sind, und eh es die Natur aus seinem Paradiese treibt, so schmeicheln und schleppen die Menschen es heraus, auf das Feld des Fluchs, dass es, wie sie, im Schweiße des Angesichts sich abarbeite.

Aber schön ist auch die Zeit des Erwachens, wenn man nur zur Unzeit uns nicht weckt.

O es sind heilige Tage, wo unser Herz zum ersten Male die Schwingen übt, wo wir, voll schnellen feurigen Wachstums, dastehn in der herrlichen Welt, wie die junge Pflanze, wenn sie der Morgensonne sich aufschließt, und die kleinen Arme dem unendlichen Himmel entgegenstreckt.

Wie es mich umhertrieb an den Bergen und am Meeresufer! ach wie ich oft da saß mit klopfendem Herzen, auf den Höhen von Tina, und den Falken und Kranichen nachsah, und den kühnen fröhlichen Schiffen, wenn sie hinunterschwanden am Horizont! Dort hinunter! dacht ich, dort wanderst du auch einmal hinunter, und mir war, wie einem Schmachtenden, der ins kühlende Bad sich stürzt und die schäumenden Wasser über die Stirne sich schüttet.

Seufzend kehrt ich dann nach meinem Hause wieder um. Wenn nur die Schülerjahre erst vorüber wären, dacht ich oft.

Guter Junge! sie sind noch lange nicht vorüber.

Dass der Mensch in seiner Jugend das Ziel so nahe glaubt! Es ist die schönste aller Täuschungen, womit die Natur der Schwachheit unsers Wesens aufhilft.

Und wenn ich oft dalag unter den Blumen und am zärtlichen Frühlingslichte mich sonnte, und hinaufsah ins heitre Blau, das die warme Erde umfing, wenn ich unter den Ulmen und Weiden, im Schoße des Berges saß, nach einem erquickenden Regen, wenn die Zweige noch bebten von den Berührungen des Himmels, und über dem tröpfelnden Walde sich goldne Wolken bewegten, oder wenn der Abendstern voll friedlichen Geistes heraufkam mit den alten Jünglingen, den übrigen Helden des Himmels, und ich so sah, wie das Leben in ihnen in ewiger müheloser Ordnung durch den Äther sich fortbewegte, und die Ruhe der Welt mich umgab und erfreute, dass ich aufmerkte und lauschte, ohne zu wissen, wie mir geschah – hast du mich lieb, guter Vater im Himmel! fragt ich dann leise, und fühlte seine Antwort so sicher und selig am Herzen.

O du, zu dem ich rief, als wärst du über den Sternen, den ich Schöpfer des Himmels nannte und der Erde, freundlich Idol meiner Kindheit, du wirst nicht zürnen, dass ich deiner vergaß! – Warum ist die Welt nicht dürftig genug, um außer ihr noch Einen zu suchen? [Es ist wohl nicht nötig, zu erinnern, dass derlei Äußerungen als bloße Phänomene des menschlichen Gemüts von Rechts wegen niemand skandalisieren sollten.]

O wenn sie eines Vaters Tochter ist, die herrliche Natur, ist das Herz der Tochter nicht sein Herz? Ihr Innerstes, ists nicht Er? Aber hab ichs denn? kenn ich es denn?

Es ist, als säh ich, aber dann erschreck ich wieder, als wär es meine eigne Gestalt, was ich gesehn, es ist, als fühlt ich ihn, den Geist der Welt, wie eines Freundes warme Hand, aber ich erwache und meine, ich habe meine eignen Finger gehalten.

Hyperion an Bellarmin

Weißt du, wie Plato und sein Stella sich liebten? So liebt ich, so war ich geliebt. O ich war ein glücklicher Knabe!

Es ist erfreulich, wenn gleiches sich zu gleichem gesellt, aber es ist göttlich, wenn ein großer Mensch die kleineren zu sich aufzieht.

Ein freundlich Wort aus eines tapfern Mannes Herzen, ein Lächeln, worin die verzehrende Herrlichkeit des Geistes sich verbirgt, ist wenig und viel, wie ein zauberisch Losungswort, das Tod und Leben in seiner einfältigen Silbe verbirgt, ist, wie ein geistig Wasser, das aus der Tiefe der Berge quillt, und die geheime Kraft der Erde uns mitteilt in seinem kristallenen Tropfen.

Wie hass ich dagegen alle die Barbaren, die sich einbilden, sie seien weise, weil sie kein Herz mehr haben, alle die rohen Unholde, die tausendfältig die jugendliche Schönheit töten und zerstören, mit ihrer kleinen unvernünftigen Mannszucht!

Guter Gott! Da will die Eule die jungen Adler aus dem Neste jagen, will ihnen den Weg zur Sonne weisen!

Verzeih mir, Geist meines Adamas! dass ich dieser gedenke vor dir. Das ist der Gewinn, den uns Erfahrung gibt, dass wir nichts Treffliches uns denken, ohne sein ungestaltes Gegenteil.

O dass nur du mir ewig gegenwärtig wärest, mit allem, was dir verwandt ist, traurender Halbgott, den ich meine! Wen du umgibst, mit deiner Ruhe und Stärke, Sieger und Kämpfer, wem du begegnest mit deiner Liebe und Weisheit, der fliehe, oder werde, wie du! Unedles und Schwaches besteht nicht neben dir.

Wie oft warst du mir nahe, da du längst mir ferne warst, verklärtest mich mit deinem Lichte, und wärmtest mich, dass mein erstarrtes Herz sich wieder bewegte, wie der verhärtete Quell, wenn der Strahl des Himmels ihn berührt! Zu den Sternen hätt ich dann fliehn mögen mit meiner Seligkeit, damit sie mir nicht entwürdigt würde von dem, was mich umgab.

Ich war aufgewachsen, wie eine Rebe ohne Stab, und die wilden Ranken breiteten richtungslos über dem Boden sich aus. Du weißt ja, wie so manche edle Kraft bei uns zu Grunde geht, weil sie nicht genützt wird. Ich schweifte herum, wie ein Irrlicht, griff alles an, wurde von allem ergriffen, aber auch nur für den Moment, und die unbehilflichen Kräfte matteten vergebens sich ab. Ich fühlte, dass mirs überall fehlte, und konnte doch mein Ziel nicht finden. So fand er mich.

Er hatte an seinem Stoffe, der sogenannten kultivierten Welt, lange genug Geduld und Kunst geübt, aber sein Stoff war Stein und Holz gewesen und geblieben, nahm wohl zur Not die edle Menschenform von außen an, aber um dies wars meinem Adamas nicht zu tun; er wollte Menschen, und, um diese zu schaffen, hatte er seine Kunst zu arm gefunden. Sie waren einmal da gewesen, die er suchte, die zu schaffen, seine Kunst zu arm war, das erkannt er deutlich. Wo sie da gewesen, wusst er auch. Da wollt er hin und unter dem Schutt nach ihrem Genius fragen, mit diesem sich die einsamen Tage zu verkürzen. Er kam nach Griechenland. So fand ich ihn.

Noch seh ich ihn vor mich treten in lächelnder Betrachtung, noch hör ich seinen Gruß und seine Fragen.

Wie eine Pflanze, wenn ihr Friede den strebenden Geist besänftigt, und die einfältige Genügsamkeit wiederkehrt in die Seele – so stand er vor mir.

Und ich, war ich nicht der Nachhall seiner stillen Begeisterung? wiederholten sich nicht die Melodien seines Wesens in mir? Was ich sah, ward ich, und es war Göttliches, was ich sah.

Wie unvermögend ist doch der gutwilligste Fleiß der Menschen gegen die Allmacht der ungeteilten Begeisterung.

Sie weilt nicht auf der Oberfläche, fasst nicht da und dort uns an, braucht keiner Zeit und keines Mittels; Gebot und Zwang und Überredung braucht sie nicht; auf allen Seiten, in allen Tiefen und Höhen ergreift sie im Augenblick uns, und wandelt, ehe sie da ist für uns, ehe wir fragen, wie uns geschiehet, durch und durch in ihre Schönheit, ihre Seligkeit uns um.

Wohl dem, wem auf diesem Wege ein edler Geist in früher Jugend begegnete!

O es sind goldne unvergessliche Tage, voll von den Freuden der Liebe und süßer Beschäftigung!

Bald führte mein Adamas in die Heroenwelt des Plutarch, bald in das Zauberland der griechischen Götter mich ein, bald ordnet' und beruhigt' er mit Zahl und Maß das jugendliche Treiben, bald stieg er auf die Berge mit mir; des Tags, um die Blumen der Heide und des Walds und die wilden Moose des Felsens, des Nachts, um über uns die heiligen Sterne zu schauen, und nach menschlicher Weise zu verstehen.

Es ist ein köstlich Wohlgefühl in uns, wenn so das Innere an seinem Stoffe sich stärkt, sich unterscheidet und getreuer anknüpft und unser Geist allmählich waffenfähig wird.

Aber dreifach fühlt ich ihn und mich, wenn wir, wie Manen aus vergangner Zeit, mit Stolz und Freude, mit Zürnen und Trauern an den Athos hinauf und von da hinüberschifften in den Hellespont und dann hinab an die Ufer von Rhodus und die Bergschlünde von Tänarum, durch die stillen Inseln alle, wenn da die Sehnsucht über die Küsten hinein uns trieb, ins düstre Herz des alten Peloponnes, an die einsamen Gestade des Eurotas, ach! die ausgestorbnen Tale von Elis und Nemea und Olympia, wenn wir da, an eine Tempelsäule des vergessnen Jupiters gelehnt, umfangen von Lorbeerrosen und Immergrün, ins wilde Flussbett sahn, und das Leben des Frühlings und die ewig jugendliche Sonne uns mahnte, dass auch der Mensch einst da war, und nun dahin ist, dass des Menschen herrliche Natur jetzt kaum noch da ist, wie das Bruchstück eines Tempels oder im Gedächtnis, wie ein Totenbild – da saß ich traurig spielend neben ihm, und pflückte das Moos von eines Halbgotts Piedestal, grub eine marmorne Heldenschulter aus dem Schutt, und schnitt den Dornbusch und das Heidekraut von den halbbegrabnen Architraven, indes mein Adamas die Landschaft zeichnete, wie sie freundlich tröstend den Ruin umgab, den

Weizenhügel, die Oliven, die Ziegenherde, die am Felsen des Gebirgs hing, den Ulmenwald, der von den Gipfeln in das Tal sich stürzte; und die Lacerte spielte zu unsern Füßen, und die Fliegen umsummten uns in der Stille des Mittags – Lieber Bellarmin! ich hätte Lust, so pünktlich dir, wie Nestor, zu erzählen; ich ziehe durch die Vergangenheit, wie ein Ährenleser über die Stoppeläcker, wenn der Herr des Lands geerntet hat; da liest man jeden Strohhalm auf. Und wie ich neben ihm stand auf den Höhen von Delos, wie das ein Tag war, der mir graute, da ich mit ihm an der Granitwand des Cynthus die alten Marmortreppen hinaufstieg. Hier wohnte der Sonnengott einst, unter den himmlischen Festen, wo ihn, wie goldnes Gewölk, das versammelte Griechenland umglänzte. In Fluten der Freude und Begeisterung warfen hier, wie Achill in den Styx, die griechischen Jünglinge sich, und gingen unüberwindlich, wie der Halbgott, hervor. In den Hainen, in den Tempeln erwachten und tönten ineinander ihre Seelen, und treu bewahrte jeder die entzückenden Akkorde.

Aber was sprech ich davon? Als hätten wir noch eine Ahnung jener Tage! Ach! es kann ja nicht einmal ein schöner Traum gedeihen unter dem Fluche, der über uns lastet. Wie ein heulender Nordwind, fährt die Gegenwart über die Blüten unsers Geistes und versengt sie im Entstehen. Und doch war es ein goldner Tag, der auf dem Cynthus mich umfing! Es dämmerte noch, da wir schon oben waren. Jetzt kam er herauf in seiner ewigen Jugend, der alte Sonnengott, zufrieden und mühelos, wie immer, flog der unsterbliche Titan mit seinen tausend eignen Freuden herauf, und lächelt herab auf sein verödet Land, auf seine Tempel, seine Säulen, die das Schicksal vor ihn hingeworfen hatte, wie die dürren Rosenblätter, die im Vorübergehen ein Kind gedankenlos vom Strauche riss, und auf die Erde säete.

Sei, wie dieser! rief mir Adamas zu, ergriff mich bei der Hand und hielt sie dem Gott entgegen, und mir war, als trügen uns die Morgenwinde mit sich fort, und brächten uns ins Geleite des heiligen Wesens, das nun hinaufstieg auf den Gipfel des Himmels, freundlich und groß, und wunderbar mit seiner Kraft und seinem Geist die Welt und uns erfüllte.

Noch trauert und frohlockt mein Innerstes über jedes Wort, das mir damals Adamas sagte, und ich begreife meine Bedürftigkeit nicht, wenn oft mir wird, wie damals ihm sein musste. Was ist Verlust, wenn so der Mensch in seiner eignen Welt sich findet? In uns ist alles. Was kümmerts dann den Menschen, wenn ein Haar von seinem Haupte fällt? Was ringt er so nach Knechtschaft, da er ein Gott sein könnte! Du wirst einsam sein, mein Liebling! sagte mir damals Adamas auch, du wirst sein wie der Kranich, den seine Brüder zurückließen in rauer Jahrszeit, indes sie den Frühling suchen im fernen Lande.

Und das ists, Lieber! Das macht uns arm bei allem Reichtum, dass wir nicht allein sein können, dass die Liebe in uns, so lange wir leben, nicht erstirbt. Gib mir meinen Adamas wieder, und komm mit allen, die mir angehören, dass die alte schöne Welt sich unter uns erneure, dass wir uns versammeln und vereinen in den Armen unserer Gottheit, der Natur, und siehe! so weiß ich nichts von Notdurft.

Aber sage nur niemand, dass uns das Schicksal trenne! Wir sinds, wir! wir haben unsre Lust daran, uns in die Nacht des Unbekannten, in die kalte Fremde irgendeiner andern Welt zu stürzen, und, wär es möglich, wir verließen der Sonne Gebiet und stürmten über des Irrsterns Grenzen hinaus. Ach! für des Menschen wilde Brust ist keine Heimat möglich; und wie der Sonne Strahl die Pflanzen der Erde, die er entfaltete, wieder versengt, so tötet der Mensch die süßen Blumen, die an seiner Brust gedeihten, die Freuden der Verwandtschaft und der Liebe.

Es ist, als zürnt ich meinem Adamas, dass er mich verließ, aber ich zürn ihm nicht. O er wollte ja wieder kommen!

In der Tiefe von Asien soll ein Volk von seltner Trefflichkeit verborgen sein; dahin trieb ihn seine Hoffnung weiter.

Bis Nio begleitet ich ihn. Es waren bittere Tage. Ich habe den Schmerz ertragen gelernt, aber für solch ein Scheiden hab ich keine Kraft in mir.

Mit jedem Augenblick, der uns der letzten Stunde näher brachte, wurd es sichtbarer, wie dieser Mensch verwebt war in mein Wesen. Wie ein Sterbender den fliehenden Odem, hielt ihn meine Seele.

Am Grabe Homers brachten wir noch einige Tage zu, und Nio wurde mir die heiligste unter den Inseln.

Endlich rissen wir uns los. Mein Herz hatte sich müde gerungen. Ich war ruhiger im letzten Augenblicke. Auf den Knieen lag ich vor ihm, umschloss ihn zum letzten Male mit diesen Armen; gib mir einen Segen, mein Vater! rief ich leise zu ihm hinauf, und er lächelte groß, und seine Stirne breitete vor den Sternen des Morgens sich aus und sein Auge durchdrang die Räume des Himmels – Bewahrt ihn mir, rief er, ihr Geister besserer Zeit! und zieht zu eurer Unsterblichkeit ihn auf, und all ihr freundlichen Kräfte des Himmels und der Erde, seid mit ihm! Es ist ein Gott in uns, setzt' er ruhiger hinzu, der lenkt, wie Wasserbäche, das Schicksal, und alle Dinge sind sein Element. Der sei vor allem mit dir!

So schieden wir. Leb wohl, mein Bellarmin!

Hyperion an Bellarmin

Wohin könnt ich mir entfliehen, hätt ich nicht die lieben Tage meiner Jugend?

Wie ein Geist, der keine Ruhe am Acheron findet, kehr ich zurück in die verlassnen Gegenden meines Lebens. Alles altert und verjüngt sich wieder. Warum sind wir ausgenommen vom schönen Kreislauf der Natur? Oder gilt er auch für uns?

Ich wollt es glauben, wenn Eines nicht in uns wäre, das ungeheure Streben, Alles zu sein, das, wie der Titan des Ätna, heraufzürnt aus den Tiefen unsers Wesens.

Und doch, wer wollt es nicht lieber in sich fühlen, wie ein siedend Öl, als sich gestehn, er sei für die Geißel und fürs Joch geboren? Ein tobend Schlachtross oder eine Mähre, die das Ohr hängt, was ist edler?

Lieber! es war eine Zeit, da auch meine Brust an großen Hoffnungen sich sonnte, da auch mir die Freude der Unsterblichkeit in allen Pulsen schlug, da ich wandelt unter herrlichen Entwürfen, wie in weiter Wäldernacht, da ich glücklich, wie die Fische des Ozeans, in meiner uferlosen Zukunft weiter, ewig weiter drang.

Wie mutig, selige Natur! entsprang der Jüngling deiner Wiege! wie freut' er sich in seiner unversuchten Rüstung! Sein Bogen war gespannt und seine Pfeile rauschten im Köcher, und die Unsterblichen, die hohen Geister des Altertums führten ihn an, und sein Adamas war mitten unter ihnen.

Wo ich ging und stand, geleiteten mich die herrlichen Gestalten; wie Flammen, verloren sich in meinem Sinne die Taten aller Zeiten ineinander, und wie in *Ein* frohlockend Gewitter die Riesenbilder, die Wolken des Himmels sich vereinen, so vereinten sich, so wurden *Ein* unendlicher Sieg in mir die hundertfältigen Siege der Olympiaden.

Wer hält das aus, wen reißt die schreckende Herrlichkeit des Altertums nicht um, wie ein Orkan die jungen Wälder umreißt, wenn sie ihn ergreift, wie mich, und wenn, wie mir, das Element ihm fehlt, worin er sich ein stärkend Selbstgefühl erbeuten könnte?

O mir, mir beugte die Größe der Alten, wie ein Sturm, das Haupt, mir raffte sie die Blüte vom Gesichte, und oftmals lag ich, wo kein Auge mich bemerkte, unter tausend Tränen da, wie eine gestürzte Tanne, die am Bache liegt und ihre welke Krone in die Flut verbirgt. Wie gerne hätt ich einen Augenblick aus eines großen Mannes Leben mit Blut erkauft!

Aber was half mir das? Es wollte ja mich niemand.

O es ist jämmerlich, so sich vernichtet zu sehn; und wem dies unverständlich ist, der frage nicht danach, und danke der Natur, die ihn zur Freude, wie die Schmetterlinge, schuf, und geh, und sprech in seinem Leben nimmermehr von Schmerz und Unglück.

Ich liebte meine Heroen, wie eine Fliege das Licht; ich suchte ihre gefährliche Nähe und floh und suchte sie wieder.

Wie ein blutender Hirsch in den Strom, stürzt ich oft mitten hinein in den Wirbel der Freude, die brennende Brust zu kühlen und die tobenden herrlichen Träume von Ruhm und Größe wegzubaden, aber was half das?

Und wenn mich oft um Mitternacht das heiße Herz in den Garten hinuntertrieb unter die tauigen Bäume, und der Wiegengesang des Quells und die liebliche Luft und das Mondlicht meinen Sinn besänftigte, und so frei und friedlich über mir die silbernen Gewölke sich regten, und aus der Ferne mir die verhallende Stimme der Meeresflut tönte, wie freundlich spielten da mit meinem Herzen all die großen Phantome seiner Liebe!

Lebt wohl, ihr Himmlischen! sprach ich oft im Geiste, wenn über mir die Melodie des Morgenlichts mit leisem Laute begann, ihr herrlichen Toten lebt wohl! ich möcht euch folgen, möchte von mir schütteln, was mein Jahrhundert mir gab, und aufbrechen ins freiere Schattenreich!

Aber ich schmachte an der Kette und hasche mit bitterer Freude die kümmerliche Schale, die meinem Durste gereicht wird.

Hyperion an Bellarmin

Meine Insel war mir zu enge geworden, seit Adamas fort war. Ich hatte Jahre schon in Tina Langeweile. Ich wollt in die Welt.

Geh vorerst nach Smyrna, sagte mein Vater, lerne da die Künste der See und des Kriegs, lerne die Sprache gebildeter Völker und ihre Verfassungen und Meinungen und Sitten und Gebräuche, prüfe alles und wähle das Beste! – Dann kann es meinetwegen weiter gehn.

Lern auch ein wenig Geduld! setzte die Mutter hinzu, und ich nahms mit Dank an.

Es ist entzückend, den ersten Schritt aus der Schranke der Jugend zu tun, es ist, als dächt ich meines Geburtstags, wenn ich meiner Abreise von Tina gedenke. Es war eine neue Sonne über mir, und Land und See und Luft genoss ich wie zum ersten Male.

Die lebendige Tätigkeit, womit ich nun in Smyrna meine Bildung besorgte, und der eilende Fortschritt besänftigte mein Herz nicht wenig. Auch manches seligen Feierabends erinnere ich mich aus dieser Zeit. Wie oft ging ich unter den immer grünen Bäumen am Gestade des Meles, an der Geburtsstätte meines Homer, und sammelt Opferblumen und warf sie in den heiligen Strom! Zur nahen Grotte trat ich dann in meinen friedlichen Träumen, da hätte der Alte, sagen sie, seine Iliade gesungen. Ich fand ihn. Jeder Laut in mir verstummte vor seiner Gegenwart. Ich schlug sein göttlich Gedicht mir auf und es war, als hätt ich es nie gekannt, so ganz anders wurd es jetzt lebendig in mir.

Auch denk ich gerne meiner Wanderung durch die Gegenden von Smyrna. Es ist ein herrlich Land, und ich habe tausendmal mir Flügel gewünscht, um des Jahres *Einmal* nach Kleinasien zu fliegen.

Aus der Ebne von Sardes kam ich durch die Felsenwände des Tmolus herauf. Ich hatt am Fuße des Bergs übernachtet in einer freundlichen Hütte, unter Myrten, unter den Düften des Ladanstrauchs, wo in der goldnen Flut des Paktolus die Schwäne mir zur Seite spielten, wo ein alter Tempel der Cybele aus den Ulmen hervor, wie ein schüchterner Geist, ins helle Mondlicht blickte. Fünf liebliche Säulen trauerten über dem Schutt, und ein königlich Portal lag niedergestürzt zu ihren Füßen.

Durch tausend blühende Gebüsche wuchs mein Pfad nun aufwärts. Vom schroffen Abhang neigten lispelnde Bäume sich, und übergossen mit ihren zarten Flocken mein Haupt. Ich war des Morgens ausgegangen. Um Mittag war ich auf der Höhe des Gebirgs. Ich stand, sah fröhlich vor mich hin, genoss der reineren Lüfte des Himmels. Es waren selige Stunden.

Wie ein Meer, lag das Land, wovon ich heraufkam, vor mir da, jugendlich, voll lebendiger Freude; es war ein himmlisch unendlich Farbenspiel, womit der Frühling mein Herz begrüßte, und wie die Sonne des Himmels sich wiederfand im tausendfachen Wechsel des Lichts, das ihr die Erde zurückgab, so erkannte mein Geist sich in der Fülle des Lebens, die ihn umfing, von allen Seiten ihn überfiel.

Zur Linken stürzt' und jauchzte, wie ein Riese, der Strom in die Wälder hinab, vom Marmorfelsen, der über mir hing, wo der Adler spielte mit seinen Jungen, wo die Schneegipfel hinauf in den blauen Äther glänzten; rechts wälzten Wetterwolken sich her über den Wäldern des Sipylus; ich fühlte nicht den Sturm, der sie trug, ich fühlte nur ein Lüftchen in den Locken, aber ihren Donner hört ich, wie man die Stimme der Zukunft hört, und ihre Flammen sah ich, wie das ferne Licht der geahneten Gottheit. Ich wandte mich südwärts und ging weiter. Da lag es offen vor mir, das ganze paradiesische Land, das der Kayster durchströmt, durch so manchen reizenden Umweg, als könnt er nicht lange genug verweilen in all dem Reichtum und der Lieblichkeit, die ihn umgibt. Wie die Zephyre, irrte mein Geist von Schönheit zu Schönheit selig umher, vom fremden friedlichen Dörfchen, das tief unten am Berge lag, bis hinein, wo die Gebirgkette des Messogis dämmert.

Ich kam nach Smyrna zurück, wie ein Trunkener vom Gastmahl. Mein Herz war des Wohlgefälligen zu voll, um nicht von seinem Überflusse der Sterblichkeit zu leihen. Ich hatte zu glücklich in mich die Schönheit der Natur erbeutet, um nicht die Lücken des Menschenlebens damit auszufüllen. Mein dürftig Smyrna kleidete sich in die Farben meiner Begeisterung, und stand, wie eine Braut, da. Die geselligen Städter zogen mich an. Der Widersinn in ihren Sitten vergnügte mich, wie eine Kinderposse, und weil ich von Natur hinaus war über all die eingeführten Formen und Bräuche, spielt ich mit allen, und legte sie an und zog sie aus, wie Fastnachtskleider.

Was aber eigentlich mir die schale Kost des gewöhnlichen Umgangs würzte, das waren die guten Gesichter und Gestalten, die noch hie und da die mitleidige Natur, wie Sterne, in unsere Verfinsterung sendet.

Wie hatt ich meine herzliche Freude daran! wie gläubig deutet ich diese freundlichen Hieroglyphen! Aber es ging mir fast damit, wie ehemals mit den Birken im Frühlinge. Ich hatte von dem Safte dieser Bäume gehört, und dachte wunder, was ein köstlich Getränk die lieblichen Stämme geben müssten. Aber es war nicht Kraft und Geist genug darinnen.

Ach! und wie heillos war das übrige alles, was ich hört und sah.

Es war mir wirklich hie und da, als hätte sich die Menschennatur in die Mannigfaltigkeiten des Tierreichs aufgelöst, wenn ich umherging unter diesen Gebildeten. Wie überall, so waren auch hier die Männer besonders verwahrlost und verwest.

Gewisse Tiere heulen, wenn sie Musik anhören. Meine bessergezognen Leute hingegen lachten, wenn von Geistesschönheit die Rede war und von Jugend des Herzens. Die Wölfe gehen davon, wenn einer Feuer schlägt. Sahn jene Menschen einen Funken Vernunft, so kehrten sie, wie Diebe, den Rücken.

Sprach ich einmal auch vom alten Griechenland ein warmes Wort, so gähnten sie, und meinten, man hätte doch auch zu leben in der jetzigen Zeit; und es wäre der gute Geschmack noch immer nicht verloren gegangen, fiel ein anderer bedeutend ein.

Dies zeigte sich dann auch. Der eine witzelte, wie ein Bootsknecht, der andere blies die Backen auf und predigte Sentenzen.

Es gebärdet' auch wohl einer sich aufgeklärt, machte dem Himmel ein Schnippchen und rief, um die Vögel auf dem Dache hab er nie sich bekümmert, die Vögel in der Hand, die seien ihm lieber! Doch wenn man ihm vom Tode sprach, so legt' er stracks die Hände zusammen, und kam so nach und nach im Gespräche darauf, wie es gefährlich sei, dass unsere Priester nichts mehr gelten.

Die Einzigen, deren zuweilen ich mich bediente, waren die Erzähler, die lebendigen Namenregister von fremden Städten und Ländern, die redenden Bilderkasten, wo man Potentaten auf Rossen und Kirchtürme und Märkte sehn kann.

Ich war es endlich müde, mich wegzuwerfen, Trauben zu suchen in der Wüste und Blumen über dem Eisfeld.

Ich lebte nun entschiedner allein, und der sanfte Geist meiner Jugend war fast ganz aus meiner Seele verschwunden. Die Unheilbarkeit des Jahrhunderts war mir aus so manchem, was ich erzähle und nicht erzähle, sichtbar geworden, und der schöne Trost, in *Einer* Seele meine Welt zu finden, mein Geschlecht in einem freundlichen Bilde zu umarmen, auch der gebrach mir.

Lieber! was wäre das Leben ohne Hoffnung? Ein Funke, der aus der Kohle springt und verlischt, und wie man bei trüber Jahrszeit einen Windstoß hört, der einen Augenblick saust und dann verhallt, so wär es mit uns?

Auch die Schwalbe sucht ein freundlicher Land im Winter, es läuft das Wild umher in der Hitze des Tags und seine Augen suchen den Quell. Wer sagt dem Kinde, dass die Mutter ihre Brust ihm nicht versage? Und siehe! es sucht sie doch.

Es lebte nichts, wenn es nicht hoffte. Mein Herz verschloss jetzt seine Schätze, aber nur, um sie für eine bessere Zeit zu sparen, für das Einzige, Heilige, Treue, das gewiss, in irgendeiner Periode des Daseins, meiner dürstenden Seele begegnen sollte.

Wie selig hing ich oft an ihm, wenn es, in Stunden des Ahnens, leise, wie das Mondlicht, um die besänftigte Stirne mir spielte? Schon damals kannt ich dich, schon damals blicktest du, wie ein Genius, aus Wolken mich an, du, die mir einst, im Frieden der Schönheit, aus der trüben Woge der Welt stieg! Da kämpfte, da glüht' es nimmer, dies Herz.

Wie in schweigender Luft sich eine Lilie wiegt, so regte sich in seinem Elemente, in den entzückenden Träumen von ihr, mein Wesen.

Hyperion an Bellarmin

Smyrna war mir nun verleidet. Überhaupt war mein Herz allmählich müder geworden. Zuweilen konnte wohl der Wunsch in mir auffahren, um die Welt zu wandern oder in den ersten besten Krieg zu gehn, oder meinen Adamas aufzusuchen und in seinem Feuer meinen Missmut auszubrennen, aber dabei blieb es, und mein unbedeutend welkes Leben wollte nimmer sich erfrischen.

Der Sommer war nun bald zu Ende; ich fühlte schon die düstern Regentage und das Pfeifen der Winde und Tosen der Wetterbäche zum voraus, und die Natur, die, wie ein schäumender Springquell, emporgedrungen war in allen Pflanzen und Bäumen, stand jetzt schon da vor meinem verdüsterten Sinne, schwindend und verschlossen und in sich gekehrt, wie ich selber.

Ich wollte noch mit mir nehmen, was ich konnte, von all dem fliehenden Leben, alles, was ich draußen liebgewonnen hatte, wollt ich noch hereinretten in mich, denn ich wusste wohl, dass mich das wiederkehrende Jahr nicht wieder finden würde unter diesen Bäumen und Bergen, und so ging und ritt ich jetzt mehr, als gewöhnlich, herum im ganzen Bezirke.

Was aber mich besonders hinaustrieb, war das geheime Verlangen, einen Menschen zu sehn, der seit einiger Zeit vor dem Tore unter den Bäumen, wo ich vorbei kam, mir alle Tage begegnet war.

Wie ein junger Titan, schritt der herrliche Fremdling unter dem Zwergengeschlechte daher, das mit freudiger Scheu an seiner Schöne sich weidete, seine Höhe maß und seine Stärke, und an dem glühenden verbrannten Römerkopfe, wie an verbotner Frucht mit verstohlnem Blicke sich labte, und es war jedesmal ein herrlicher Moment, wann das Auge dieses Menschen, für dessen Blick der freie Äther zu enge schien, so mit abgelegtem Stolze sucht' und strebte, bis es sich in meinem Auge fühlte und wir errötend uns einander nachsahn und vorübergingen.

Einst war ich tief in die Wälder des Mimas hineingeritten und kehrt erst spät abends zurück. Ich war abgestiegen, und führte mein Pferd einen steilen wüsten Pfad über Baumwurzeln und Steine hinunter, und, wie ich so durch die Sträuche mich wand, in die Höhle hinunter, die nun vor mir sich öffnete, fielen plötzlich ein paar karabornische Räuber über mich her, und ich hatte Mühe, für den ersten Moment die zwei gezückten Säbel abzuhalten; aber sie waren schon von anderer Arbeit müde, und so half ich doch mir durch. Ich setzte mich ruhig wieder aufs Pferd und ritt hinab.

Am Fuße des Berges tat mitten unter den Wäldern und aufgehäuften Felsen sich eine kleine Wiese vor mir auf. Es wurde hell. Der Mond war eben aufgegangen über den finstern Bäumen. In einiger Entfernung sah ich Rosse auf dem Boden ausgestreckt und Männer neben ihnen im Gras.

Wer seid ihr? rief ich.

Das ist Hyperion! rief eine Heldenstimme, freudig überrascht. Du kennst mich, fuhr die Stimme fort; ich begegne dir alle Tage unter den Bäumen am Tore.

Mein Ross flog, wie ein Pfeil, ihm zu. Das Mondlicht schien ihm hell ins Gesicht. Ich kannt ihn; ich sprang herab.

Guten Abend! rief der liebe Rüstige, sah mit zärtlich wildem Blicke mich an und drückte mit seiner nervigen Faust die meine, dass mein Innerstes den Sinn davon empfand.

O nun war mein unbedeutend Leben am Ende!

Alabanda, so hieß der Fremde, sagte mir nun, dass er mit seinem Diener von Räubern wäre überfallen worden, dass die beiden, auf die ich stieß, wären fortgeschickt worden von ihm, dass er den Weg aus dem Wald verloren gehabt und darum wäre genötigt gewesen, auf der Stelle zu bleiben, bis ich gekommen. Ich habe einen Freund dabei verloren, setzt' er hinzu, und wies sein totes Ross mir.

Ich gab das meine seinem Diener, und wir gingen zu Fuß weiter.

Es geschah uns recht, begann ich, indes wir Arm in Arm zusammen aus dem Walde gingen; warum zögerten wir auch so lange und gingen uns vorüber, bis der Unfall uns zusammenbrachte.

Ich muss denn doch dir sagen, erwidert' Alabanda, dass du der Schuldigere, der Kältere bist. Ich bin dir heute nachgeritten.

Herrlicher! rief ich, siehe nur zu! an Liebe sollst du doch mich nimmer übertreffen.

Wir wurden immer inniger und freudiger zusammen.

Wir kamen nahe bei der Stadt an einem wohlgebauten Khan vorbei, das unter plätschernden Brunnen ruhte und unter Fruchtbäumen und duftenden Wiesen.

Wir beschlossen, da zu übernachten. Wir saßen noch lange zusammen bei offnen Fenstern. Hohe geistige Stille umfing uns. Erd und Meer war selig verstummt, wie die Sterne, die über uns hingen. Kaum, dass ein Lüftchen von der See her uns ins Zimmer flog und zart mit unserm Lichte spielte, oder dass von ferner Musik die gewaltigern Töne zu uns drangen, indes die Donnerwolke sich wiegt' im Bette des Äthers, und hin und wieder durch die Stille fernher tönte, wie ein schlafender Riese, wenn er stärker atmet in seinen furchtbaren Träumen.

Unsre Seelen mussten um so stärker sich nähern, weil sie wider Willen waren verschlossen gewesen. Wir begegneten einander, wie zwei Bäche, die vom Berge rollen, und die Last von Erde und Stein und faulem Holz und das ganze träge Chaos, das sie aufhält, von sich schleudern, um den Weg sich zueinander zu bahnen, und durchzubrechen bis dahin, wo sie nun ergreifend und ergriffen mit gleicher Kraft, vereint in *Einen* majestätischen Strom, die Wanderung ins weite Meer beginnen.

Er, vom Schicksal und der Barbarei der Menschen heraus, vom eignen Hause unter Fremden hin und her gejagt, von früher Jugend an erbittert und verwildert, und doch auch das innere Herz voll Liebe, voll Verlangens, aus der rauen Hülse durchzudringen in ein freundlich Element; ich, von allem schon so innigst abgeschieden, so mit ganzer Seele fremd und einsam unter den Menschen, so lächerlich begleitet von dem Schellenklang der Welt in meines Herzens liebsten Melodien; ich, die Antipathie aller Blinden und Lahmen, und doch mir selbst zu blind und lahm, doch mir selbst so herzlich überlästig in allem, was von ferne verwandt war mit den Klugen und Vernünftlern, den Barbaren und den Witzlingen – und so voll Hoffnung, so voll einziger Erwartung eines schönern Lebens –

Mussten so in freudig stürmischer Eile nicht die beiden Jünglinge sich umfassen?

O du, mein Freund und Kampfgenosse, mein Alabanda, wo bist du? Ich glaube fast, du bist ins unbekannte Land hinübergegangen, zur Ruhe, bist wieder geworden, wie einst, da wir noch Kinder waren.

Zuweilen, wenn ein Gewitter über mir hinzieht, und seine göttlichen Kräfte unter die Wälder austeilt und die Saaten, oder wenn die Wogen der Meersflut unter sich spielen, oder ein Chor von Adlern um die Berggipfel, wo ich wandre, sich schwingt, kann mein Herz sich regen, als wäre mein Alabanda nicht fern; aber sichtbarer, gegenwärtiger, unverkennbarer lebt er in mir, ganz, wie er einst dastand, ein feurig strenger furchtbarer Kläger, wenn er die Sünden des Jahrhunderts nannte. Wie erwachte da in seinen Tiefen mein Geist, wie rollten mir die Donnerworte der unerbittlichen Gerechtigkeit über die Zunge! Wie Boten der Nemesis, durchwanderten unsre Gedanken die Erde, und reinigten sie, bis keine Spur von allem Fluche da war.

Auch die Vergangenheit riefen wir vor unsern Richterstuhl, das stolze Rom erschreckte uns nicht mit seiner Herrlichkeit, Athen bestach uns nicht mit seiner jugendlichen Blüte.

Wie Stürme, wenn sie frohlockend, unaufhörlich fort durch Wälder über Berge fahren, so drangen unsre Seelen in kolossalischen Entwürfen hinaus; nicht, als hätten wir, unmännlich, unsre Welt, wie durch ein Zauberwort, geschaffen, und kindisch unerfahren keinen Widerstand berechnet, dazu war Alabanda zu verständig und zu tapfer. Aber oft ist auch die mühelose Begeisterung kriegerisch und klug.

Ein Tag ist mir besonders gegenwärtig.

Wir waren zusammen aufs Feld gegangen, saßen vertraulich umschlungen im Dunkel des immergrünen Lorbeers, und sahn zusammen in unsern Plato, wo er so wunderbar erhaben vom Altern und Verjüngen spricht, und ruhten hin und wieder aus auf der stummen entblätterten Landschaft, wo der Himmel schöner, als je, mit Wolken und Sonnenschein um die herbstlich schlafenden Bäume spielte.

Wir sprachen darauf manches vom jetzigen Griechenland, beide mit blutendem Herzen, denn der entwürdigte Boden war auch Alabandas Vaterland.

Alabanda war wirklich ungewöhnlich bewegt.

Wenn ich ein Kind ansehe, rief dieser Mensch, und denke, wie schmählich und verderbend das Joch ist, das es tragen wird, und dass es darben wird, wie wir, dass es Menschen suchen wird, wie wir, fragen wird, wie wir, nach Schönem und Wahrem, dass es unfruchtbar vergehen wird, weil es allein sein wird, wie wir, dass es – o nehmt doch eure Söhne aus der Wiege, und werft sie in den Strom, um wenigstens vor eurer Schande sie zu retten!

Gewiss, Alabanda! sagt ich, gewiss es wird anders.

Wodurch? erwidert' er; die Helden haben ihren Ruhm, die Weisen ihre Lehrlinge verloren. Große Taten, wenn sie nicht ein edel Volk vernimmt, sind mehr nicht als ein gewaltiger Schlag vor eine dumpfe Stirne, und hohe Worte, wenn sie nicht in hohen Herzen widertönen, sind, wie ein sterbend Blatt, das in den Kot herunterrauscht. Was willst du nun?

Ich will, sagt ich, die Schaufel nehmen und den Kot in eine Grube werfen. Ein Volk, wo Geist und Größe keinen Geist und keine Größe mehr erzeugt, hat nichts mehr gemein, mit andern, die noch Menschen sind, hat keine Rechte mehr, und es ist ein leeres Possenspiel, ein Aberglauben, wenn man solche willenlose Leichname noch ehren will, als wär ein Römerherz in ihnen. Weg mit ihnen! Er darf nicht stehen, wo er steht, der dürre faule Baum, er stiehlt ja Licht und Luft dem jungen Leben, das für eine neue Welt heranreift.

Alabanda flog auf mich zu, umschlang mich, und seine Küsse gingen mir in die Seele. Waffenbruder! rief er, lieber Waffenbruder! o nun hab ich hundert Arme!

Das ist endlich einmal meine Melodie, fuhr er fort, mit einer Stimme, die, wie ein Schlachtruf, mir das Herz bewegte, mehr brauchts nicht! Du hast ein herrlich Wort gesprochen, Hyperion! Was? vom Wurme soll der Gott abhängen? Der Gott in uns, dem die Unendlichkeit zur Bahn sich öffnet, soll stehn und harren, bis der Wurm ihm aus dem Wege geht? Nein! nein! Man frägt nicht, ob ihr wollt! Ihr wollt ja nie, ihr Knechte und Barbaren! Euch will man auch nicht bessern, denn es ist umsonst! man will nur dafür sorgen, dass ihr dem Siegeslauf der Menschheit aus dem Wege geht. O! zünde mir einer die Fackel an, dass ich das Unkraut von der Heide brenne! die Mine bereite mir einer, dass ich die trägen Klötze aus der Erde sprenge!

Wo möglich, lehnt man sanft sie auf die Seite, fiel ich ein.

Alabanda schwieg eine Weile.

Ich habe meine Lust an der Zukunft, begann er endlich wieder, und fasste feurig meine beiden Hände. Gott sei Dank! ich werde kein gemeines Ende nehmen. Glücklich sein, heißt schläfrig sein im Munde der Knechte. Glücklich sein! mir ist, als hätt ich Brei und laues Wasser auf der Zunge, wenn ihr mir sprecht von glücklich sein. So albern und so heillos ist das alles, wofür ihr hingebt eure Lorbeerkronen, eure Unsterblichkeit.

O heiliges Licht, das ruhelos, in seinem ungeheuren Reiche wirksam, dort oben über uns wandelt, und seine Seele auch mir mitteilt, in den Strahlen, die ich trinke, dein Glück sei meines!

Von ihren Taten nähren die Söhne der Sonne sich; sie leben vom Sieg; mit eignem Geist ermuntern sie sich, und ihre Kraft ist ihre Freude. –

Der Geist dieses Menschen fasste einen oft an, dass man sich hätte schämen mögen, so federleicht hinweggerissen fühlte man sich.

O Himmel und Erde! rief ich, das ist Freude! – Das sind andre Zeiten, das ist kein Ton aus meinem kindischen Jahrhundert, das ist nicht der Boden, wo das Herz des Menschen unter seines Treibers Peitsche keucht. – Ja! ja! bei deiner herrlichen Seele, Mensch! Du wirst mit mir das Vaterland erretten.

Das will ich, rief er, oder untergehn.

Von diesem Tag an wurden wir uns immer heiliger und lieber. Tiefer unbeschreiblicher Ernst war unter uns gekommen. Aber wir waren nur um so seliger zusammen. Nur in den ewigen Grundtönen seines Wesens lebte jeder, und schmucklos schritten wir fort von einer großen Harmonie zur andern. Voll herrlicher Strenge und Kühnheit war unser gemeinsames Leben.

Wie bist du denn so wortarm geworden? fragte mich einmal Alabanda mit Lächeln. In den heißen Zonen, sagt ich, näher der Sonne, singen ja auch die Vögel nicht.

Aber es geht alles auf und unter in der Welt, und es hält der Mensch mit aller seiner Riesenkraft nichts fest. Ich sah einmal ein Kind die Hand ausstrecken, um das Mondlicht zu haschen; aber das Licht ging ruhig weiter seine Bahn. So stehn wir da, und ringen, das wandelnde Schicksal anzuhalten.

O wer ihm nur so still und sinnend, wie dem Gange der Sterne, zusehn könnte!

Je glücklicher du bist, um so weniger kostet es, dich zu Grunde zu richten, und die seligen Tage, wie Alabanda und ich sie lebten, sind wie eine jähe Felsenspitze,

64

wo dein Reisegefährte nur dich anzurühren braucht, um unabsehlich, über die schneidenden Zacken hinab, dich in die dämmernde Tiefe zu stürzen.

Wir hatten eine herrliche Fahrt nach Chios gemacht, hatten tausend Freude an uns gehabt. Wie Lüftchen über die Meeresfläche, walteten über uns die freundlichen Zauber der Natur. Mit freudigem Staunen sah einer den andern, ohne ein Wort zu sprechen, aber das Auge sagte, so hab ich dich nie gesehen! So verherrlicht waren wir von den Kräften der Erde und des Himmels.

Wir hatten dann auch mit heiterm Feuer uns über manches gestritten, während der Fahrt; ich hatte, wie sonst, auch diesmal wieder meines Herzens Freude daran gehabt, diesem Geist auf seiner kühnen Irrbahn zuzusehn, wo er so regellos, so in ungebundner Fröhlichkeit, und doch meist so sicher seinen Weg verfolgte.

Wir eilten, wie wir ausgestiegen waren, allein zu sein.

Du kannst niemand überzeugen, sagt ich jetzt mit inniger Liebe, du überredest, du bestichst die Menschen, ehe du anfängst; man kann nicht zweifeln, wenn du sprichst, und wer nicht zweifelt, wird nicht überzeugt.

Stolzer Schmeichler, rief er dafür, du lügst! aber gerade recht, dass du mich mahnst! nur zu oft hast du schon mich unvernünftig gemacht! Um alle Kronen möcht ich von dir mich nicht befreien, aber es ängstiget denn doch mich oft, dass du mir so unentbehrlich sein sollst, dass ich so gefesselt bin an dich; und sieh, fuhr er fort, dass du ganz mich hast, sollst du auch alles von mir wissen! wir dachten bisher unter all der Herrlichkeit und Freude nicht daran, uns nach Vergangenem umzusehn.

Er erzählte mir nun sein Schicksal; mir war dabei, als säh ich einen jungen Herkules mit der Megära im Kampfe.

Wirst du mir jetzt verzeihen, schloss er die Erzählung seines Ungemachs, wirst du jetzt ruhiger sein, wenn ich oft rau bin und anstößig und unverträglich?

O stille, stille! rief ich innigst bewegt; aber dass du noch da bist, dass du dich erhieltest für mich!

Jawohl! für dich! rief er, und es freut mich herzlich, dass ich dir denn doch genießbare Kost bin. Und schmeck ich auch, wie ein Holzapfel, dir zuweilen, so keltre mich so lange, bis ich trinkbar bin.

Lass mich! lass mich! rief ich; ich sträubte mich umsonst; der Mensch machte mich zum Kinde; ich verbargs ihm auch nicht; er sah meine Tränen, und weh ihm, wenn er sie nicht sehen durfte!

Wir schwelgen, begann nun Alabanda wieder, wir töten im Rausche die Zeit.

Wir haben unsre Bräutigamstage zusammen, rief ich erheitert, da darf es wohl noch lauten, als wäre man in Arkadien. – Aber auf unser vorig Gespräch zu kommen!

Du räumst dem Staate denn doch zu viel Gewalt ein. Er darf nicht fordern, was er nicht erzwingen kann. Was aber die Liebe gibt und der Geist, das lässt sich nicht erzwingen. Das lass er unangetastet, oder man nehme sein Gesetz und schlag es an den Pranger! Beim Himmel! der weiß nicht, was er sündigt, der den Staat zur Sittenschule machen will. Immerhin hat das den Staat zur Hölle gemacht, dass ihn der Mensch zu seinem Himmel machen wollte.

Die raue Hülse um den Kern des Lebens und nichts weiter ist der Staat. Er ist die Mauer um den Garten menschlicher Früchte und Blumen.

Aber was hilft die Mauer um den Garten, wo der Boden dürre liegt? Da hilft der Regen vom Himmel allein.

O Regen vom Himmel! o Begeisterung! Du wirst den Frühling der Völker uns wiederbringen. Dich kann der Staat nicht hergebieten. Aber er störe dich nicht, so wirst du kommen, kommen wirst du, mit deinen allmächtigen Wonnen, in goldne Wolken wirst du uns hüllen und empor uns tragen über die Sterblichkeit, und wir werden staunen und fragen, ob wir es noch seien, wir, die Dürftigen, die wir die Sterne fragten, ob dort uns ein Frühling blühe – frägst du mich, wann dies sein wird? Dann, wann die Lieblingin der Zeit, die jüngste, schönste Tochter der Zeit, die neue Kirche, hervorgehn wird aus diesen befleckten veralteten Formen, wann das erwachte Gefühl des Göttlichen dem Menschen seine Gottheit, und seiner Brust die schöne Jugend wiederbringen wird, wann – ich kann sie nicht verkünden, denn ich ahne sie kaum, aber sie kömmt gewiss, gewiss. Der Tod ist ein Bote des Lebens, und dass wir jetzt schlafen in unsern Krankenhäusern, dies zeugt vom nahen gesunden Erwachen. Dann, dann erst sind wir, dann ist das Element der Geister gefunden!

Alabanda schwieg, und sah eine Weile erstaunt mich an. Ich war hingerissen von unendlichen Hoffnungen; Götterkräfte trugen, wie ein Wölkchen, mich fort –

Komm! rief ich, und fasst Alabanda beim Gewande, komm, wer hält es länger aus im Kerker, der uns umnachtet?

Wohin, mein Schwärmer, erwidert' Alabanda trocken, und ein Schatten von Spott schien über sein Gesicht zu gleiten.

Ich war, wie aus den Wolken gefallen. Geh! sagt ich, du bist ein kleiner Mensch!

In demselben Augenblick traten etliche Fremden ins Zimmer, auffallende Gestalten, meist hager und blass, soviel ich im Mondlicht sehen konnte, ruhig, aber in ihren Mienen war etwas, das in die Seele ging, wie ein Schwert, und es war, als stünde man vor der Allwissenheit; man hätte gezweifelt, ob dies die Außenseite wäre von bedürftigen Naturen, hätte nicht hie und da der getötete Affekt seine Spuren zurückgelassen.

Besonders einer fiel mir auf. Die Stille seiner Züge war die Stille eines Schlachtfelds. Grimm und Liebe hat in diesem Menschen gerast, und der Verstand leuchtete über den Trümmern des Gemüts, wie das Auge eines Habichts, der auf zerstörten Palästen sitzt. Tiefe Verachtung war auf seinen Lippen. Man ahnete, dass dieser Mensch mit keiner unbedeutenden Absicht sich befasse.

Ein andrer mochte seine Ruhe mehr einer natürlichen Herzenshärte danken. Man fand an ihm fast keine Spur einer Gewaltsamkeit, von Selbstmacht oder Schicksal verübt.

Ein dritter mochte seine Kälte mehr mit der Kraft der Überzeugung dem Leben abgedrungen haben, und wohl noch oft im Kampfe mit sich stehen, denn es war ein geheimer Widerspruch in seinem Wesen, und es schien mir, als müsst er sich bewachen. Er sprach am wenigsten.

Alabanda sprang auf, wie gebogner Stahl, bei ihrem Eintritt.

Wir suchten dich, rief einer von ihnen.

Ihr würdet mich finden, sagt' er lachend, wenn ich in den Mittelpunkt der Erde mich verbärge. Sie sind meine Freunde, setzt' er hinzu, indes er zu mir sich wandte.

Sie schienen mich ziemlich scharf ins Auge zu fassen.

Das ist auch einer von denen, die es gerne besser haben möchten in der Welt, rief Alabanda nach einer Weile, und wies auf mich.

Das ist dein Ernst? fragt' einer mich von den Dreien.

Es ist kein Scherz, die Welt zu bessern, sagt ich.

Du hast viel mit einem Worte gesagt! rief wieder einer von ihnen. Du bist unser Mann! ein andrer.

Ihr denkt auch so? fragt ich.

Frage, was wir tun! war die Antwort.

Und wenn ich fragte?

So würden wir dir sagen, dass wir da sind, aufzuräumen auf Erden, dass wir die Steine vom Acker lesen, und die harten Erdenklöße mit dem Karst zerschlagen, und Furchen graben mit dem Pflug, und das Unkraut an der Wurzel fassen, an der Wurzel es durchschneiden, samt der Wurzel es ausreißen, dass es verdorre im Sonnenbrande.

Nicht, dass wir ernten möchten, fiel ein andrer ein; uns kömmt der Lohn zu spät; uns reift die Ernte nicht mehr.

Wir sind am Abend unsrer Tage. Wir irrten oft, wir hofften viel und taten wenig. Wir wagten lieber, als wir uns besannen. Wir waren gerne bald am Ende und trauten auf das Glück. Wir sprachen viel von Freude und Schmerz, und liebten, hassten beide. Wir spielten mit dem Schicksal und es tat mit uns ein Gleiches. Vom Bettelstabe bis zur Krone warf es uns auf und ab. Es schwang uns, wie man ein glühend Rauchfass schwingt, und wir glühten, bis die Kohle zu Asche ward. Wir haben aufgehört von Glück und Missgeschick zu sprechen. Wir sind emporgewachsen über die Mitte des Lebens, wo es grünt und warm ist. Aber es ist nicht das Schlimmste, was die Jugend überlebt. Aus heißem Metalle wird das kalte Schwert geschmiedet. Auch sagt man, auf verbrannten abgestorbenen Vulkanen gedeihe kein schlechter Most.

Wir sagen das nicht um unsertwillen, rief ein anderer jetzt etwas rascher, wir sagen es um euertwillen! Wir betteln um das Herz des Menschen nicht. Denn wir bedürfen seines Herzens, seines Willens nicht. Denn er ist in keinem Falle wider uns, denn es ist alles für uns, und die Toren und die Klugen und die Einfältigen und die Weisen und alle Laster und alle Tugenden der Rohheit und der Bildung stehen, ohne gedungen zu sein, in unsrem Dienst, und helfen blindlings mit zu unsrem Ziel – nur wünschten wir, es hätte jemand den Genuss davon, drum suchen wir unter den tausend blinden Gehilfen die besten uns aus, um sie zu sehenden Gehilfen zu machen – will aber niemand wohnen, wo wir bauten, unsre Schuld und unser Schaden ist es nicht. Wir taten, was das unsre war. Will niemand sammeln, wo wir pflügten, wer verargt es uns? Wer flucht dem Baume, wenn sein Apfel in den Sumpf fällt? Ich habs mir oft gesagt, du opferst der Verwesung, und ich endete mein Tagwerk doch.

Das sind Betrüger! riefen alle Wände meinem empfindlichen Sinne zu. Mir war, wie einem, der im Rauch ersticken will, und Türen und Fenster einstößt, um sich hinauszuhelfen, so dürstet ich nach Luft und Freiheit.

Sie sahn auch bald, wie unheimlich mir zu Mute war, und brachen ab. Der Tag graute schon, da ich aus dem Khan trat, wo wir waren beisammen gewesen. Ich fühlte das Wehen der Morgenluft, wie Balsam an einer brennenden Wunde.

Ich war durch Alabandas Spott schon zu sehr gereizt, um nicht durch seine rätselhafte Bekanntschaft vollends irre zu werden an ihm.

Er ist schlecht, rief ich, ja, er ist schlecht. Er heuchelt grenzenlos Vertrauen und lebt mit solchen – und verbirgt es dir.

Mir war, wie einer Braut, wenn sie erfährt, dass ihr Geliebter insgeheim mit einer Dirne lebe.

O es war der Schmerz nicht, den man hegen mag, den man am Herzen trägt, wie ein Kind, und in Schlummer singt mit Tönen der Nachtigall!

Wie eine ergrimmte Schlange, wenn sie unerbittlich herauffährt an den Knieen und Lenden, und alle Glieder umklammert, und nun in die Brust die giftigen Zähne schlägt und nun in den Nacken, so war mein Schmerz, so fasst' er mich in seine fürchterliche Umarmung. Ich nahm mein höchstes Herz zu Hilfe, und rang nach großen Gedanken, um noch stille zu halten, es gelang mir auch auf wenige Augenblicke, aber nun war ich auch zum Zorne gestärkt, nun tötet ich auch, wie eingelegtes Feuer, jeden Funken der Liebe in mir.

Er muss ja, dacht ich, das sind ja seine Menschen, er muss verschworen sein mit diesen, gegen dich! Was wollt er auch von dir? Was konnt er suchen bei dir, dem Schwärmer? O wär er seiner Wege gegangen! Aber sie haben ihren eigenen Gelust, sich an ihr Gegenteil zu machen! so ein fremdes Tier im Stalle zu haben, lässt ihnen gar gut! –

Und doch war ich unaussprechlich glücklich gewesen mit ihm, war so oft untergegangen in seinen Umarmungen, um aus ihnen zu erwachen mit Unüberwindlichkeit in der Brust, wurde so oft gehärtet und geläutert in seinem Feuer, wie Stahl!

Da ich einst in heitrer Mitternacht die Dioskuren ihm wies, und Alabanda die Hand aufs Herz mir legt' und sagte: Das sind nur Sterne, Hyperion, nur Buchstaben, womit der Name der Heldenbrüder am Himmel geschrieben ist; in uns sind sie! lebendig und wahr, mit ihrem Mut und ihrer göttlichen Liebe, und du, du bist der Göttersohn, und teilst mit deinem sterblichen Kastor deine Unsterblichkeit! –

Da ich die Wälder des Ida mit ihm durchstreifte, und wir herunterkamen ins Tal, um da die schweigenden Grabhügel nach ihren Toten zu fragen, und ich zu Alabanda sagte, dass unter den Grabhügeln einer vielleicht dem Geist Achills und seines Geliebten angehöre, und Alabanda mir vertraute, wie er oft ein Kind sei und sich denke, dass wir einst in *Einem* Schlachttal fallen und zusammen ruhen werden unter *Einem* Baum – wer hätte damals das gedacht?

Ich sann mit aller Kraft des Geistes, die mir übrig war, ich klagt ihn an, verteidigt ihn, und klagt ihn wieder um so bittrer an; ich widerstrebte meinem Sinne, wollte mich erheitern, und verfinsterte mich nur ganz dadurch.

68

Ach! mein Auge war ja von so manchem Faustschlag wund gewesen, fing ja kaum zu heilen an, wie sollt es jetzt gesündere Blicke tun?

Alabanda besuchte mich den andern Tag. Mein Herz kochte, wie er hereintrat, aber ich hielt mich, so sehr sein Stolz und seine Ruhe mich aufregt' und erhitzte.

Die Luft ist herrlich, sagt' er endlich, und der Abend wird sehr schön sein, lass uns zusammen auf die Akropolis gehn!

Ich nahm es an. Wir sprachen lange kein Wort. Was willst du? fragt ich endlich.

Das kannst du fragen? erwiderte der wilde Mensch mit einer Wehmut, die mir durch die Seele ging. Ich war betroffen, verwirrt.

Was soll ich von dir denken? fing ich endlich wieder an.

Das, was ich bin! erwidert' er gelassen.

Du brauchst Entschuldigung, sagt ich mit veränderter Stimme, und sah mit Stolz ihn an, entschuldige dich! reinige dich!

Das war zu viel für ihn.

Wie kommt es denn, rief er entrüstet, dass dieser Mensch mich beugen soll, wie's ihm gefällt? – Es ist auch wahr, ich war zu früh entlassen aus der Schule, ich hatte alle Ketten geschleift und alle zerrissen, nur *Eine* fehlte noch, nur eine war noch zu zerbrechen, ich war noch nicht gezüchtigt von einem Grillenfänger – murre nur! ich habe lange genug geschwiegen!

O Alabanda! Alabanda! rief ich. Schweig, erwidert' er, und brauche meinen Namen nicht zum Dolche gegen mich!

Nun brach auch mir der Unmut vollends los. Wir ruhten nicht, bis eine Rückkehr fast unmöglich war. Wir zerstörten mit Gewalt den Garten unsrer Liebe. Wir standen oft und schwiegen, und wären uns so gerne, so mit tausend Freuden um den Hals gefallen, aber der unselige Stolz erstickte jeden Laut der Liebe, der vom Herzen aufstieg.

Leb wohl! rief ich endlich, und stürzte fort. Unwillkürlich musst ich mich umsehn, unwillkürlich war mir Alabanda gefolgt.

Nicht wahr, Alabanda, rief ich ihm zu, das ist ein sonderbarer Bettler? seinen letzten Pfenning wirft er in den Sumpf!

Wenns das ist, mag er auch verhungern, rief er, und ging.

Ich wankte sinnlos weiter, stand nun am Meer und sahe die Wellen an – ach! da hinunter strebte mein Herz, da hinunter, und meine Arme flogen der freien Flut entgegen; aber bald kam, wie vom Himmel, ein sanfterer Geist über mich, und ordnete mein unbändig leidend Gemüt mit seinem ruhigen Stabe; ich überdachte stiller mein Schicksal, meinen Glauben an die Welt, meine trostlosen Erfahrungen, ich betrachtete den Menschen, wie ich ihn empfunden und erkannt von früher Jugend an, in mannigfaltigen Erziehungen, fand überall dumpfen oder schreienden Misslaut, nur in kindlicher einfältiger Beschränkung fand ich noch die reinen Melodien – es ist besser, sagt ich mir, zur Biene zu werden und sein Haus zu bauen in Unschuld, als zu herrschen mit den Herren der Welt, und wie mit Wölfen, zu heulen mit ihnen, als Völker zu meistern, und an dem unreinen Stoffe sich die Hände zu beflecken; ich wollte nach Tina zurück, um meinen Gärten und Feldern zu leben.

Lächle nur! Mir war es sehr Ernst. Bestehet ja das Leben der Welt im Wechsel des Entfaltens und Verschließens, in Ausflug und in Rückkehr zu sich selbst, warum nicht auch das Herz des Menschen? Freilich ging die neue Lehre mir hart ein, freilich schied ich ungern von dem stolzen Irrtum meiner Jugend – wer reißt auch gerne die Flügel sich aus? – aber es musste ja so sein!

Ich setzt es durch. Ich war nun wirklich eingeschifft. Ein frischer Bergwind trieb mich aus dem Hafen von Smyrna. Mit einer wunderbaren Ruhe, recht, wie ein Kind, das nichts vom nächsten Augenblicke weiß, lag ich so da auf meinem Schiffe, und sah die Bäume und Moskeen dieser Stadt an, meine grünen Gänge an dem Ufer, meinen Fußsteig zur Akropolis hinauf, das sah ich an, und ließ es weiter gehn und immer weiter; wie ich aber nun aufs hohe Meer hinauskam, und alles nach und nach hinabsank, wie ein Sarg ins Grab, da mit einmal war es auch, als wäre mein Herz gebrochen – o Himmel! schrie ich, und alles Leben in mir erwacht' und rang, die fliehende Gegenwart zu halten, aber sie war dahin, dahin!

Wie ein Nebel, lag das himmlische Land vor mir, wo ich, wie ein Reh auf freier Waide, weit und breit die Täler und die Höhen hatte durchstreift, und das Echo meines Herzens zu den Quellen und Strömen, in die Fernen und die Tiefen der Erde gebracht.

Dort hinein auf den Tmolus war ich gegangen in einsamer Unschuld; dort hinab, wo Ephesus einst stand in seiner glücklichen Jugend und Teos und Milet, dort hinauf ins heilige trauernde Troas war ich mit Alabanda gewandert, mit Alabanda, und, wie ein Gott, hatt ich geherrscht über ihn, und, wie ein Kind, zärtlich und gläubig, hatt ich seinem Auge gedient, mit Seelenfreude, mit innigem frohlockendem Genusse seines Wesens, immer glücklich, wenn ich seinem Rosse den Zaum hielt, oder wenn ich, über mich selbst erhoben, in herrlichen Entschlüssen, in kühnen Gedanken, im Feuer der Rede seiner Seele begegnete!

Und nun war es dahin gekommen, nun war ich nichts mehr, war so heillos um alles gebracht, war zum ärmsten unter den Menschen geworden, und wusste selbst nicht, wie.

O ewiges Irrsal! dacht ich bei mir, wann reißt der Mensch aus deinen Ketten sich los?

Wir sprechen von unsrem Herzen, unsern Plänen, als wären sie unser, und es ist doch eine fremde Gewalt, die uns herumwirft und ins Grab legt, wie es ihr gefällt, und von der wir nicht wissen, von wannen sie kommt, noch wohin sie geht.

Wir wollen wachsen dahinauf, und dorthinaus die Äste und die Zweige breiten, und Boden und Wetter bringt uns doch, wohin es geht, und wenn der Blitz auf deine Krone fällt, und bis zur Wurzel dich hinunterspaltet, armer Baum! was geht es dich an?

So dacht ich. Ärgerst du dich daran, mein Bellarmin! Du wirst noch andere Dinge hören.

Das eben, Lieber! ist das Traurige, dass unser Geist so gerne die Gestalt des irren Herzens annimmt, so gerne die vorüberfliehende Trauer festhält, dass der Gedanke, der die Schmerzen heilen sollte, selber krank wird, dass der Gärtner an den Rosensträuchen, die er pflanzen sollte, sich die Hand so oft zerreißt, o! das hat manchen zum Toren gemacht vor andern, die er sonst, wie ein Orpheus, hätte beherrscht, das hat so oft die edelste Natur zum Spott gemacht vor Menschen, wie man sie auf jeder Straße findet, das ist die Klippe für die Lieblinge des Himmels, dass ihre Liebe mächtig ist und zart, wie ihr Geist, dass ihres Herzens Wogen stärker oft und schneller sich regen, wie der Trident, womit der Meergott sie beherrscht, und darum, Lieber! überhebe ja sich keiner.

Hyperion an Bellarmin

Kannst du es hören, wirst du es begreifen, wenn ich dir von meiner langen kranken Trauer sage?

Nimm mich, wie ich mich gebe, und denke, dass es besser ist zu sterben, weil man lebte, als zu leben, weil man nie gelebt! Neide die Leidensfreien nicht, die Götzen von Holz, denen nichts mangelt, weil ihre Seele so arm ist, die nichts fragen nach Regen und Sonnenschein, weil sie nichts haben, was der Pflege bedürfte.

Ja! ja! es ist recht sehr leicht, glücklich, ruhig zu sein mit seichtem Herzen und eingeschränktem Geiste. Gönnen kann mans euch; wer ereifert sich denn, dass die bretterne Scheibe nicht wehklagt, wenn der Pfeil sie trifft, und dass der hohle Topf so dumpf klingt, wenn ihn einer an die Wand wirft?

Nur müsst ihr euch bescheiden, lieben Leute, müsst ja in aller Stille euch wundern, wenn ihr nicht begreift, dass andre nicht auch so glücklich, auch so selbstgenügsam sind, müsst ja euch hüten, eure Weisheit zum Gesetz zu machen, denn das wäre der Welt Ende, wenn man euch gehorchte.

Ich lebte nun sehr still, sehr anspruchslos in Tina. Ich ließ auch wirklich die Erscheinungen der Welt vorüberziehn, wie Nebel im Herbste, lachte manchmal auch mit nassen Augen über mein Herz, wenn es hinzuflog, um zu naschen, wie der Vogel nach der gemalten Traube, und blieb still und freundlich dabei.

Ich ließ nun jedem gerne seine Meinung, seine Unart. Ich war bekehrt, ich wollte niemand mehr bekehren, nur war mir traurig, wenn ich sah, dass die Menschen glaubten, ich lasse darum ihr Possenspiel unangetastet, weil ich es so hoch und teuer achte, wie sie. Ich mochte nicht gerade ihrer Albernheit mich unterwerfen, doch sucht ich sie zu schonen, wo ich konnte. Das ist ja ihre Freude, dacht ich, davon leben sie ja!

Oft ließ ich sogar mir gefallen, mitzumachen, und wenn ich noch so seelenlos, so ohne eignen Trieb dabei war, das merkte keiner, da vermisste keiner nichts, und hätt ich gesagt, sie möchten mirs verzeihen, so wären sie dagestanden und hätten sich verwundert und gefragt: was hast du denn uns getan? Die Nachsichtigen!

Oft, wenn ich des Morgens dastand unter meinem Fenster und der geschäftige Tag mir entgegenkam, konnt auch ich mich augenblicklich vergessen, konnte mich umsehn, als möcht ich etwas vornehmen, woran mein Wesen seine Lust noch hätte, wie ehmals, aber da schalt ich mich, da besann ich mich, wie einer, dem ein Laut aus seiner Muttersprache entfährt, in einem Land, wo sie nicht verstanden wird – wohin, mein Herz? sagt ich verständig zu mir selber und gehorchte mir.

Was ists denn, dass der Mensch so viel will? fragt ich oft; was soll denn die Unendlichkeit in seiner Brust? Unendlichkeit? wo ist sie denn? wer hat sie denn vernommen? Mehr will er, als er kann! das möchte wahr sein! O! das hast du oft genug erfahren. Das ist auch nötig, wie es ist. Das gibt das süße, schwärmerische Gefühl der Kraft, dass sie nicht ausströmt, wie sie will, das eben macht die schönen Träume von Unsterblichkeit und all die holden und die kolossalischen Phantome, die den Menschen tausendfach entzücken, das schafft dem Menschen sein Elysium und seine Götter, dass seines Lebens Linie nicht gerad ausgeht, dass er nicht hinfährt, wie ein Pfeil, und eine fremde Macht dem Fliehenden in den Weg sich wirft.

Des Herzens Woge schäumte nicht so schön empor, und würde Geist, wenn nicht der alte stumme Fels, das Schicksal, ihr entgegenstände.

Aber dennoch stirbt der Trieb in unserer Brust, und mit ihm unsre Götter und ihr Himmel. Das Feuer geht empor in freudigen Gestalten, aus der dunkeln Wiege, wo es schlief, und seine Flamme steigt und fällt, und bricht sich und umschlingt sich freudig wieder, bis ihr Stoff verzehrt ist, nun raucht und ringt sie und erlischt; was übrig ist, ist Asche.

So gehts mit uns. Das ist der Inbegriff von allem, was in *schreckend*reizenden Mysterien die Weisen uns erzählen.

Und du? was frägst du dich? Dass so zuweilen etwas in dir auffährt, und, wie der Mund des Sterbenden, dein Herz in *Einem* Augenblicke so gewaltsam dir sich öffnet und verschließt, das gerade ist das böse Zeichen.

Sei nur still, und lass es seinen Gang gehn! künstle nicht! versuche kindisch nicht, um eine Ehle länger dich zu machen! – Es ist, als wolltest du noch eine Sonne schaffen, und neue Zöglinge für sie, ein Erdenrund und einen Mond erzeugen.

So träumt ich hin. Geduldig nahm ich nach und nach von allem Abschied. – O ihr Genossen meiner Zeit! fragt eure Ärzte nicht und nicht die Priester, wenn ihr innerlich vergeht!

Ihr habt den Glauben an alles Große verloren; so müsst, so müsst ihr hin, wenn dieser Glaube nicht wiederkehrt, wie ein Komet aus fremden Himmeln.

Hyperion an Bellarmin

Es gibt ein Vergessen alles Daseins, ein Verstummen unsers Wesens, wo uns ist, als hätten wir alles gefunden.

Es gibt ein Verstummen, ein Vergessen alles Daseins, wo uns ist, als hätten wir alles verloren, eine Nacht unsrer Seele, wo kein Schimmer eines Sterns, wo nicht einmal ein faules Holz uns leuchtet.

Ich war nun ruhig geworden. Nun trieb mich nichts mehr auf um Mitternacht. Nun sengt ich mich in meiner eignen Flamme nicht mehr.

Ich sah nun still und einsam vor mich hin, und schweift in die Vergangenheit und in die Zukunft mit dem Auge nicht. Nun drängte Fernes und Nahes sich in meinem Sinne nicht mehr; die Menschen, wenn sie mich nicht zwangen, sie zu sehen, sah ich nicht.

Sonst lag oft, wie das ewigleere Fass der Danaiden, vor meinem Sinne dies Jahrhundert, und mit verschwenderischer Liebe goss meine Seele sich aus, die Lücken auszufüllen; nun sah ich keine Lücke mehr, nun drückte mich des Lebens Langeweile nicht mehr.

Nun sprach ich nimmer zu der Blume, du bist meine Schwester! und zu den Quellen, wir sind *Eines* Geschlechts! ich gab nun treulich, wie ein Echo, jedem Dinge seinen Namen.

Wie ein Strom an dürren Ufern, wo kein Weidenblatt im Wasser sich spiegelt, lief unverschönert vorüber an mir die Welt.

Hyperion an Bellarmin

Es kann nichts wachsen und nichts so tief vergehen, wie der Mensch. Mit der Nacht des Abgrunds vergleicht er oft sein Leiden und mit dem Äther seine Seligkeit, und wie wenig ist dadurch gesagt?

Aber schöner ist nichts, als wenn es so nach langem Tode wieder in ihm dämmert, und der Schmerz, wie ein Bruder, der fernher dämmernden Freude entgegengeht.

O es war ein himmlisch Ahnen, womit ich jetzt den kommenden Frühling wieder begrüßte! Wie fernher in schweigender Luft, wenn alles schläft, das Saitenspiel der Geliebten, so umtönten seine leisen Melodien mir die Brust, wie von Elysium herüber, vernahm ich seine Zukunft, wenn die toten Zweige sich regten und ein lindes Wehen meine Wange berührte.

Holder Himmel Ioniens! so war ich nie an dir gehangen, aber so ähnlich war dir auch nie mein Herz gewesen, wie damals, in seinen heitern zärtlichen Spielen. –

Wer sehnt sich nicht nach Freuden der Liebe und großen Taten, wenn im Auge des Himmels und im Busen der Erde der Frühling wiederkehrt?

Ich erhob mich, wie vom Krankenbette, leise und langsam, aber von geheimen Hoffnungen zitterte mir die Brust so selig, dass ich drüber vergaß, zu fragen, was dies zu bedeuten habe.

Schönere Träume umfingen mich jetzt im Schlafe, und wenn ich erwachte, waren sie mir im Herzen, wie die Spur eines Kusses auf der Wange der Geliebten. O das Morgenlicht und ich, wir gingen nun uns entgegen, wie versöhnte Freunde, wenn sie noch etwas fremde tun, und doch den nahen unendlichen Augenblick des Umarmens schon in der Seele tragen.

Es tat nun wirklich einmal wieder mein Auge sich auf, freilich, nicht mehr, wie sonst, gerüstet und erfüllt mit eigner Kraft, es war bittender geworden, es fleht' um Leben, aber es war mir im Innersten doch, als könnt es wieder werden mit mir, wie sonst, und besser.

Ich sahe die Menschen wieder an, als sollt auch ich wirken und mich freuen unter ihnen. Ich schloss mich wirklich herzlich überall an.

Himmel! wie war das eine Schadenfreude, dass der stolze Sonderling nun *Einmal* war, wie ihrer einer, geworden! wie hatten sie ihren Scherz daran, dass den Hirsch des Waldes der Hunger trieb, in ihren Hühnerhof zu laufen! –

Ach! meinen Adamas sucht ich, meinen Alabanda, aber es erschien mir keiner.

Endlich schrieb ich auch nach Smyrna, und es war, als sammelt' alle Zärtlichkeit und alle Macht des Menschen in *Einen* Moment sich, da ich schrieb; so schrieb ich dreimal, aber keine Antwort, ich flehte, drohte, mahnt an alle Stunden der Liebe und der Kühnheit, aber keine Antwort von dem Unvergesslichen, bis in den Tod geliebten – Alabanda! rief ich, o mein Alabanda! du hast den Stab gebrochen über mich. Du hieltest mich noch aufrecht, warst die letzte Hoffnung meiner Jugend! Nun will ich nichts mehr! nun ists heilig und gewiss!

Wir bedauern die Toten, als fühlten sie den Tod, und die Toten haben doch Frieden. Aber das, das ist der Schmerz, dem keiner gleichkömmt, das ist unaufhörliches Gefühl der gänzlichen Zernichtung, wenn unser Leben seine Bedeutung so verliert, wenn so das Herz sich sagt, du musst hinunter und nichts bleibt übrig von dir; keine Blume hast du gepflanzt, keine Hütte gebaut, nur dass du sagen könntest: ich lasse eine Spur zurück auf Erden. Ach! und die Seele kann immer so voll Sehnens sein, bei dem, dass sie so mutlos ist!

Ich suchte immer etwas, aber ich wagte das Auge nicht aufzuschlagen vor den Menschen. Ich hatte Stunden, wo ich das Lachen eines Kindes fürchtete.

Dabei war ich meist sehr still und geduldig, hatte oft auch einen wunderbaren Aberglauben an die Heilkraft mancher Dinge; von einer Taube, die ich kaufte, von einer Kahnfahrt, von einem Tale, das die Berge mir verbargen, konnt ich Trost erwarten.

Genug! genug! wär ich mit Themistokles aufgewachsen, hätt ich unter den Scipionen gelebt, meine Seele hätte sich wahrlich nie von dieser Seite kennen gelernt.

Hyperion an Bellarmin

Zuweilen regte noch sich eine Geisteskraft in mir. Aber freilich nur zerstörend!

Was ist der Mensch? konnt ich beginnen; wie kommt es, dass so etwas in der Welt ist, das, wie ein Chaos, gärt, oder modert, wie ein fauler Baum, und nie zu einer Reife gedeiht? Wie duldet diesen Herling die Natur bei ihren süßen Trauben?

Zu den Pflanzen spricht er, ich war auch einmal, wie ihr! und zu den reinen Sternen, ich will werden, wie ihr, in einer andren Welt! inzwischen bricht er auseinander und treibt hin und wieder seine Künste mit sich selbst, als könnt er, wenn es einmal sich aufgelöst, Lebendiges zusammensetzen, wie ein Mauerwerk; aber es macht ihn auch nicht irre, wenn nichts gebessert wird durch all sein Tun; es bleibt doch immerhin ein Kunststück, was er treibt.

O ihr Armen, die ihr das fühlt, die ihr auch nicht sprechen mögt von menschlicher Bestimmung, die ihr auch so durch und durch ergriffen seid vom Nichts, das über uns waltet, so gründlich einseht, dass wir geboren werden für Nichts, dass wir lieben ein Nichts, glauben ans Nichts, uns abarbeiten für Nichts, um mählich überzugehen ins Nichts – was kann ich dafür, dass euch die Knie brechen, wenn ihrs ernstlich bedenkt? Bin ich doch auch schon manchmal hingesunken in diesen Gedanken, und habe gerufen, was legst du die Axt mir an die Wurzel, grausamer Geist? und bin noch da.

O einst, ihr finstern Brüder! war es anders. Da war es über uns so schön, so schön und froh vor uns; auch diese Herzen wallten über vor den fernen seligen Phantomen, und kühn frohlockend drangen auch unsere Geister aufwärts und durchbrachen die Schranke, und wie sie sich umsahn, wehe, da war es eine unendliche Leere.

O! auf die Knie kann ich mich werfen und meine Hände ringen und flehen, ich weiß nicht wen? um andre Gedanken. Aber ich überwältige sie nicht, die schreiende Wahrheit. Hab ich mich nicht zwiefach überzeugt? Wenn ich hinsehe ins Leben, was ist das Letzte von allem? Nichts. Wenn ich aufsteige im Geiste, was ist das Höchste von allem? Nichts.

Aber stille, mein Herz! Es ist ja deine letzte Kraft, die du verschwendest! deine letzte Kraft? und du, du willst den Himmel stürmen? wo sind denn deine hundert Arme, Titan, wo dein Pelion und Ossa, deine Treppe zu des Göttervaters Burg hinauf, damit du hinaufsteigst und den Gott und seinen Göttertisch und all die unsterblichen Gipfel des Olymps herabwirfst und den Sterblichen predigest: bleibt unten, Kinder des Augenblicks! strebt nicht in diese Höhen herauf, denn es ist nichts hier oben.

Das kannst du lassen, zu sehn, was über andere waltet. Dir gilt deine neue Lehre. Über dir und vor dir ist es freilich leer und öde, weil es in dir leer und öd ist.

Freilich, wenn ihr reicher seid, als ich, ihr andern, könntet ihr doch wohl auch ein wenig helfen.

Wenn euer Garten so voll Blumen ist, warum erfreut ihr Odem mich nicht auch? – Wenn ihr so voll der Gottheit seid, so reicht sie mir zu trinken. An Festen darbt ja niemand, auch der Ärmste nicht. Aber *Einer* nur hat seine Feste unter euch; das ist der Tod.

Not und Angst und Nacht sind eure Herren. Die sondern euch, die treiben euch mit Schlägen aneinander. Den Hunger nennt ihr Liebe, und wo ihr nichts mehr seht, da wohnen eure Götter. Götter und Liebe?

O die Poeten haben recht, es ist nichts so klein und wenig, woran man sich nicht begeistern könnte.

So dacht ich. Wie das alles in mich kam, begreif ich noch nicht.

Zweites Buch

Hyperion an Bellarmin

Ich lebe jetzt auf der Insel des Ajax, der teuern Salamis.

Ich liebe dies Griechenland überall. Es trägt die Farbe meines Herzens. Wohin man siehet, liegt eine Freude begraben.

Und doch ist so viel Liebliches und Großes auch um einen.

Auf dem Vorgebirge hab ich mir eine Hütte gebaut von Mastixzweigen, und Moos und Bäume herumgepflanzt und Thymian und allerlei Sträuche.

Da hab ich meine liebsten Stunden, da sitz ich Abende lang und sehe nach Attika hinüber, bis endlich mein Herz zu hoch mir klopft; dann nehm ich mein Werkzeug, gehe hinab an die Bucht und fange mir Fische.

Oder les ich auch auf meiner Höhe droben vom alten herrlichen Seekrieg, der an Salamis einst im wilden klugbeherrschten Getümmel vertobte, und freue des Geistes mich, der das wütende Chaos von Freunden und Feinden lenken konnte und zähmen, wie ein Reiter das Ross, und schäme mich innigst meiner eigenen Kriegsgeschichte.

Oder schau ich aufs Meer hinaus und überdenke mein Leben, sein Steigen und Sinken, seine Seligkeit und seine Trauer und meine Vergangenheit lautet mir oft, wie ein Saitenspiel, wo der Meister alle Töne durchläuft, und Streit und Einklang mit verborgener Ordnung untereinanderwirft.

Heut ists dreifach schön hier oben. Zwei freundliche Regentage haben die Luft und die lebensmüde Erde gekühlt.

Der Boden ist grüner geworden, offner das Feld. Unendlich steht, mit der freudigen Kornblume gemischt, der goldene Weizen da, und licht und heiter steigen tausend hoffnungsvolle Gipfel aus der Tiefe des Hains. Zart und groß durchirret den Raum jede Linie der Fernen; wie Stufen gehn die Berge bis zur Sonne unaufhörlich hintereinander hinauf. Der ganze Himmel ist rein. Das weiße Licht ist nur über den Äther gehaucht, und, wie ein silbern Wölkchen, wallt der schüchterne Mond am hellen Tage vorüber.

Hyperion an Bellarmin

Mir ist lange nicht gewesen, wie jetzt.

Wie Jupiters Adler dem Gesange der Musen, lausch ich dem wunderbaren unendlichen Wohllaut in mir. Unangefochten an Sinn und Seele, stark und fröhlich, mit lächelndem Ernste, spiel ich im Geiste mit dem Schicksal und den drei Schwestern, den heiligen Parzen. Voll göttlicher Jugend frohlockt mein ganzes Wesen über sich selbst, über Alles. Wie der Sternenhimmel, bin ich still und bewegt.

Ich habe lange gewartet auf solche Festzeit, um dir einmal wieder zu schreiben. Nun bin ich stark genug; nun lass mich dir erzählen.

Mitten in meinen finstern Tagen lud ein Bekannter von Kalaurea herüber mich ein. Ich sollt in seine Gebirge kommen, schrieb er mir; man lebe hier freier als sonstwo, und auch da blüheten, mitten unter den Fichtenwäldern und reißenden Wassern, Limonenhaine und Palmen und liebliche Kräuter und Myrten und die heilige Rebe. Einen Garten hab er hoch am Gebirge gebaut und ein Haus; dem beschatteten dichte Bäume den Rücken, und kühlende Lüfte umspielten es leise in den brennenden Sommertagen; wie ein Vogel vom Gipfel der Zeder, blickte man in die Tiefen hinab, zu den Dörfern und grünen Hügeln, und zufriedenen Herden der Insel, die alle, wie Kinder, umherlägen um den herrlichen Berg und sich nährten von seinen schäumenden Bächen.

Das weckte mich denn doch ein wenig. Es war ein heiterer blauer Apriltag, an dem ich hinüberschiffte. Das Meer war ungewöhnlich schön und rein, und leicht die Luft, wie in höheren Regionen. Man ließ im schwebenden Schiffe die Erde hinter sich liegen, wie eine köstliche Speise, wenn der heilige Wein gereicht wird.

Dem Einflusse des Meers und der Luft widerstrebt der finstere Sinn umsonst. Ich gab mich hin, fragte nichts nach mir und andern, suchte nichts, sann auf nichts, ließ vom Boote mich halb in Schlummer wiegen, und bildete mir ein, ich liege in Charons Nachen. O es ist süß, so aus der Schale der Vergessenheit zu trinken.

Mein fröhlicher Schiffer hätte gerne mit mir gesprochen, aber ich war sehr einsilbig.

Er deutete mit dem Finger und wies mir rechts und links das blaue Eiland, aber ich sah nicht lange hin, und war im nächsten Augenblicke wieder in meinen eignen lieben Träumen.

Endlich, da er mir die stillen Gipfel in der Ferne wies und sagte, dass wir bald in Kalaurea wären, merkt ich mehr auf, und mein ganzes Wesen öffnete sich der wunderbaren Gewalt, die auf einmal süß und still und unerklärlich mit mir spielte. Mit großem Auge, staunend und freudig sah ich hinaus in die Geheimnisse der Ferne, leicht zitterte mein Herz, und die Hand entwischte mir und fasste freundlichhastig meinen Schiffer an – so? rief ich, das ist Kalaurea? Und wie er mich drum ansah, wusst ich selbst nicht, was ich aus mir machen sollte. Ich grüßte meinen Freund mit wunderbarer Zärtlichkeit. Voll süßer Unruhe war all mein Wesen.

Den Nachmittag wollt ich gleich einen Teil der Insel durchstreifen. Die Wälder und geheimen Tale reizten mich unbeschreiblich, und der freundliche Tag lockte alles hinaus.

Es war so sichtbar, wie alles Lebendige mehr, denn tägliche Speise, begehrt, wie auch der Vogel sein Fest hat und das Tier.

Es war entzückend anzusehn! Wie, wenn die Mutter schmeichelnd frägt, wo um sie her ihr Liebstes sei, und alle Kinder in den Schoß ihr stürzen, und das Kleinste noch die Arme aus der Wiege streckt, so flog und sprang und strebte jedes Leben in die göttliche Luft hinaus, und Käfer und Schwalben und Tauben und Störche tummelten sich in frohlockender Verwirrung untereinander in den Tiefen und Höhn, und was die Erde festhielt, dem ward zum Fluge der Schritt, über die Gräben brauste das Ross und über die Zäune das Reh, und aus dem Meergrund kamen die Fische herauf und hüpften über die Fläche. Allen drang die mütterliche Luft ans Herz, und hob sie und zog sie zu sich.

Und die Menschen gingen aus ihren Türen heraus, und fühlten wunderbar das geistige Wehen, wie es leise die zarten Haare über der Stirne bewegte, wie es den Lichtstrahl kühlte, und lösten freundlich ihre Gewänder, um es aufzunehmen an ihre Brust, atmeten süßer, berührten zärtlicher das leichte klare schmeichelnde Meer, in dem sie lebten und webten.

O Schwester des Geistes, der feurigmächtig in uns waltet und lebt, heilige Luft! wie schön ists, dass du, wohin ich wandre, mich geleitest, Allgegenwärtige, Unsterbliche!

Mit den Kindern spielte das hohe Element am schönsten.

Das summte friedlich vor sich hin, dem schlüpft' ein taktlos Liedchen aus den Lippen, dem ein Frohlocken aus offner Kehle; das streckte sich, das sprang in die Höhe; ein andres schlenderte vertieft umher.

Und all dies war die Sprache *Eines* Wohlseins, alles *Eine* Antwort auf die Liebkosungen der entzückenden Lüfte.

Ich war voll unbeschreiblichen Sehnens und Friedens. Eine fremde Macht beherrschte mich. Freundlicher Geist, sagt ich bei mir selber, wohin rufest du mich? nach Elysium oder wohin?

Ich ging in einem Walde, am rieselnden Wasser hinauf, wo es über Felsen heruntertröpfelte, wo es harmlos über die Kieseln glitt, und mählich verengte sich und ward zum Bogengange das Tal, und einsam spielte das Mittagslicht im schweigenden Dunkel –

Hier – ich möchte sprechen können, mein Bellarmin! möchte gerne mit Ruhe dir schreiben!

Sprechen? o ich bin ein Laie in der Freude, ich will sprechen!

Wohnt doch die Stille im Lande der Seligen, und über den Sternen vergisst das Herz seine Not und seine Sprache.

Ich hab es heilig bewahrt! wie ein Palladium, hab ich es in mir getragen, das Göttliche, das mir erschien! und wenn hinfort mich das Schicksal ergreift und von einem Abgrund in den andern mich wirft, und alle Kräfte ertränkt in mir und alle Gedanken, so soll dies Einzige doch mich selber überleben in mir, und leuchten in mir und herrschen, in ewiger, unzerstörbarer Klarheit! –

So lagst du hingegossen, süßes Leben, so blicktest du auf, erhubst dich, standst nun da, in schlanker Fülle, göttlich ruhig, und das himmlische Gesicht noch voll des heitern Entzückens, worin ich dich störte!

O wer in die Stille dieses Auges gesehn, wem diese süßen Lippen sich aufgeschlossen, wovon mag der noch sprechen?

Friede der Schönheit! göttlicher Friede! wer einmal an dir das tobende Leben und den zweifelnden Geist besänftigt, wie kann dem anderes helfen? Ich kann nicht sprechen von ihr, aber es gibt ja Stunden, wo das Beste und Schönste, wie in Wolken, erscheint, und der Himmel der Vollendung vor der ahnenden Liebe sich öffnet, da, Bellarmin! da denke ihres Wesens, da beuge die Knie mit mir, und denke meiner Seligkeit! aber vergiss nicht, dass ich hatte, was du ahnest, dass ich mit diesen Augen sah, was nur, wie in Wolken, dir erscheint.

Dass die Menschen manchmal sagen möchten: sie freueten sich! O glaubt, ihr habt von Freude noch nichts geahnet! Euch ist der Schatten ihres Schattens noch nicht erschienen! O geht, und sprecht vom blauen Äther nicht, ihr Blinden!

Dass man werden kann, wie die Kinder, dass noch die goldne Zeit der Unschuld wiederkehrt, die Zeit des Friedens und der Freiheit, dass doch *Eine* Freude ist, *Eine* Ruhestätte auf Erden!

Ist der Mensch nicht veraltet, verwelkt, ist er nicht, wie ein abgefallen Blatt, das seinen Stamm nicht wieder findet und nun umhergescheucht wird von den Winden, bis es der Sand begräbt?

Und dennoch kehrt sein Frühling wieder!

Weint nicht, wenn das Trefflichste verblüht! bald wird es sich verjüngen! Trauert nicht, wenn eures Herzens Melodie verstummt! bald findet eine Hand sich wieder, es zu stimmen!

Wie war denn ich? war ich nicht wie ein zerrissen Saitenspiel? Ein wenig tönt ich noch, aber es waren Todestöne. Ich hatte mir ein düster Schwanenlied gesungen! Einen Sterbekranz hätt ich gern mir gewunden, aber ich hatte nur Winterblumen.

Und wo war sie denn nun, die Totenstille, die Nacht und Öde meines Lebens? die ganze dürftige Sterblichkeit?

Freilich ist das Leben arm und einsam. Wir wohnen hier unten, wie der Diamant im Schacht. Wir fragen umsonst, wie wir herabgekommen, um wieder den Weg hinauf zu finden.

Wir sind, wie Feuer, das im dürren Aste oder im Kiesel schläft; und ringen und suchen in jedem Moment das Ende der engen Gefangenschaft. Aber sie kommen, sie wägen Äonen des Kampfes auf, die Augenblicke der Befreiung, wo das Göttliche den Kerker sprengt, wo die Flamme vom Holze sich löst und siegend emporwallt über der Asche, ha! wo uns ist, als kehrte der entfesselte Geist, vergessen der Leiden, der Knechtsgestalt, im Triumphe zurück in die Hallen der Sonne.

Hyperion an Bellarmin

Ich war einst glücklich, Bellarmin! Bin ich es nicht noch? Wär ich es nicht, wenn auch der heilige Moment, wo ich zum ersten Male sie sah, der letzte wäre gewesen?

Ich hab es *Einmal* gesehn, das *Einzige*, das meine Seele suchte, und die Vollendung, die wir über die Sterne hinauf entfernen, die wir hinausschieben bis ans Ende der Zeit, die hab ich gegenwärtig gefühlt. Es war da, das Höchste, in diesem Kreise der Menschennatur und der Dinge war es da!

Ich frage nicht mehr, wo es sei; es war in der Welt, es kann wiederkehren in ihr, es ist jetzt nur verborgner in ihr. Ich frage nicht mehr, was es sei; ich hab es gesehn, ich hab es kennen gelernt.

O ihr, die ihr das Höchste und Beste sucht, in der Tiefe des Wissens, im Getümmel des Handelns, im Dunkel der Vergangenheit, im Labyrinth der Zukunft, in den

Gräbern oder über den Sternen! wisst ihr seinen Namen? den Namen des, das *Eins* ist und *Alles*?

Sein Name ist Schönheit.

Wusstet ihr, was ihr wolltet? Noch weiß ich es nicht, doch ahn ich es, der neuen Gottheit neues Reich, und eil ihm zu und ergreife die andern und führe sie mit mir, wie der Strom die Ströme in den Ozean.

Und du, du hast mir den Weg gewiesen! Mit dir begann ich. Sie sind der Worte nicht wert, die Tage, da ich noch dich nicht kannte – O Diotima, Diotima, himmlisches Wesen!

Hyperion an Bellarmin

Lass uns vergessen, dass es eine Zeit gibt und zähle die Lebenstage nicht!

Was sind Jahrhunderte gegen den Augenblick, wo zwei Wesen so sich ahnen und nahn?

Noch seh ich den Abend, an dem Notara zum ersten Male zu ihr ins Haus mich brachte.

Sie wohnte nur einige hundert Schritte von uns am Fuße des Bergs.

Ihre Mutter war ein denkend zärtlich Wesen, ein schlichter fröhlicher Junge der Bruder, und beide gestanden herzlich in allem Tun und Lassen, dass Diotima die Königin des Hauses war.

Ach! es war alles geheiliget, verschönert durch ihre Gegenwart. Wohin ich sah, was ich berührte, ihr Fußteppich, ihr Polster, ihr Tischchen, alles war in geheimem Bunde mit ihr. Und da sie zum ersten Male mit Namen mich rief, da sie selbst so nahe mir kam, dass ihr unschuldiger Odem mein lauschend Wesen berührte! –

Wir sprachen sehr wenig zusammen. Man schämt sich seiner Sprache. Zum Tone möchte man werden und sich vereinen in *Einen* Himmelsgesang.

Wovon auch sollten wir sprechen? Wir sahn nur uns. Von uns zu sprechen, scheuten wir uns. Vom Leben der Erde sprachen wir endlich.

So feurig und kindlich ist ihr noch keine Hymne gesungen worden.

Es tat uns wohl, den Überfluss unsers Herzens der guten Mutter in den Schoß zu streuen. Wir fühlten uns dadurch erleichtert, wie die Bäume, wenn ihnen der Sommerwind die fruchtbaren Äste schüttelt, und ihre süßen Äpfel in das Gras gießt.

Wir nannten die Erde eine der Blumen des Himmels, und den Himmel nannten wir den unendlichen Garten des Lebens. Wie die Rosen sich mit goldnen Stäubchen erfreuen, sagten wir, so erfreue das heldenmütige Sonnenlicht mit seinen Strahlen die Erde; sie sei ein herrlich lebend Wesen, sagten wir, gleich göttlich, wenn ihr zürnend Feuer oder mildes klares Wasser aus dem Herzen quille, immer glücklich, wenn sie von Tautropfen sich nähre, oder von Gewitterwolken, die sie sich zum Genusse bereite mit Hilfe des Himmels, die immer treuer liebende Hälfte des Sonnengotts, ursprünglich vielleicht inniger mit ihm vereint, dann aber durch ein allwaltend Schicksal geschieden von ihm, damit sie ihn suche, sich nähere, sich entferne und unter Lust und Trauer zur höchsten Schönheit reife.

So sprachen wir. Ich gebe dir den Inhalt, den Geist davon. Aber was ist er ohne das Leben?

Es dämmerte, und wir mussten gehen. Gute Nacht, ihr Engelsaugen! dacht ich im Herzen, und erscheine du bald mir wieder, schöner göttlicher Geist, mit deiner Ruhe und Fülle!

Hyperion an Bellarmin

Ein paar Tage drauf kamen sie herauf zu uns. Wir gingen zusammen im Garten herum. Diotima und ich gerieten voraus, vertieft, mir traten oft Tränen der Wonne ins Auge, über das Heilige, das so anspruchlos zur Seite mir ging.

Vorn am Rande des Berggipfels standen wir nun, und sahn hinaus, in den unendlichen Osten.

Diotimas Auge öffnete sich weit, und leise, wie eine Knospe sich aufschließt, schloss das liebe Gesichtchen vor den Lüften des Himmels sich auf, ward lauter Sprache und Seele, und, als begänne sie den Flug in die Wolken, stand sanft empor gestreckt die ganze Gestalt, in leichter Majestät, und berührte kaum mit den Füßen die Erde.

O unter den Armen hätt ich sie fassen mögen, wie der Adler seinen Ganymed, und hinfliegen mit ihr über das Meer und seine Inseln.

Nun trat sie weiter vor, und sah die schroffe Felsenwand hinab. Sie hatte ihre Lust daran, die schreckende Tiefe zu messen, und sich hinab zu verlieren in die Nacht der Wälder, die unten aus Felsenstücken und schäumenden Wetterbächen herauf die lichten Gipfel streckten.

Das Geländer, worauf sie sich stützte, war etwas niedrig. So durft ich es ein wenig halten, das Reizende, indes es so sich vorwärts beugte. Ach! heiße zitternde Wonne durchlief mein Wesen und Taumel und Toben war in allen Sinnen, und die Hände brannten mir, wie Kohlen, da ich sie berührte.

Und dann die Herzenslust, so traulich neben ihr zu stehn, und die zärtlich kindische Sorge, dass sie fallen möchte, und die Freude an der Begeisterung des herrlichen Mädchens!

Was ist alles, was in Jahrtausenden die Menschen taten und dachten, gegen *Einen* Augenblick der Liebe? Es ist aber auch das Gelungenste, Göttlichschönste in der Natur! dahin führen alle Stufen auf der Schwelle des Lebens. Daher kommen wir, dahin gehn wir.

Hyperion an Bellarmin

Nur ihren Gesang sollt ich vergessen, nur diese Seelentöne sollten nimmer wiederkehren in meinen unaufhörlichen Träumen.

Man kennt den stolzhinschiffenden Schwan nicht, wenn er schlummernd am Ufer sitzt.

Nur, wenn sie sang, erkannte man die liebende Schweigende, die so ungern sich zur Sprache verstand.

Da, da ging erst die himmlische Ungefällige in ihrer Majestät und Lieblichkeit hervor; da weht' es oft so bittend und so schmeichelnd, oft, wie ein Göttergebot, von den zarten blühenden Lippen. Und wie das Herz sich regt' in dieser göttlichen Stimme, wie alle Größe und Demut, alle Lust und alle Trauer des Lebens verschönert im Adel dieser Töne erschien!

Wie im Fluge die Schwalbe die Bienen hascht, ergriff sie immer uns alle.

Es kam nicht Lust und nicht Bewunderung, es kam der Friede des Himmels unter uns. Tausendmal hab ich es ihr und mir gesagt: das Schönste ist auch das Heiligste. Und so war alles an ihr. Wie ihr Gesang, so auch ihr Leben.

Hyperion an Bellarmin

Unter den Blumen war ihr Herz zu Hause, als wär es eine von ihnen.

Sie nannte sie alle mit Namen, schuf ihnen aus Liebe neue, schönere, und wusste genau die fröhlichste Lebenszeit von jeder.

Wie eine Schwester, wenn aus jeder Ecke ein Geliebtes ihr entgegenkömmt, und jedes gerne zuerst gegrüßt sein möchte, so war das stille Wesen mit Aug und Hand beschäftigt, selig zerstreut, wenn auf der Wiese wir gingen, oder im Walde.

Und das war so ganz nicht angenommen, angebildet, das war so mit ihr aufgewachsen.

Es ist doch ewig gewiss und zeigt sich überall: je unschuldiger, schöner eine Seele, desto vertrauter mit den andern glücklichen Leben, die man seelenlos nennt.

Hyperion an Bellarmin

Tausendmal hab ich in meiner Herzensfreude gelacht über die Menschen, die sich einbilden, ein erhabner Geist könne unmöglich wissen, wie man ein Gemüse bereitet. Diotima konnte wohl zur rechten Zeit recht herzhaft von dem Feuerherde sprechen, und es ist gewiss nichts edler, als ein edles Mädchen, das die allwohltätige Flamme besorgt, und, ähnlich der Natur, die herzerfreuende Speise bereitet.

Hyperion an Bellarmin

Was ist alles künstliche Wissen in der Welt, was ist die ganze stolze Mündigkeit der menschlichen Gedanken gegen die ungesuchten Töne dieses Geistes, der nicht wusste, was er wusste, was er war?

Wer will die Traube nicht lieber voll und frisch, so wie sie aus der Wurzel quoll, als die getrockneten gepflückten Beeren, die der Kaufmann in die Kiste presst und in die Welt schickt? Was ist die Weisheit eines Buchs gegen die Weisheit eines Engels?

Sie schien immer so wenig zu sagen, und sagte so viel.

Ich geleitete sie einst in später Dämmerung nach Hause; wie Träume, beschlichen tauende Wölkchen die Wiese, wie lauschende Genien, sahn die seligen Sterne durch die Zweige.

Man hörte selten ein »wie schön!« aus ihrem Munde, wenn schon das fromme Herz kein lispelnd Blatt, kein Rieseln einer Quelle unbehorcht ließ.

Diesmal sprach sie es denn doch mir aus – wie schön!

Es ist wohl uns zuliebe so! sagt ich, ungefähr, wie Kinder etwas sagen, weder im Scherze noch im Ernste.

Ich kann mir denken, was du sagst, erwiderte sie; ich denke mir die Welt am liebsten, wie ein häuslich Leben, wo jedes, ohne gerade dran zu denken, sich ins andre schickt, und wo man sich einander zum Gefallen und zur Freude lebt, weil es eben so vom Herzen kömmt.

Froher erhabner Glaube! rief ich.

Sie schwieg eine Weile.

Auch wir sind also Kinder des Hauses, begann ich endlich wieder, sind es und werden es sein.

Werden ewig es sein, erwiderte sie.

Werden wir das? fragt ich.

Ich vertraue, fuhr sie fort, hierinnen der Natur, so wie ich täglich ihr vertraue.

O ich hätte mögen Diotima sein, da sie dies sagte! Aber du weißt nicht, was sie sagte, mein Bellarmin! Du hast es nicht gesehn und nicht gehört.

Du hast recht, rief ich ihr zu; die ewige Schönheit, die Natur leidet keinen Verlust in sich, so wie sie keinen Zusatz leidet. Ihr Schmuck ist morgen anders, als er heute war; aber unser Bestes, uns, uns kann sie nicht entbehren und dich am wenigsten. Wir glauben, dass wir ewig sind, denn unsere Seele fühlt die Schönheit der Natur. Sie ist ein Stückwerk, ist die Göttliche, die Vollendete nicht, wenn jemals du in ihr vermisst wirst. Sie verdient dein Herz nicht, wenn sie erröten muss vor deinen Hoffnungen.

Hyperion an Bellarmin

So bedürfnislos, so göttlichgenügsam hab ich nichts gekannt.

Wie die Woge des Ozeans das Gestade seliger Inseln, so umflutete mein ruheloses Herz den Frieden des himmlischen Mädchens.

Ich hatt ihr nichts zu geben, als ein Gemüt voll wilder Widersprüche, voll blutender Erinnerungen, nichts hatt ich ihr zu geben, als meine grenzenlose Liebe mit ihren tausend Sorgen, ihren tausend tobenden Hoffnungen; sie aber stand vor mir in wandelloser Schönheit, mühelos, in lächelnder Vollendung da, und alles Sehnen, alles Träumen der Sterblichkeit, ach! alles, was in goldnen Morgenstunden von höhern Regionen der Genius weissagt, es war alles in dieser *Einen* stillen Seele erfüllt.

Man sagt sonst, über den Sternen verhalle der Kampf, und künftig erst, verspricht man uns, wenn unsre Hefe gesunken sei, verwandle sich in edeln Freudenwein das gärende Leben, die Herzensruhe der Seligen sucht man sonst auf dieser Erde nirgends mehr. Ich weiß es anders. Ich bin den nähern Weg gekommen. Ich stand vor ihr, und hört und sah den Frieden des Himmels, und mitten im seufzenden Chaos erschien mir Urania.

Wie oft hab ich meine Klagen vor diesem Bilde gestillt! wie oft hat sich das übermütige Leben und der strebende Geist besänftigt, wenn ich, in selige Betrachtungen versunken, ihr ins Herz sah, wie man in die Quelle siehet, wenn sie still erbebt von den Berührungen des Himmels, der in Silbertropfen auf sie niederträufelt!

Sie war mein Lethe, diese Seele, mein heiliger Lethe, woraus ich die Vergessenheit des Daseins trank, dass ich vor ihr stand, wie ein Unsterblicher, und freudig mich schalt, und wie nach schweren Träumen lächeln musste über alle Ketten, die mich gedrückt.

O ich wär ein glücklicher, ein trefflicher Mensch geworden mit ihr!

Mit ihr! aber das ist misslungen, und nun irr ich herum in dem, was vor und in mir ist, und drüber hinaus, und weiß nicht, was ich machen soll aus mir und andern Dingen.

Meine Seele ist, wie ein Fisch aus ihrem Elemente auf den Ufersand geworfen, und windet sich und wirft sich umher, bis sie vertrocknet in der Hitze des Tags.

Ach! gäb es nur noch etwas in der Welt für mich zu tun! gäb es eine Arbeit, einen Krieg für mich, das sollte mich erquicken!

Knäblein, die man von der Mutterbrust gerissen und in die Wüste geworfen, hat einst, so sagt man, eine Wölfin gesäugt. Mein Herz ist nicht so glücklich.

Hyperion an Bellarmin

Ich kann nur hie und da ein Wörtchen von ihr sprechen. Ich muss vergessen, was sie ganz ist, wenn ich von ihr sprechen soll. Ich muss mich täuschen, als hätte sie vor alten Zeiten gelebt, als wüsst ich durch Erzählung einiges von ihr, wenn ihr lebendig Bild mich nicht ergreifen soll, dass ich vergehe im Entzücken und im Schmerz, wenn ich den Tod der Freude über sie und den Tod der Trauer um sie nicht sterben soll.

Hyperion an Bellarmin

Es ist umsonst; ich kanns mir nicht verbergen. Wohin ich auch entfliehe mit meinen Gedanken, in die Himmel hinauf und in den Abgrund, zum Anfang und ans Ende der Zeiten, selbst wenn ich ihm, der meine letzte Zuflucht war, der sonst noch jede Sorge in mir verzehrte, der alle Lust und allen Schmerz des Lebens sonst mit der

Feuerflamme, worin er sich offenbarte, in mir versengte, selbst wenn ich ihm mich in die Arme werfe, dem herrlichen geheimen Geiste der Welt, in seine Tiefe mich tauche, wie in den bodenlosen Ozean hinab, auch da, auch da finden die süßen Schrecken mich aus, die süßen verwirrenden tötenden Schrecken, dass Diotimas Grab mir nah ist.

Hörst du? hörst du? Diotimas Grab!

Mein Herz war doch so stille geworden, und meine Liebe war begraben mit der Toten, die ich liebte.

Du weißt, mein Bellarmin! ich schrieb dir lange nicht von ihr, und da ich schrieb, so schrieb ich dir gelassen, wie ich meine.

Was ists denn nun?

Ich gehe ans Ufer hinaus und sehe nach Kalaurea, wo sie ruhet, hinüber, das ists.

O dass ja keiner den Kahn mir leihe, dass ja sich keiner erbarme und mir sein Ruder biete und mir hinüberhelfe zu ihr!

Dass ja das gute Meer nicht ruhig bleibe, damit ich nicht ein Holz mir zimmre und hinüberschwimme zu ihr.

Aber in die tobende See will ich mich werfen, und ihre Woge bitten, dass sie an Diotimas Gestade mich wirft! –

Lieber Bruder! ich tröste mein Herz mit allerlei Phantasien, ich reiche mir manchen Schlaftrank; und es wäre wohl größer, sich zu befreien auf immer, als sich zu behelfen mit Palliativen; aber wem gehts nicht so? Ich bin denn doch damit zufrieden.

Zufrieden? ach das wäre gut! da wäre ja geholfen, wo kein Gott nicht helfen kann.

Nun! nun! ich habe, was ich konnte, getan! Ich fodre von dem Schicksal meine Seele.

Hyperion an Bellarmin

War sie nicht mein, ihr Schwestern des Schicksals, war sie nicht mein? Die reinen Quellen ford'r ich auf zu Zeugen, und die unschuldigen Bäume, die uns belauschten, und das Tagslicht und den Äther! war sie nicht mein? vereint mit mir in allen Tönen des Lebens?

Wo ist das Wesen, das, wie meines, sie erkannte? in welchem Spiegel sammelten sich, so wie in mir, die Strahlen dieses Lichts? erschrak sie freudig nicht vor ihrer eignen Herrlichkeit, da sie zuerst in meiner Freude sich gewahr ward? Ach! wo ist das Herz, das so, wie meines, überall ihr nah war, so, wie meines, sie erfüllte und von ihr erfüllt war, das so einzig da war, ihres zu umfangen, wie die Wimper für das Auge da ist.

Wir waren *Eine* Blume nur, und unsre Seelen lebten ineinander, wie die Blume, wenn sie liebt, und ihre zarten Freuden im verschlossnen Kelche verbirgt.

Und doch, doch wurde sie, wie eine angemaßte Krone, von mir gerissen und in den Staub gelegt?

Hyperion an Bellarmin

Eh es eines von uns beiden wusste, gehörten wir uns an.

Wenn ich so, mit allen Huldigungen des Herzens, selig überwunden, vor ihr stand, und schwieg, und all mein Leben sich hingab in den Strahlen des Augs, das sie nur sah, nur sie umfasste, und sie dann wieder zärtlich zweifelnd mich betrachtete, und nicht wusste, wo ich war mit meinen Gedanken, wenn ich oft, begraben in Lust und Schönheit, bei einem reizenden Geschäfte sie belauschte, und um die leiseste Bewegung, wie die Biene um die schwanken Zweige, meine Seele schweift' und flog, und wenn sie dann in friedlichen Gedanken gegen mich sich wandt, und, überrascht von meiner Freude, meine Freude sich verbergen musst, und bei der lieben Arbeit ihre Ruhe wieder sucht' und fand –

Wenn sie, wunderbar allwissend, jeden Wohlklang, jeden Misslaut in der Tiefe meines Wesens, im Momente, da er begann, noch eh ich selbst ihn wahrnahm, mir enthüllte, wenn sie jeden Schatten eines Wölkchens auf der Stirne, jeden Schatten einer Wehmut, eines Stolzes auf der Lippe, jeden Funken mir im Auge sah, wenn sie die Ebb und Flut des Herzens mir behorcht' und sorgsam trübe Stunden ahnete, indes mein Geist zu unenthaltsam, zu verschwenderisch im üppigen Gespräche sich verzehrte, wenn das liebe Wesen, treuer, wie ein Spiegel, jeden Wechsel meiner Wange mir verriet, und oft in freundlichen Bekümmernissen über mein unstet Wesen mich ermahnt', und strafte, wie ein teures Kind –

Ach! da du einst, Unschuldige, an den Fingern die Treppen zähltest, von unsrem Berge herab zu deinem Hause, da du deine Spaziergänge mir wiesest, die Plätze, wo du sonst gesessen, und mir erzähltest, wie die Zeit dir da vergangen, und mir am Ende sagtest, es sei dir jetzt, als wär ich auch von jeher dagewesen –

Gehörten wir da nicht längst uns an?

Hyperion an Bellarmin

Ich baue meinem Herzen ein Grab, damit es ruhen möge; ich spinne mich ein, weil überall es Winter ist; in seligen Erinnerungen hüll ich vor dem Sturme mich ein.

Wir saßen einst mit Notara – so hieß der Freund, bei dem ich lebte – und einigen andern, die auch, wie wir, zu den Sonderlingen in Kalaurea gehörten, in Diotimas Garten, unter blühenden Mandelbäumen, und sprachen unter anderm über die Freundschaft.

Ich hatte wenig mitgesprochen, ich hütete mich seit einiger Zeit, viel Worte zu machen von Dingen, die das Herz zunächst angehn, meine Diotima hatte mich so einsilbig gemacht –

Da Harmodius und Aristogiton lebten, rief endlich einer, da war noch Freundschaft in der Welt. Das freute mich zu sehr, als dass ich hätte schweigen mögen.

Man sollte dir eine Krone flechten um dieses Wortes willen! rief ich ihm zu; hast du denn wirklich eine Ahnung davon, hast du ein Gleichnis für die Freundschaft des Aristogiton und Harmodius? Verzeih mir! Aber beim Äther! man muss Aristogiton sein, um nachzufühlen, wie Aristogiton liebte, und die Blitze durfte wohl der Mann nicht fürchten, der geliebt sein wollte mit Harmodius Liebe, denn es täuscht mich alles, wenn der furchtbare Jüngling nicht mit Minos Strenge liebte. Wenige sind in solcher Probe bestanden, und es ist nicht leichter, eines Halbgotts Freund zu sein, als an der Götter Tische, wie Tantalus, zu sitzen. Aber es ist auch nichts Herrlicheres auf Erden, als wenn ein stolzes Paar, wie diese, so sich untertan ist.

Das ist auch meine Hoffnung, meine Lust in einsamen Stunden, dass solche große Töne und größere einst wiederkehren müssen in der Symphonie des Weltlaufs. Die Liebe gebar Jahrtausende voll lebendiger Menschen; die Freundschaft wird sie wiedergebären. Von Kinderharmonie sind einst die Völker ausgegangen, die Harmonie der Geister wird der Anfang einer neuen Weltgeschichte sein. Von Pflanzenglück begannen die Menschen und wuchsen auf, und wuchsen, bis sie reiften; von nun an gärten sie unaufhörlich fort, von innen und außen, bis jetzt das Menschengeschlecht, unendlich aufgelöst, wie ein Chaos daliegt, dass alle, die noch fühlen und sehen, Schwindel ergreift; aber die Schönheit flüchtet aus dem Leben der Menschen sich herauf in den Geist; Ideal wird, was Natur war, und wenn von unten gleich der Baum verdorrt ist und verwittert, ein frischer Gipfel ist noch hervorgegangen aus ihm, und grünt im Sonnenglanze, wie einst der Stamm in den Tagen der Jugend; Ideal ist, was Natur war. Daran, an diesem Ideale, dieser verjüngten Gottheit, erkennen die Wenigen sich und Eins sind sie, denn es ist Eines in ihnen, und von diesen, diesen beginnt das zweite Lebensalter der Welt – ich habe genug gesagt, um klar zu machen, was ich denke.

Da hättest du Diotima sehen sollen, wie sie aufsprang und die beiden Hände mir reichte und rief: ich hab es verstanden, Lieber, ganz verstanden, so viel es sagt.

Die Liebe gebar die Welt, die Freundschaft wird sie wieder gebären.

O dann, ihr künftigen, ihr neuen Dioskuren, dann weilt ein wenig, wenn ihr vorüberkömmt, da, wo Hyperion schläft, weilt ahnend über des vergessnen Mannes Asche, und sprecht: er wäre, wie unser einer, wär er jetzt da.

Das hab ich gehört, mein Bellarmin! das hab ich erfahren, und gehe nicht willig in den Tod?

Ja! ja! ich bin vorausbezahlt, ich habe gelebt. Mehr Freude konnt ein Gott ertragen, aber ich nicht.

Hyperion an Bellarmin

Frägst du, wie mir gewesen sei um diese Zeit? Wie einem, der alles verloren hat, um alles zu gewinnen.

Oft kam ich freilich von Diotimas Bäumen, wie ein Siegestrunkner, oft musst ich eilends weg von ihr, um keinen meiner Gedanken zu verraten; so tobte die Freude in mir, und der Stolz, der allbegeisternde Glaube, von Diotima geliebt zu sein.

Dann sucht ich die höchsten Berge mir auf und ihre Lüfte, und wie ein Adler, dem der blutende Fittich geheilt ist, regte mein Geist sich im Freien, und dehnt', als wäre sie sein, über die sichtbare Welt sich aus; wunderbar! es war mir oft, als läuterten sich und schmelzten die Dinge der Erde, wie Gold, in meinem Feuer zusammen, und ein Göttliches würde aus ihnen und mir, so tobte in mir die Freude; und wie ich die Kinder aufhub und an mein schlagendes Herz sie drückte, wie ich die Pflanzen grüßte und die Bäume! Einen Zauber hätt ich mir wünschen mögen, die scheuen Hirsche und all die wilden Vögel des Walds, wie ein häuslich Völkchen, um meine freigebigen Hände zu versammeln, so selig töricht liebt ich alles!

Aber nicht lange, so war das alles, wie ein Licht, in mir erloschen, und stumm und traurig, wie ein Schatten, saß ich da und suchte das entschwundne Leben. Klagen mocht ich nicht und trösten mocht ich mich auch nicht. Die Hoffnung warf ich weg, wie ein Lahmer, dem die Krücke verleidet ist; des Weinens schäm ich mich; ich schämte mich des Daseins überhaupt. Aber endlich brach denn doch der Stolz in Tränen aus, und das Leiden, das ich gerne verleugnet hätte, wurde mir lieb, und ich legt es, wie ein Kind, mir an die Brust.

Nein, rief mein Herz, nein, meine Diotima! es schmerzt nicht. Bewahre du dir deinen Frieden und lass mich meinen Gang gehn. Lass dich in deiner Ruhe nicht stören, holder Stern! wenn unter dir es gärt und trüb ist.

O lass dir deine Rose nicht bleichen, selige Götterjugend! Lass in den Kümmernissen der Erde deine Schöne nicht altern. Das ist ja meine Freude, süßes Leben! dass du in dir den sorgenfreien Himmel trägst. Du sollst nicht dürftig werden, nein, nein! du sollst in dir die Armut der Liebe nicht sehn.

Und wenn ich dann wieder zu ihr hinabging – ich hätte das Lüftchen fragen mögen und dem Zuge der Wolken es ansehn, wie es mit mir sein werde in einer Stunde! und wie es mich freute, wenn irgendein freundlich Gesicht mir auf dem Wege begegnete, und nur nicht gar zu trocken sein »schönen Tag!« mir zurief!

Wenn ein kleines Mädchen aus dem Walde kam und einen Erdbeerstrauß mir zum Verkaufe reichte, mit einer Miene, als wollte sie ihn schenken, oder wenn ein Bauer, wo ich vorüberging, auf seinem Kirschbaum saß und pflückte, und aus den Zweigen herab mir rief, ob ich nicht eine Handvoll kosten möchte; das waren gute Zeichen für das abergläubische Herz!

Stand vollends gegen den Weg her, wo ich herabkam, von Diotimas Fenstern eines offen, wie konnte das so wohltun!

Sie hatte vielleicht nicht lange zuvor herausgesehn.

Und nun stand ich vor ihr, atemlos und wankend, und drückte die verschlungnen Arme gegen mein Herz, sein Zittern nicht zu fühlen, und, wie der Schwimmer aus reißenden Wassern hervor, rang und strebte mein Geist, nicht unterzugehn in der unendlichen Liebe.

Wovon sprechen wir doch geschwind? konnt ich rufen, man hat oft seine Mühe, man kann den Stoff nicht finden, die Gedanken daran festzuhalten.

Reißen sie wieder aus in die Luft? erwiderte meine Diotima. Du musst ihnen Blei an die Flügel binden, oder ich will sie an einen Faden knüpfen, wie der Knabe den fliegenden Drachen, dass sie uns nicht entgehn.

Das liebe Mädchen suchte sich und mir durch einen Scherz zu helfen, aber es war wenig damit getan.

Ja, ja! rief ich, wie du willst, wie du es für gut hältst – soll ich vorlesen? Deine Laute ist wohl noch gestimmt von gestern – vorzulesen hab ich auch gerade nichts – Du hast schon mehr, als einmal, sagte sie, versprochen, mir zu erzählen, wie du gelebt hast, ehe wir uns kannten, möchtest du jetzt nicht?

Das ist wahr, erwidert ich; mein Herz warf sich gerne auf das, und ich erzählt ihr nun, wie dir, von Adamas und meinen einsamen Tagen in Smyrna, von Alabanda und wie ich getrennt wurde von ihm, und von der unbegreiflichen Krankheit meines Wesens, eh ich nach Kalaurea herüberkam – nun weißt du alles, sagt ich zu ihr gelassen, da ich zu Ende war, nun wirst du weniger dich an mir stoßen; nun wirst du sagen, setzt ich lächelnd hinzu, spottet dieses Vulkans nicht, wenn er hinkt, denn ihn haben zweimal die Götter vom Himmel auf die Erde geworfen.

Stille, rief sie mit erstickter Stimme, und verbarg ihre Tränen ins Tuch, o stille, und scherze über dein Schicksal, über dein Herz nicht! denn ich versteh es und besser, als du.

Lieber – lieber Hyperion! Dir ist wohl schwer zu helfen.

Weißt du denn, fuhr sie mit erhöhter Stimme fort, weißt du denn, woran du darbest, was dir einzig fehlt, was du, wie Alpheus seine Arethusa, suchst, um was du trauertest in aller deiner Trauer? Es ist nicht erst seit Jahren hingeschieden, man kann so genau nicht sagen, wenn es da war, wenn es wegging, aber es war, es ist, in dir ists! Es ist eine bessere Zeit, die suchst du, eine schönere Welt. Nur diese Welt umarmtest du in deinen Freunden, du warst mit ihnen diese Welt.

In Adamas war sie dir aufgegangen; sie war auch hingegangen mit ihm. In Alabanda erschien dir ihr Licht zum zweiten Male, aber brennender und heißer, und darum war es auch, wie Mitternacht, vor deiner Seele, da er für dich dahin war.

Siehest du nun auch, warum der kleinste Zweifel über Alabanda zur Verzweiflung werden musst in dir? warum du ihn verstießest, weil er nur nicht gar ein Gott war?

Du wolltest keine Menschen, glaube mir, du wolltest eine Welt. Den Verlust von allen goldenen Jahrhunderten, so wie du sie, zusammengedrängt in *Einen* glücklichen Moment, empfandest, den Geist von allen Geistern bessrer Zeit, die Kraft von allen Kräften der Heroen, die sollte dir ein Einzelner, ein Mensch ersetzen! – Siehest du nun, wie arm, wie reich du bist? warum du so stolz sein musst und auch so niedergeschlagen? warum so schrecklich Freude und Leid dir wechselt?

Darum, weil du alles hast und nichts, weil das Phantom der goldenen Tage, die da kommen sollen, dein gehört, und doch nicht da ist, weil du ein Bürger bist in den Regionen der Gerechtigkeit und Schönheit, ein Gott bist unter Göttern in den schönen Träumen, die am Tage dich beschleichen, und wenn du aufwachst, auf neugriechischem Boden stehst.

Zweimal, sagtest du? o du wirst in *Einem* Tage siebzigmal vom Himmel auf die Erde geworfen. Soll ich dir es sagen? Ich fürchte für dich, du hältst das Schicksal dieser Zeiten schwerlich aus. Du wirst noch mancherlei versuchen, wirst –

O Gott! und deine letzte Zufluchtsstätte wird ein Grab sein.

Nein, Diotima, rief ich, nein, beim Himmel, nein! So lange noch *Eine* Melodie mir tönt, so scheu ich nicht die Totenstille der Wildnis unter den Sternen; so lange die Sonne nur scheint und Diotima, so gibt es keine Nacht für mich.

Lass allen Tugenden die Sterbeglocke läuten! ich höre ja dich, dich, deines Herzens Lied, du Liebe! und finde unsterblich Leben, indessen alles verlischt und welkt.

O Hyperion, rief sie, wie sprichst du?

»Ich spreche, wie ich muss. Ich kann nicht, kann nicht länger all die Seligkeit und Furcht und Sorge bergen – Diotima! – Ja du weißt es, musst es wissen, hast längst es gesehen, dass ich untergehe, wenn du nicht die Hand mir reichst.«

Sie war betroffen, verwirrt.

Und an mir, rief sie, an mir will sich Hyperion halten? ja, ich wünsch es, jetzt zum ersten Male wünsch ich, mehr zu sein, denn nur ein sterblich Mädchen. Aber ich bin dir, was ich sein kann.

O so bist du ja mir *Alles*, rief ich!

»Alles? böser Heuchler! und die Menschheit, die du doch am Ende einzig liebst?«

Die Menschheit? sagt ich; ich wollte, die Menschheit machte Diotima zum Losungswort und malt' in ihre Paniere dein Bild, und spräche: heute soll das Göttliche siegen! Engel des Himmels! das müsst ein Tag sein!

Geh, rief sie, geh, und zeige dem Himmel deine Verklärung! mir darf sie nicht so nahe sein.

Nicht wahr, du gehest, lieber Hyperion?

Ich gehorchte. Wer hätte da nicht gehorcht? Ich ging. So war ich noch niemals von ihr gegangen. O Bellarmin! das war Freude, Stille des Lebens, Götterruhe, himmlische, wunderbare, unerkennbare Freude.

Worte sind hier umsonst, und wer nach einem Gleichnis von ihr fragt, der hat sie nie erfahren. Das Einzige, was eine solche Freude auszudrücken vermochte, war Diotimas Gesang, wenn er, in goldner Mitte, zwischen Höhe und Tiefe schwebte.

O ihr Uferweiden des Lethe! ihr abendrötlichen Pfade in Elysiums Wäldern! ihr Lilien an den Bächen des Tals! ihr Rosenkränze des Hügels! Ich glaub an euch, in dieser freundlichen Stunde, und spreche zu meinem Herzen: dort findest du sie wieder, und alle Freude, die du verlorst.

Hyperion an Bellarmin

Ich will dir immer mehr von meiner Seligkeit erzählen.

Ich will die Brust an den Freuden der Vergangenheit versuchen, bis sie, wie Stahl, wird, ich will mich üben an ihnen, bis ich unüberwindlich bin.

Ha! fallen sie doch, wie ein Schwertschlag, oft mir auf die Seele, aber ich spiele mit dem Schwerte, bis ich es gewohnt bin, ich halte die Hand ins Feuer, bis ich es ertrage, wie Wasser.

Ich will nicht zagen; ja! ich will stark sein! ich will mir nichts verhehlen, will von allen Seligkeiten mir die seligste aus dem Grabe beschwören.

Es ist unglaublich, dass der Mensch sich vor dem Schönsten fürchten soll; aber es ist so.

O bin ich doch hundertmal vor diesen Augenblicken, dieser tötenden Wonne meiner Erinnerungen geflohen und habe mein Auge hinweggewandt, wie ein Kind vor Blitzen! und dennoch wächst im üppigen Garten der Welt nichts Lieblichers, wie meine Freuden, dennoch gedeiht im Himmel und auf Erden nichts Edleres, wie meine Freuden.

Aber nur dir, mein Bellarmin, nur einer reinen freien Seele, wie die deine ist, erzähl ichs. So freigebig, wie die Sonne mit ihren Strahlen, will ich nicht sein; meine Perlen will ich vor die alberne Menge nicht werfen.

Ich kannte, seit dem letzten Seelengespräche, mit jedem Tage mich weniger. Ich fühlt, es war ein heilig Geheimnis zwischen mir und Diotima.

Ich staunte, träumte. Als wär um Mitternacht ein seliger Geist mir erschienen und hätte mich erkoren, mit ihm umzugehn, so war es mir in der Seele.

O es ist ein seltsames Gemische von Seligkeit und Schwermut, wenn es so sich offenbart, dass wir auf immer heraus sind aus dem gewöhnlichen Dasein.

Es war mir seitdem nimmer gelungen, Diotima allein zu sehn. Immer musst ein Dritter uns stören, trennen, und die Welt lag zwischen ihr und mir, wie eine unendliche Leere. Sechs todesbange Tage gingen so vorüber, ohne dass ich etwas wusste von Diotima. Es war, als lähmten die andern, die um uns waren, mir die Sinne, als töteten sie mein ganzes äußeres Leben, damit auf keinem Wege die verschlossene Seele sich hinüber helfen möchte zu ihr.

Wollt ich mit dem Auge sie suchen, so wurd es Nacht vor mir, wollt ich mich mit einem Wörtchen an sie wenden, so erstickt' es in der Kehle.

Ach! mir wollte das heilige namenlose Verlangen oft die Brust zerreißen, und die mächtige Liebe zürnt' oft, wie ein gefangener Titan, in mir. So tief, so innigst unversöhnlich hatte mein Geist noch nie sich gegen die Ketten gesträubt, die das Schicksal ihm schmiedet, gegen das eiserne unerbittliche Gesetz, geschieden zu sein, nicht *Eine* Seele zu sein mit seiner liebenswürdigen Hälfte.

Die sternenhelle Nacht war nun mein Element geworden. Dann, wann es stille war, wie in den Tiefen der Erde, wo geheimnisvoll das Gold wächst, dann hob das schönere Leben meiner Liebe sich an.

Da übte das Herz sein Recht, zu dichten, aus. Da sagt' es mir, wie Hyperions Geist im Vorelysium mit seiner holden Diotima gespielt, eh er herabgekommen zur Erde, in göttlicher Kindheit bei dem Wohlgetöne des Quells, und unter Zweigen, wie wir die Zweige der Erde sehn, wenn sie verschönert aus dem güldenen Strome blinken.

Und, wie die Vergangenheit, öffnete sich die Pforte der Zukunft in mir.

Da flogen wir, Diotima und ich, da wanderten wir, wie Schwalben, von einem Frühling der Welt zum andern, durch der Sonne weites Gebiet und drüber hinaus, zu den andern Inseln des Himmels, an des Sirius goldne Küsten, in die Geistertale des Arcturs –

O es ist doch wohl wünschenswert, so aus *Einem* Kelche mit der Geliebten die Wonne der Welt zu trinken!

Berauscht vom seligen Wiegenliede, das ich mir sang, schlief ich ein, mitten unter den herrlichen Phantomen.

Wie aber am Strahle des Morgenlichts das Leben der Erde sich wieder entzündete, sah ich empor und suchte die Träume der Nacht. Sie waren, wie die schönen Sterne, verschwunden, und nur die Wonne der Wehmut zeugt' in meiner Seele von ihnen.

Ich trauerte; aber ich glaube, dass man unter den Seligen auch so trauert. Sie war die Botin der Freude, diese Trauer, sie war die grauende Dämmerung, woran die unzähligen Rosen des Morgenrots sprossen. –

Der glühende Sommertag hatte jetzt alles in die dunkeln Schatten gescheucht. Auch um Diotimas Haus war alles still und leer, und die neidischen Vorhänge standen mir an allen Fenstern im Wege.

Ich lebt in Gedanken an sie. Wo bist du, dacht ich, wo findet mein einsamer Geist dich, süßes Mädchen? Siehest du vor dich hin und sinnest? Hast du die Arbeit auf die Seite gelegt und stützest den Arm aufs Knie und auf das Händchen das Haupt und gibst den lieblichen Gedanken dich hin?

Dass ja nichts meine Friedliche störe, wenn sie mit süßen Phantasien ihr Herz erfrischt, dass ja nichts diese Traube betaste und den erquickenden Tau von den zarten Beeren ihr streife!

So träumt ich. Aber indes die Gedanken zwischen den Wänden des Hauses nach ihr spähten, suchten die Füße sie anderswo, und eh ich es gewahr ward, ging ich unter den Bogengängen des heiligen Walds, hinter Diotimas Garten, wo ich sie zum ersten Male hatte gesehn. Was war das? Ich war ja indessen so oft mit diesen Bäumen umgegangen, war vertrauter mit ihnen, ruhiger unter ihnen geworden; jetzt ergriff mich eine Gewalt, als trät ich in Dianens Schatten, um zu sterben vor der gegenwärtigen Gottheit.

Indessen ging ich weiter. Mit jedem Schritte wurd es wunderbarer in mir. Ich hätte fliegen mögen, so trieb mein Herz mich vorwärts; aber es war, als hätt ich Blei an den Sohlen. Die Seele war vorausgeeilt, und hatte die irdischen Glieder verlassen. Ich hörte nicht mehr und vor dem Auge dämmerten und schwankten alle Gestalten. Der Geist war schon bei Diotima; im Morgenlichte spielte der Gipfel des Baums, indes die untern Zweige noch die kalte Dämmerung fühlten.

Ach! mein Hyperion! rief jetzt mir eine Stimme entgegen; ich stürzt hinzu; »meine Diotima! o meine Diotima!« weiter hatt ich kein Wort und keinen Odem, kein Bewusstsein.

Schwinde, schwinde, sterbliches Leben, dürftig Geschäft, wo der einsame Geist die Pfennige, die er gesammelt, hin und her betrachtet und zählt! wir sind zur Freude der Gottheit alle berufen!

Es ist hier eine Lücke in meinem Dasein. Ich starb, und wie ich erwachte, lag ich am Herzen des himmlischen Mädchens.

O Leben der Liebe! wie warst du an ihr aufgegangen in voller holdseliger Blüte! wie in leichten Schlummer gesungen von seligen Genien, lag das reizende Köpfchen mir auf der Schulter, lächelte süßen Frieden, und schlug sein ätherisch Auge nach mir auf in fröhlichem unerfahrenem Staunen, als blickt' es eben jetzt zum ersten Male in die Welt.

Lange standen wir so in holder selbstvergessener Betrachtung, und keines wusste, wie ihm geschah, bis endlich der Freude zu viel in mir sich häufte und in Tränen und Lauten des Entzückens auch meine verlorne Sprache wieder begann, und meine stille Begeisterte vollends wieder ins Dasein weckte.

Endlich sahn wir uns auch wieder um.

O meine alten freundlichen Bäume! rief Diotima, als hätte sie sie in langer Zeit nicht gesehn, und das Andenken an ihre vorigen einsamen Tage spielt' um ihre Freuden, lieblich, wie die Schatten um den jungfräulichen Schnee, wenn er errötet und glüht im freudigen Abendglanze.

Engel des Himmels! rief ich, wer kann dich fassen? wer kann sagen, er habe ganz dich begriffen?

Wunderst du dich, erwiderte sie, dass ich so sehr dir gut bin? Lieber! stolzer Bescheidner! Bin ich denn auch von denen, die nicht glauben können an dich, hab ich denn nicht dich ergründet, hab ich den Genius nicht in seinen Wolken erkannt? Verhülle dich nur und siehe dich selbst nicht; ich will dich hervorbeschwören, ich will – – – Aber er ist ja da, er ist hervorgegangen, wie ein Stern; er hat die Hülse durchbrochen und steht, wie ein Frühling, da; wie ein Kristallquell aus der düstern Grotte, ist er hervorgegangen; das ist der finstre Hyperion nicht, das ist die wilde Trauer nicht mehr – o mein, mein herrlicher Junge!

Das alles war mir, wie ein Traum. Konnt ich glauben an dies Wunder der Liebe? konnt ich? mich hätte die Freude getötet.

Göttliche! rief ich, sprichst du mit mir? kannst du so dich verleugnen, selige Selbstgenügsame! kannst du so dich freuen an mir? O ich seh es nun, ich weiß nun, was ich oft geahnet, der Mensch ist ein Gewand, das oft ein Gott sich umwirft, ein Kelch, in den der Himmel seinen Nektar gießt, um seinen Kindern vom Besten zu kosten zu geben. –

Ja, ja! fiel sie schwärmerisch lächelnd mir ein, dein Namensbruder, der herrliche Hyperion des Himmels ist in dir.

Lass mich, rief ich, lass mich dein sein, lass mich mein vergessen, lass alles Leben in mir und allen Geist nur dir zufliegen; nur dir, in seliger endeloser Betrachtung! O Diotima! so stand ich sonst auch vor dem dämmernden Götterbilde, das meine Liebe sich schuf, vor dem Idole meiner einsamen Träume; ich nährt es traulich; mit meinem Leben belebt ich es, mit den Hoffnungen meines Herzens erfrischt', erwärmt ich es, aber es gab mir nichts, als was ich gegeben, und wenn ich verarmt war, ließ es mich arm, und nun! nun hab ich im Arme dich, und fühle den Odem deiner Brust, und fühle dein Aug in meinem Auge, die schöne Gegenwart rinnt mir in alle Sinnen herein, und ich halt es aus, ich habe das Herrlichste so und bebe nicht mehr – ja! ich bin wirklich nicht, der ich sonst war, Diotima! ich bin deines gleichen geworden, und Göttliches spielt mit Göttlichem jetzt, wie Kinder unter sich spielen. – Aber etwas stiller musst du mir werden, sagte sie.

Du hast auch recht, du Liebenswürdige! rief ich freudig, sonst erscheinen mir ja die Grazien nicht; sonst seh ich ja im Meere der Schönheit seine leisen lieblichen

Bewegungen nicht. O ich will es noch lernen, nichts an dir zu übersehen. Gib mir nur Zeit!

Schmeichler! rief sie, aber für heute sind wir zu Ende, lieber Schmeichler! die goldne Abendwolke hat mich gemahnt. O traure nicht! Erhalte dir und mir die reine Freude! Lass sie nachtönen in dir, bis morgen, und töte sie nicht durch Missmut! – die Blumen des Herzens wollen freundliche Pflege. Ihre Wurzel ist überall, aber sie selbst gedeihn in heitrer Witterung nur. Leb wohl, Hyperion!

Sie machte sich los. Mein ganzes Wesen flammt' in mir auf, wie sie so vor mir hinwegschwand in ihrer glühenden Schönheit.

O du! – rief ich und stürzt ihr nach, und gab meine Seele in ihre Hand in unendlichen Küssen.

Gott! rief sie, wie wird das künftig werden!

Das traf mich. Verzeih, Himmlische! sagt ich; ich gehe. Gute Nacht, Diotima! denke noch mein ein wenig!

Das will ich, rief sie, gute Nacht!

Und nun kein Wort mehr, Bellarmin! Es wäre zu viel für mein geduldiges Herz. Ich bin erschüttert, wie ich fühle. Aber ich will hinausgehn unter die Pflanzen und Bäume, und unter sie hin mich legen und beten, dass die Natur zu solcher Ruhe mich bringe.

Hyperion an Bellarmin

Unsere Seelen lebten nun immer freier und schöner zusammen, und alles in und um uns vereinigte sich zu goldenem Frieden. Es schien, als wäre die alte Welt gestorben und eine neue begönne mit uns, so geistig und kräftig und liebend und leicht war alles geworden, und wir und alle Wesen schwebten, selig vereint, wie ein Chor von tausend unzertrennlichen Tönen, durch den unendlichen Äther.

Unsre Gespräche gleiteten weg, wie ein himmelblau Gewässer, woraus der Goldsand hin und wieder blinkt, und unsre Stille war, wie die Stille der Berggipfel, wo in herrlich einsamer Höhe, hoch über dem Raume der Gewitter, nur die göttliche Luft noch in den Locken des kühnen Wanderers rauscht.

Und die wunderbare heilige Trauer, wann die Stunde der Trennung in unsre Begeisterung tönte, wenn ich oft rief: nun sind wir wieder sterblich, Diotima! und sie mir sagte: Sterblichkeit ist Schein, ist, wie die Farben, die vor unsrem Auge zittern, wenn es lange in die Sonne sieht!

Ach! und alle die holdseligen Spiele der Liebe! die Schmeichelreden, die Besorgnisse, die Empfindlichkeiten, die Strenge und Nachsicht.

Und die Allwissenheit, womit wir uns durchschauten, und der unendliche Glaube, womit wir uns verherrlichten!

Ja! eine Sonne ist der Mensch, allsehend, allverklärend, wenn er liebt, und liebt er nicht, so ist er eine dunkle Wohnung, wo ein rauchend Lämpchen brennt.

Ich sollte schweigen, sollte vergessen und schweigen.

Aber die reizende Flamme versucht mich, bis ich mich ganz in sie stürze, und, wie die Fliege, vergehe.

Mitten in all dem seligen unverhaltnen Geben und Nehmen fühlt ich einmal, dass Diotima stiller wurde und immer stiller.

Ich fragt und flehte; aber das schien nur mehr sie zu entfernen, endlich flehte sie, ich möchte nicht mehr fragen, möchte gehn, und wenn ich wiederkäme, von etwas anderm sprechen. Das gab auch mir ein schmerzliches Verstummen, worein ich selbst mich nicht zu finden wusste.

Mir war, als hätt ein unbegreiflich plötzlich Schicksal unsrer Liebe den Tod geschworen, und alles Leben war hin, außer mir und allem.

Ich schämte mich freilich des; ich wusste gewiss, das Ungefähr beherrsche Diotimas Herz nicht. Aber wunderbar blieb sie mir immer, und mein verwöhnter untröstlicher Sinn wollt immer offenbare gegenwärtige Liebe; verschlossne Schätze waren verlorne Schätze für ihn. Ach! ich hatt im Glücke die Hoffnung verlernt, ich war noch damals, wie die ungeduldigen Kinder, die um den Apfel am Baume weinen, als wär er gar nicht da, wenn er ihnen den Mund nicht küsst. Ich hatte keine Ruhe, ich flehte wieder, mit Ungestüm und Demut, zärtlich und zürnend, mit ihrer ganzen allmächtigen bescheidnen Beredsamkeit rüstete die Liebe mich aus und nun – o meine Diotima! nun hatt ich es, das reizende Bekenntnis, nun hab ich und halt es, bis auch mich, mit allem, was an mir ist, in die alte Heimat, in den Schoß der Natur die Woge der Liebe zurückbringt.

Die Unschuldige! noch kannte sie die mächtige Fülle ihres Herzens nicht, und lieblich erschrocken vor dem Reichtum in ihr, begrub sie ihn in die Tiefe der Brust – und wie sie nun bekannte, heilige Einfalt, wie sie mit Tränen bekannte, sie liebe zu sehr, und wie sie Abschied nahm von allem, was sie sonst am Herzen gewiegt, o wie sie rief: abtrünnig bin ich geworden von Mai und Sommer und Herbst, und achte des Tages und der Nacht nicht, wie sonst, gehöre dem Himmel und der Erde nicht mehr, gehöre nur *Einem, Einem,* aber die Blüte des Mais und die Flamme des Sommers und die Reife des Herbsts, die Klarheit des Tags und der Ernst der Nacht, und Erd und Himmel ist mir in diesem *Einen* vereint! so lieb ich! – und wie sie nun in voller Herzenslust mich betrachtete, wie sie, in kühner heiliger Freude, in ihre schönen Arme mich nahm und die Stirne mir küsste und den Mund, ha! wie das göttliche Haupt, sterbend in Wonne, mir am offnen Halse herabsank, und die süßen Lippen an der schlagenden Brust mir ruhten und der liebliche Odem an die Seele mir ging – o Bellarmin! die Sinne vergehn mir und der Geist entflieht.

Ich seh, ich sehe, wie das enden muss. Das Steuer ist in die Woge gefallen und das Schiff wird, wie an den Füßen ein Kind, ergriffen und an die Felsen geschleudert.

Hyperion an Bellarmin

Es gibt große Stunden im Leben. Wir schauen an ihnen hinauf, wie an den kolossalischen Gestalten der Zukunft und des Altertums, wir kämpfen einen herrlichen

Kampf mit ihnen, und bestehn wir vor ihnen, so werden sie, wie Schwestern, und verlassen uns nicht.

Wir saßen einst zusammen auf unsrem Berge, auf einem Steine der alten Stadt dieser Insel und sprachen davon, wie hier der Löwe Demosthenes sein Ende gefunden, wie er hier mit heiligem selbsterwähltem Tode aus den mazedonischen Ketten und Dolchen sich zur Freiheit geholfen – Der herrliche Geist ging scherzend aus der Welt, rief einer; warum nicht? sagt ich; er hatte nichts mehr hier zu suchen; Athen war Alexanders Dirne geworden, und die Welt, wie ein Hirsch, von dem großen Jäger zu Tode gehetzt.

O Athen! rief Diotima; ich habe manchmal getrauert, wenn ich dahinaussah, und aus der blauen Dämmerung mir das Phantom des Olympion aufstieg!

Wie weit ists hinüber? fragt ich.

Eine Tagreise vielleicht, erwiderte Diotima.

Eine Tagereise, rief ich, und ich war noch nicht drüben? Wir müssen gleich hinüber zusammen.

Recht so! rief Diotima; wir haben morgen heitere See, und alles steht jetzt noch in seiner Grüne und Reife.

Man braucht die ewige Sonne und das Leben der unsterblichen Erde zu solcher Wallfahrt.

Also morgen! sagt ich, und unsre Freunde stimmten mit ein.

Wir fuhren früh, unter dem Gesange des Hahns, aus der Reede. In frischer Klarheit glänzten wir und die Welt. Goldne stille Jugend war in unsern Herzen. Das Leben in uns war, wie das Leben einer neugebornen Insel des Ozeans, worauf der erste Frühling beginnt.

Schon lange war unter Diotimas Einfluss mehr Gleichgewicht in meine Seele gekommen; heute fühlt ich es dreifach rein, und die zerstreuten schwärmenden Kräfte waren all in *Eine* goldne Mitte versammelt.

Wir sprachen untereinander von der Trefflichkeit des alten Athenervolks, woher sie komme, worin sie bestehe.

Einer sagte, das Klima hat es gemacht; der andere: die Kunst und Philosophie; der dritte: Religion und Staatsform.

Athenische Kunst und Religion, und Philosophie und Staatsform, sagt ich, sind Blüten und Früchte des Baums, nicht Boden und Wurzel. Ihr nehmt die Wirkungen für die Ursache.

Wer aber mir sagt, das Klima habe dies alles gebildet, der denke, dass auch wir darin noch leben.

Ungestörter in jedem Betracht, von gewaltsamem Einfluss freier, als irgendein Volk der Erde, erwuchs das Volk der Athener. Kein Eroberer schwächt sie, kein Kriegsglück berauscht sie, kein fremder Götterdienst betäubt sie, keine eilfertige Weisheit treibt sie zu unzeitiger Reife. Sich selber überlassen, wie der werdende Diamant, ist ihre Kindheit. Man hört beinahe nichts von ihnen, bis in die Zeiten des Pisistratus und Hipparch. Nur wenig Anteil nahmen sie am trojanischen Kriege, der, wie im Treibhaus, die meisten griechischen Völker zu früh erhitzt' und belebte. – Kein außerordentlich Schicksal erzeugt den Menschen. Groß und kolossalisch sind die Söhne einer solchen Mutter, aber schöne Wesen, oder, was dasselbe ist, Menschen werden sie nie, oder spät erst, wenn die Kontraste sich zu hart bekämpfen, um nicht endlich Frieden zu machen.

In üppiger Kraft eilt Lacedämon den Atheniensern voraus, und hätte sich eben deswegen auch früher zerstreut und aufgelöst, wäre Lycurg nicht gekommen, und hätte mit seiner Zucht die übermütige Natur zusammengehalten. Von nun an war denn auch an dem Spartaner alles erbildet, alle Vortrefflichkeit errungen und erkauft durch Fleiß und selbstbewusstes Streben, und soviel man in gewissem Sinne von der Einfalt der Spartaner sprechen kann, so war doch, wie natürlich, eigentliche Kindereinfalt ganz nicht unter ihnen. Die Lacedämonier durchbrachen zu frühe die Ordnung des Instinkts, sie schlugen zu früh aus der Art, und so musste denn auch die Zucht zu früh mit ihnen beginnen; denn jede Zucht und Kunst beginnt zu früh, wo die Natur des Menschen noch nicht reif geworden ist. Vollendete Natur muss in dem Menschenkinde leben, eh es in die Schule geht, damit das Bild der Kindheit ihm die Rückkehr zeige aus der Schule zu vollendeter Natur.

Die Spartaner blieben ewig ein Fragment; denn wer nicht einmal ein vollkommenes Kind war, der wird schwerlich ein vollkommener Mann. –

Freilich hat auch Himmel und Erde für die Athener, wie für alle Griechen, das ihre getan, hat ihnen nicht Armut und nicht Überfluss gereicht. Die Strahlen des Himmels sind nicht, wie ein Feuerregen, auf sie gefallen. Die Erde verzärtelte, berauschte sie nicht mit Liebkosungen und übergütigen Gaben, wie sonst wohl hie und da die töricht Mutter tut.

Hiezu kam die wundergroße Tat des Theseus, die freiwillige Beschränkung seiner eignen königlichen Gewalt.

O! solch ein Samenkorn in die Herzen des Volks geworfen, muss einen Ozean von goldnen Ähren erzeugen, und sichtbar wirkt und wuchert es spät noch unter den Athenern.

Also noch einmal! dass die Athener so frei von gewaltsamem Einfluss aller Art, so recht bei mittelmäßiger Kost aufwuchsen, das hat sie so vortrefflich gemacht, und dies nur konnt es!

Lasst von der Wiege an den Menschen ungestört! treibt aus der engvereinten Knospe seines Wesens, treibt aus dem Hüttchen seiner Kindheit ihn nicht heraus! tut nicht zu wenig, dass er euch nicht entbehre und so von ihm euch unterscheide, tut nicht zu viel, dass er eure oder seine Gewalt nicht fühle, und so von ihm euch unterscheide, kurz, lasst den Menschen spät erst wissen, dass es Menschen, dass es irgendetwas außer ihm gibt, denn so nur wird er Mensch. Der Mensch ist aber ein Gott, so bald er Mensch ist. Und ist er ein Gott, so ist er schön.

Sonderbar! rief einer von den Freunden.

Du hast noch nie so tief aus meiner Seele gesprochen, rief Diotima.

Ich hab es von dir, erwidert ich.

So war der Athener ein Mensch, fuhr ich fort, so muss er es werden. Schön kam er aus den Händen der Natur, schön, an Leib und Seele, wie man zu sagen pflegt.

Das erste Kind der menschlichen, der göttlichen Schönheit ist die Kunst. In ihr verjüngt und wiederholt der göttliche Mensch sich selbst. Er will sich selber fühlen, darum stellt er seine Schönheit gegenüber sich. So gab der Mensch sich seine Götter. Denn im Anfang war der Mensch und seine Götter *Eins,* da, sich selber unbekannt, die ewige Schönheit war. – Ich spreche Mysterien, aber sie sind. – Das erste Kind der göttlichen Schönheit ist die Kunst. So war es bei den Athenern.

Der Schönheit zweite Tochter ist Religion. Religion ist Liebe der Schönheit. Der Weise liebt sie selbst, die Unendliche, die Allumfassende; das Volk liebt ihre Kinder, die Götter, die in mannigfaltigen Gestalten ihm erscheinen. Auch so wars bei den Athenern. Und ohne solche Liebe der Schönheit, ohne solche Religion ist jeder Staat ein dürr Gerippe ohne Leben und Geist, und alles Denken und Tun ein Baum ohne Gipfel, eine Säule, wovon die Krone herabgeschlagen ist.

Dass aber wirklich dies der Fall war bei den Griechen und besonders den Athenern, dass ihre Kunst und ihre Religion die echten Kinder ewiger Schönheit – vollendeter Menschennatur – sind, und nur hervorgehn konnten aus vollendeter Menschennatur, das zeigt sich deutlich, wenn man nur die Gegenstände ihrer heiligen Kunst, und die Religion mit unbefangenem Auge sehn will, womit sie jene Gegenstände liebten und ehrten.

Mängel und Misstritte gibt es überall und so auch hier. Aber das ist sicher, dass man in den Gegenständen ihrer Kunst doch meist den reifen Menschen findet. Da ist nicht das Kleinliche, nicht das Ungeheure der Ägypter und Goten, da ist Menschensinn und Menschengestalt. Sie schweifen weniger als andre, zu den Extremen des Übersinnlichen und des Sinnlichen aus. In der schönen Mitte der Menschheit bleiben ihre Götter mehr, denn andre.

Und wie der Gegenstand, so auch die Liebe. Nicht zu knechtisch und nicht gar zu sehr vertraulich! –

Aus der Geistesschönheit der Athener folgte denn auch der nötige Sinn für Freiheit.

Der Ägypter trägt ohne Schmerz die Despotie der Willkür, der Sohn des Nordens ohne Widerwillen die Gesetzesdespotie, die Ungerechtigkeit in Rechtsform; denn der Ägypter hat von Mutterleib an einen Huldigungs- und Vergötterungstrieb; im Norden glaubt man an das reine freie Leben der Natur zu wenig, um nicht mit Aberglauben am Gesetzlichen zu hängen.

Der Athener kann die Willkür nicht ertragen, weil seine göttliche Natur nicht will gestört sein, er kann Gesetzlichkeit nicht überall ertragen, weil er ihrer nicht überall bedarf. Drako taugt für ihn nicht. Er will zart behandelt sein, und tut auch recht daran.

Gut! unterbrach mich einer, das begreif ich, aber, wie dies dichterische religiöse Volk nun auch ein philosophisch Volk sein soll, das seh ich nicht.

Sie wären sogar, sagt ich, ohne Dichtung nie ein philosophisch Volk gewesen! Was hat die Philosophie, erwidert' er, was hat die kalte Erhabenheit dieser Wissenschaft mit Dichtung zu tun?

Die Dichtung, sagt ich, meiner Sache gewiss, ist der Anfang und das Ende dieser Wissenschaft. Wie Minerva aus Jupiters Haupt, entspringt sie aus der Dichtung eines unendlichen göttlichen Seins. Und so läuft am End' auch wieder in ihr das Unvereinbare in der geheimnisvollen Quelle der Dichtung zusammen.

Das ist ein paradoxer Mensch, rief Diotima, jedoch ich ahn ihn. Aber ihr schweift mir aus. Von Athen ist die Rede.

Der Mensch, begann ich wieder, der nicht wenigstens im Leben *Einmal* volle lautre Schönheit in sich fühlte, wenn in ihm die Kräfte seines Wesens, wie die Farben am Irisbogen, ineinander spielten, der nie erfuhr, wie nur in Stunden der Begeisterung alles innigst übereinstimmt, der Mensch wird nicht einmal ein philosophischer Zweifler werden, sein Geist ist nicht einmal zum Niederreißen gemacht, geschweige zum Aufbaun. Denn glaubt es mir, der Zweifler findet darum nur in allem, was gedacht wird, Widerspruch und Mangel, weil er die Harmonie der mangellosen Schönheit kennt, die nie gedacht wird. Das trockne Brot, das menschliche Vernunft wohlmeinend ihm reicht, verschmähet er nur darum, weil er insgeheim am Göttertische schwelgt.

Schwärmer! rief Diotima, darum warst auch du ein Zweifler. Aber die Athener!

Ich bin ganz nah an ihnen, sagt ich. Das große Wort, das εν διαφερον εαυτω (das Eine in sich selber unterschiedne) des Heraklit, das konnte nur ein Grieche finden, denn es ist das Wesen der Schönheit, und ehe das gefunden war, gabs keine Philosophie. Nun konnte man bestimmen, das Ganze war da. Die Blume war *gereift; man konnte nun zergliedern.*

Der Moment der Schönheit war nun kund geworden unter den Menschen, war da im Leben und Geiste, das Unendlicheinige war.

Man konnt es aus einander setzen, zerteilen im Geiste, konnte das Geteilte neu zusammendenken, konnte so das Wesen des Höchsten und Besten mehr und mehr erkennen und das Erkannte zum Gesetze geben in des Geistes mannigfaltigen Gebieten.

Seht ihr nun, warum besonders die Athener auch ein philosophisch Volk sein mussten?

Das konnte der Ägypter nicht. Wer mit dem Himmel und der Erde nicht in gleicher Lieb und Gegenliebe lebt, wer nicht in diesem Sinne einig lebt mit dem Elemente, worin er sich regt, ist von Natur auch in sich selbst so einig nicht, und erfährt die ewige Schönheit wenigstens so leicht nicht wie ein Grieche.

Wie ein prächtiger Despot, wirft seine Bewohner der orientalische Himmelsstrich mit seiner Macht und seinem Glanze zu Boden, und, ehe der Mensch noch gehen gelernt hat, muss er knien, eh er sprechen gelernt hat, muss er beten; ehe sein Herz ein Gleichgewicht hat, muss es sich neigen, und ehe der Geist noch stark genug ist, Blumen und Früchte zu tragen, ziehet Schicksal und Natur mit brennender Hitze alle Kraft aus ihm. Der Ägypter ist hingegeben, eh er ein Ganzes ist, und darum weiß er nichts vom Ganzen, nichts von Schönheit, und das Höchste, was er nennt, ist eine verschleierte Macht, ein schauerhaft Rätsel; die stumme finstre Isis ist sein Erstes und Letztes, eine leere Unendlichkeit und da heraus ist nie Vernünftiges gekommen. Auch aus dem erhabensten Nichts wird Nichts geboren. Der Norden treibt hingegen seine Zöglinge zu früh in sich hinein, und wenn der Geist des feurigen

Ägypters zu reiselustig in die Welt hinaus eilt, schickt im Norden sich der Geist zur Rückkehr in sich selbst an, ehe er nur reisefertig ist.

Man muss im Norden schon verständig sein, noch eh ein reif Gefühl in einem ist, man misst sich Schuld von allem bei, noch ehe die Unbefangenheit ihr schönes Ende erreicht hat; man muss vernünftig, muss zum selbstbewussten Geiste werden, ehe man Mensch, zum klugen Manne, ehe man Kind ist; die Einigkeit des ganzen Menschen, die Schönheit lässt man nicht in ihm gedeihn und reifen, eh er sich bildet und entwickelt. Der bloße Verstand, die bloße Vernunft sind immer die Könige des Nordens.

Aber aus bloßem Verstand ist nie Verständiges, aus bloßer Vernunft ist nie Vernünftiges gekommen.

Verstand ist ohne Geistesschönheit, wie ein dienstbarer Geselle, der den Zaun aus grobem Holze zimmert, wie ihm vorgezeichnet ist, und die gezimmerten Pfähle aneinander nagelt, für den Garten, den der Meister bauen will. Des Verstandes ganzes Geschäft ist Notwerk. Vor dem Unsinn, vor dem Unrecht schützt er uns, indem er ordnet; aber sicher zu sein vor Unsinn und vor Unrecht ist doch nicht die höchste Stufe menschlicher Vortrefflichkeit.

Vernunft ist ohne Geistes-, ohne Herzensschönheit, wie ein Treiber, den der Herr des Hauses über die Knechte gesetzt hat; der weiß, so wenig, als die Knechte, was aus all der unendlichen Arbeit werden soll, und ruft nur: tummelt euch, und siehet es fast ungern, wenn es vor sich geht, denn am Ende hätt er ja nichts mehr zu treiben, und seine Rolle wäre gespielt. Aus bloßem Verstande kömmt keine Philosophie, denn Philosophie ist mehr, denn nur die beschränkte Erkenntnis des Vorhandnen.

Aus bloßer Vernunft kömmt keine Philosophie, denn Philosophie ist mehr, denn blinde Forderung eines nie zu endigenden Fortschritts in Vereinigung und Unterscheidung eines möglichen Stoffs.

Leuchtet aber das göttliche εν διαφερον εαυτω, das Ideal der Schönheit der strebenden Vernunft, so fordert sie nicht blind, und weiß, warum, wozu sie fordert.

Scheint, wie der Maitag in des Künstlers Werkstatt, dem Verstande die Sonne des Schönen zu seinem Geschäfte, so schwärmt er zwar nicht hinaus und lässt sein Notwerk stehn, doch denkt er gerne des Festtags, wo er wandeln wird im verjüngenden Frühlingslichte.

So weit war ich, als wir landeten an der Küste von Attika.

Das alte Athen lag jetzt zu sehr uns im Sinne, als dass wir hätten viel in der Ordnung sprechen mögen, und ich wunderte mich jetzt selber über die Art meiner Äußerungen. Wie bin ich doch, rief ich, auf die trocknen Berggipfel geraten, worauf ihr mich saht? Es ist immer so, erwiderte Diotima, wenn uns recht wohl ist. Die üppige Kraft sucht eine Arbeit. Die jungen Lämmer stoßen sich die Stirnen aneinander, wenn sie von der Mutter Milch gesättiget sind.

Wir gingen jetzt am Lykabettus hinauf, und blieben, trotz der Eile, zuweilen stehen, in Gedanken und wunderbaren Erwartungen.

Es ist schön, dass es dem Menschen so schwer wird, sich vom Tode dessen, was er liebt, zu überzeugen, und es ist wohl keiner noch zu seines Freundes Grabe gegangen, ohne die leise Hoffnung, da dem Freunde wirklich zu begegnen. Mich ergriff das schöne Phantom des alten Athens, wie einer Mutter Gestalt, die aus dem Totenreiche zurückkehrt.

O Parthenon! rief ich, Stolz der Welt! zu deinen Füßen liegt das Reich des Neptun, wie ein bezwungener Löwe, und wie Kinder, sind die andern Tempel um dich versammelt, und die beredte Agora und der Hain des Akademus –

Kannst du so dich in die alte Zeit versetzen, sagte Diotima.

Mahne mich nicht an die Zeit! erwidert ich; es war ein göttlich Leben und der Mensch war da der Mittelpunkt der Natur. Der Frühling, als er um Athen her blühte, war er, wie eine bescheidne Blume an der Jungfrau Busen; die Sonne ging schamrot auf über den Herrlichkeiten der Erde.

Die Marmorfelsen des Hymettus und Pentele sprangen hervor aus ihrer schlummernden Wiege, wie Kinder aus der Mutter Schoß, und gewannen Form und Leben unter den zärtlichen Athener-Händen.

Honig reichte die Natur und die schönsten Veilchen und Myrten und Oliven.

Die Natur war Priesterin und der Mensch ihr Gott, und alles Leben in ihr und jede Gestalt und jeder Ton von ihr nur *Ein* begeistertes Echo des Herrlichen, dem sie gehörte.

Ihn feiert', ihm nur opferte sie.

Er war es auch wert, er mochte liebend in der heiligen Werkstatt sitzen und dem Götterbilde, das er gemacht, die Kniee umfassen, oder auf dem Vorgebirge, auf Suniums grüner Spitze, unter den horchenden Schülern gelagert, sich die Zeit verkürzen mit hohen Gedanken, oder er mocht im Stadium laufen, oder vom Rednerstuhle, wie der Gewittergott, Regen und Sonnenschein und Blitze senden und goldene Wolken –

O siehe! rief jetzt Diotima mir plötzlich zu.

Ich sah, und hätte vergehen mögen vor dem allmächtigen Anblick.

Wie ein unermesslicher Schiffbruch, wenn die Orkane verstummt sind und die Schiffer entflohn, und der Leichnam der zerschmetterten Flotte unkenntlich auf der Sandbank liegt, so lag vor uns Athen, und die verwaisten Säulen standen vor uns, wie die nackten Stämme eines Walds, der am Abend noch grünte, und des Nachts darauf im Feuer aufging.

Hier, sagte Diotima, lernt man stille sein über sein eigen Schicksal, es seie gut oder böse.

Hier lernt man stille sein über *Alles*, fuhr ich fort. Hätten die Schnitter, die dies Kornfeld gemäht, ihre Scheunen mit seinen Halmen bereichert, so wäre nichts verloren gegangen, und ich wollte mich begnügen, hier als Ährenleser zu stehn; aber wer gewann denn?

Ganz Europa, erwidert' einer von den Freunden.

O, ja! rief ich, sie haben die Säulen und Statuen weggeschleift und an einander verkauft, haben die edlen Gestalten nicht wenig geschätzt, der Seltenheit wegen, wie man Papageien und Affen schätzt. Sage das nicht! erwiderte derselbe; und mangelt' auch wirklich ihnen der Geist von all dem Schönen, so wär es, weil der nicht weggetragen werden konnte und nicht gekauft.

Jawohl! rief ich. Dieser Geist war auch untergegangen noch ehe die Zerstörer über Attika kamen. Erst, wenn die Häuser und Tempel ausgestorben, wagen sich die wilden Tiere in die Tore und Gassen.

Wer jenen Geist hat, sagte Diotima tröstend, dem stehet Athen noch, wie ein blühender Fruchtbaum. Der Künstler ergänzt den Torso sich leicht.

Wir gingen des andern Tages früh aus, sahn die Ruinen des Parthenon, die Stelle des alten Bacchustheaters, den Theseustempel, die sechzehn Säulen, die noch übrig stehn vom göttlichen Olympion; am meisten aber ergriff mich das alte Tor, wodurch man ehmals aus der alten Stadt zur neuen herauskam, wo gewiss einst tausend schöne Menschen an *Einem* Tage sich grüßten. Jetzt kömmt man weder in die alte noch in die neue Stadt durch dieses Tor, und stumm und öde stehet es da, wie ein vertrockneter Brunnen, aus dessen Röhren einst mit freundlichem Geplätscher das klare frische Wasser sprang.

Ach! sagt ich, indes wir so herumgingen, es ist wohl ein prächtig Spiel des Schicksals, dass es hier die Tempel niederstürzt und ihre zertrümmerten Steine den Kindern herumzuwerfen gibt, dass es die zerstümmelten Götter zu Bänken vor der Bauernhütte und die Grabmäler hier zur Ruhestätte des weidenden Stiers macht, und eine solche Verschwendung ist königlicher, als der Mutwille der Kleopatra, da sie die geschmolzenen Perlen trank; aber es ist doch schade um all die Größe und Schönheit!

Guter Hyperion! rief Diotima, es ist Zeit, dass du weggehst; du bist blass und dein Auge ist müde, und du suchst dir umsonst mit Einfällen zu helfen. Komm hinaus! ins Grüne! unter die Farben des Lebens! das wird dir wohltun.

Wir gingen hinaus in die nahegelegenen Gärten.

Die andern waren auf dem Wege mit zwei britischen Gelehrten, die unter den Altertümern in Athen ihre Ernte hielten, ins Gespräch geraten und nicht von der Stelle zu bringen. Ich ließ sie gerne.

Mein ganzes Wesen richtete sich auf, da ich einmal wieder mit Diotima allein mich sah; sie hatte einen herrlichen Kampf bestanden mit dem heiligen Chaos von Athen. Wie das Saitenspiel der himmlischen Muse über den uneinigen Elementen, herrschten Diotimas stille Gedanken über den Trümmern. Wie der Mond aus zartem Gewölke, hob sich ihr Geist aus schönem Leiden empor; das himmlische Mädchen stand in seiner Wehmut da, wie die Blume, die in der Nacht am lieblichsten duftet.

Wir gingen weiter und weiter, und waren am Ende nicht umsonst gegangen.

O ihr Haine von Angele, wo der Ölbaum und die Zypresse, umeinander flüsternd, mit freundlichen Schatten sich kühlen, wo die goldne Frucht des Zitronenbaums aus dunklem Laube blinkt, wo die schwellende Traube mutwillig über den Zaun wächst, und die reife Pomeranze, wie ein lächelnder Fündling, im Wege liegt! ihr duftenden heimlichen Pfade! ihr friedlichen Sitze, wo das Bild des Myrtenstrauchs aus der Quelle lächelt! euch werd ich nimmer vergessen.

Diotima und ich gingen eine Weile unter den herrlichen Bäumen umher, bis eine große heitere Stelle sich uns darbot. Hier setzten wir uns. Es war eine selige Stille unter uns. Mein Geist umschwebte die göttliche Gestalt des Mädchens, wie eine

Blume der Schmetterling, und all mein Wesen erleichterte, vereinte sich in der Freude der begeisternden Betrachtung.

Bist du schon wieder getröstet, Leichtsinniger? sagte Diotima. Ja! ja! ich bins, erwidert ich. Was ich verloren wähnte, hab ich, wonach ich schmachtete, als wär es aus der Welt verschwunden, das ist vor mir. Nein, Diotima! noch ist die Quelle der ewigen Schönheit nicht versiegt.

Ich habe dirs schon einmal gesagt, ich brauche die Götter und die Menschen nicht mehr. Ich weiß, der Himmel ist ausgestorben, entvölkert, und die Erde, die einst überfloss von schönem menschlichen Leben, ist fast, wie ein Ameisenhaufe, geworden. Aber noch gibt es eine Stelle, wo der alte Himmel und die alte Erde mir lacht. Denn alle Götter des Himmels und alle göttlichen Menschen der Erde vergess ich in dir.

Was kümmert mich der Schiffbruch der Welt, ich weiß von nichts, als meiner seligen Insel.

Es gibt eine Zeit der Liebe, sagte Diotima mit freundlichem Ernste, wie es eine Zeit gibt, in der glücklichen Wiege zu leben. Aber das Leben selber treibt uns heraus.

Hyperion! – hier ergriff sie meine Hand mit Feuer, und ihre Stimme erhub mit Größe sich – Hyperion! mich deucht, du bist zu höhern Dingen geboren. Verkenne dich nicht! der Mangel am Stoffe hielt dich zurück. Es ging nicht schnell genug. Das schlug dich nieder. Wie die jungen Fechter, fielst du zu rasch aus, ehe noch dein Ziel gewiss und deine Faust gewandt war, und weil du, wie natürlich, mehr getroffen wurdest, als du trafst, so wurdest du scheu und zweifeltest an dir und allem; denn du bist so empfindlich, als du heftig bist. Aber dadurch ist nichts verloren. Wäre dein Gemüt und deine Tätigkeit so frühe reif geworden, so wäre dein Geist nicht, was er ist; du wärst der denkende Mensch nicht, wärst du nicht der leidende, der gärende Mensch gewesen. Glaube mir, du hättest nie das Gleichgewicht der schönen Menschheit so rein erkannt, hättest du es nicht so sehr verloren gehabt. Dein Herz hat endlich Frieden gefunden. Ich will es glauben. Ich versteh es. Aber denkst du wirklich, dass du nun am Ende seist? Willst du dich verschließen in den Himmel deiner Liebe, und die Welt, die deiner bedürfte, verdorren und erkalten lassen unter dir? Du musst, wie der Lichtstrahl, herab, wie der allerfrischende Regen, musst du nieder ins Land der Sterblichkeit, du musst erleuchten, wie Apoll, erschüttern, beleben, wie Jupiter, sonst bist du deines Himmels nicht wert. Ich bitte dich, geh nach Athen hinein, noch *Einmal,* und siehe die Menschen auch an, die dort herumgehn unter den Trümmern, die rohen Albaner und die andern guten kindischen Griechen, die mit einem lustigen Tanze und einem heiligen Märchen sich trösten über die schmähliche Gewalt, die über ihnen lastet – kannst du sagen, ich schäme mich dieses Stoffs? Ich meine, er wäre doch noch bildsam. Kannst du dein Herz abwenden von den Bedürftigen? Sie sind nicht schlimm, sie haben dir nichts zuleide getan!

Was kann ich für sie tun, rief ich. Gib ihnen, was du in dir hast, erwiderte Diotima, gib – Kein Wort, kein Wort mehr, große Seele! rief ich, du beugst mich sonst, es ist ja sonst, als hättest du mit Gewalt mich dazu gebracht – Sie werden nicht glücklicher sein, aber edler, nein! sie werden auch glücklicher sein. Sie müssen heraus, sie müssen hervorgehn, wie die jungen Berge aus der Meersflut, wenn ihr unterirdisches Feuer sie treibt.

Zwar steh ich allein und trete ruhmlos unter sie. Doch *Einer*, der ein Mensch ist, kann er nicht mehr, denn Hunderte, die nur Teile sind des Menschen?

Heilige Natur! du bist dieselbe in und außer mir. Es muss so schwer nicht sein, was außer mir ist, zu vereinen mit dem Göttlichen in mir. Gelingt der Biene doch ihr kleines Reich, warum sollte denn ich nicht pflanzen können und baun, was not ist?

Was? der arabische Kaufmann säete seinen Koran aus, und es wuchs ein Volk von Schülern, wie ein unendlicher Wald, ihm auf, und der Acker sollte nicht auch gedeihn, wo die alte Wahrheit wiederkehrt in neu lebendiger Jugend?

Es werde von Grund aus anders! Aus der Wurzel der Menschheit sprosse die neue Welt! Eine neue Gottheit walte über ihnen, eine neue Zukunft kläre vor ihnen sich auf.

In der Werkstatt, in den Häusern, in den Versammlungen, in den Tempeln, überall werd es anders!

Aber ich muss noch ausgehn, zu lernen. Ich bin ein Künstler, aber ich bin nicht geschickt. Ich bilde im Geiste, aber ich weiß noch die Hand nicht zu führen –

Du gehest nach Italien, sagte Diotima, nach Deutschland, Frankreich – wieviel Jahre brauchst du? drei – vier – ich denke drei sind genug; du bist ja keiner von den Langsamen, und suchst das Größte und das Schönste nur –

»Und dann?«

Du wirst Erzieher unsers Volks, du wirst ein großer Mensch sein, hoff ich. Und wenn ich dann dich so umfasse, da werd ich träumen, als wär ich ein Teil des herrlichen Manns, da werd ich frohlocken, als hättst du mir die Hälfte deiner Unsterblichkeit, wie Pollux dem Kastor, geschenkt, o! ich werd ein stolzes Mädchen werden, Hyperion!

Ich schwieg eine Weile. Ich war voll unaussprechlicher Freude.

Gibts denn Zufriedenheit zwischen dem Entschluss und der Tat, begann ich endlich wieder, gibts eine Ruhe vor dem Siege?

Es ist die Ruhe des Helden, sagte Diotima, es gibt Entschlüsse, die, wie Götterworte, Gebot und Erfüllung zugleich sind, und so ist der deine –

Wir gingen zurück, wie nach der ersten Umarmung. Es war uns alles fremd und neu geworden.

Ich stand nun über den Trümmern von Athen, wie der Ackersmann auf dem Brachfeld. Liege nur ruhig, dacht ich, da wir wieder zu Schiffe gingen, liege nur ruhig, schlummerndes Land! Bald grünt das junge Leben aus dir, und wächst den Segnungen des Himmels entgegen. Bald regnen die Wolken nimmer umsonst, bald findet die Sonne die alten Zöglinge wieder.

Du frägst nach Menschen, Natur? Du klagst, wie ein Saitenspiel, worauf des Zufalls Bruder, der Wind, nur spielt, weil der Künstler, der es ordnete, gestorben ist? Sie werden kommen, deine Menschen, Natur! Ein verjüngtes Volk wird dich auch wieder verjüngen, und du wirst werden, wie seine Braut und der alte Bund der Geister wird sich erneuen mit dir. Es wird nur *Eine* Schönheit sein; und Menschheit und Natur wird sich vereinen in *Eine* allumfassende Gottheit.

Zweiter Band

μη φυναι, τον απαντα νικα λογον.
το δ'επει φανη βηναι κειθεν, οθεν
περ ηκει, πολυ δευτερον ως ταχισα.
Sophokles

Erstes Buch

Hyperion an Bellarmin

Wir lebten in den letzten schönen Momenten des Jahrs, nach unserer Rückkunft aus dem Attischen Lande.

Ein Bruder des Frühlings war uns der Herbst, voll milden Feuers, eine Festzeit für die Erinnerung an Leiden und vergangne Freuden der Liebe. Die welkenden Blätter trugen die Farbe des Abendrots, nur die Fichte und der Lorbeer stand in ewigem Grün. In den heitern Lüften zögerten wandernde Vögel, andere schwärmten im Weinberg, und im Garten und ernteten fröhlich, was die Menschen übrig gelassen. Und das himmlische Licht rann lauter vom offenen Himmel, durch alle Zweige lächelte die heilige Sonne, die gütige, die ich niemals nenne ohne Freude und Dank, die oft in tiefem Leide mit einem Blicke mich geheilt, und von dem Unmut und den Sorgen meine Seele gereinigt.

Wir besuchten noch all unsere liebsten Pfade, Diotima und ich, entschwundne selige Stunden begegneten uns überall.

Wir erinnerten uns des vergangenen Mais, wir hätten die Erde noch nie so gesehen, wie damals, meinten wir, sie wäre verwandelt gewesen, eine silberne Wolke von Blüten, eine freudige Lebensflamme, entledigt alles gröberen Stoffs.

Ach! es war alles so voll Lust und Hoffnung, rief Diotima, so voll unaufhörlichen Wachstums und doch auch so mühelos, so seligruhig, wie ein Kind, das vor sich hin spielt, und nicht weiter denkt.

Daran, rief ich, erkenn ich sie, die Seele der Natur, an diesem stillen Feuer, an diesem Zögern in ihrer mächtigen Eile.

Und es ist den Glücklichen so lieb, dies Zögern, rief Diotima; weißt du? wir standen einmal des Abends zusammen auf der Brücke, nach starkem Gewitter, und das rote Berggewässer schoss, wie ein Pfeil, unter uns weg, aber daneben grünt' in Ruhe der Wald, und die hellen Buchenblätter regten sich kaum. Da tat es uns so wohl, dass uns das seelenvolle Grün nicht auch so wegflog, wie der Bach, und der schöne Frühling uns so still hielt, wie ein zahmer Vogel, aber nun ist er dennoch über die Berge.

Wir lächelten über dem Worte, wiewohl das Trauern uns näher war. So sollt auch unsre eigne Seligkeit dahin gehn, und wir sahens voraus. O Bellarmin! wer darf denn sagen, er stehe fest, wenn auch das Schöne seinem Schicksal so entgegenreift, wenn auch das Göttliche sich demütigen muss, und die Sterblichkeit mit allem Sterblichen teilen!

Hyperion an Bellarmin

Ich hatte mit dem holden Mädchen noch vor ihrem Hause gezögert, bis das Licht der Nacht in die ruhige Dämmerung schien, nun kam ich in Notaras Wohnung zurück, gedankenvoll, voll überwallenden heroischen Lebens, wie immer, wenn ich aus ihren Umarmungen ging. Es war ein Brief von Alabanda gekommen.

Es regt sich, Hyperion, schrieb er mir, Russland hat der Pforte den Krieg erklärt; man kommt mit einer Flotte in den Archipelagus [Im Jahr 1770]; die Griechen sollen frei sein, wenn sie mit aufstehn, den Sultan an den Euphrat zu treiben. Die Griechen werden das Ihre tun, die Griechen werden frei sein und mir ist herzlich wohl, dass es einmal wieder etwas zu tun gibt. Ich mochte den Tag nicht sehn, so lang es noch so weit nicht war.

Bist du noch der Alte, so komm! Du findst mich in dem Dorfe vor Koron, wenn du den Weg von Misistra kömmst. Ich wohne am Hügel, in dem weißen Landhaus am Walde.

Die Menschen, die du in Smyrna bei mir kennen lerntest, hab ich verlassen. Du hattest recht mit deinem feinern Sinne, dass du in ihre Sphäre nicht tratest.

Mich verlangt, uns beide in dem neuen Leben wiederzusehn. Dir war bis jetzt die Welt zu schlecht, um ihr dich zu erkennen zu geben. Weil du nicht Knechtsdienste tun mochtest, tatest du nichts, und das Nichtstun machte dich grämlich und träumerisch.

Du mochtest im Sumpfe nicht schwimmen. Komm nun, komm, und lass uns baden in offener See!

Das soll uns wohl tun, einzig Geliebter!

So schrieb er. Ich war betroffen im ersten Moment. Mir brannte das Gesicht vor Scham, mir kochte das Herz, wie heiße Quellen, und ich konnt auf keiner Stelle bleiben, so schmerzt' es mich, überflogen zu sein von Alabanda, überwunden auf immer. Doch nahm ich nun auch um so begieriger die künftige Arbeit ans Herz. –

Ich bin zu müßig geworden, rief ich, zu friedenslustig, zu himmlisch, zu träg! – Alabanda sieht in die Welt, wie ein edler Pilot, Alabanda ist fleißig und sucht in der Woge nach Beute; und dir schlafen die Hände im Schoß? und mit Worten möchtest du ausreichen, und mit Zauberformeln beschwörst du die Welt? Aber deine Worte sind, wie Schneeflocken, unnütz, und machen die Luft nur trüber und deine Zaubersprüche sind für die Frommen, aber die Ungläubigen hören dich nicht. – Ja! sanft zu sein, zu rechter Zeit, das ist wohl schön, doch sanft zu sein, zur Unzeit, das ist hässlich, denn es ist feig! – Aber Harmodius! deiner Myrte will ich gleichen, deiner Myrte, worin das Schwert sich verbarg. Ich will umsonst nicht müßig gegangen sein, und mein Schlaf soll werden, wie Öl, wenn die Flamme darein kömmt. Ich will nicht zusehn, wo es gilt, will nicht umhergehn und die Neuigkeit erfragen, wann Alabanda den Lorbeer nimmt.

Hyperion an Bellarmin

Diotimas Erblassen, da sie Alabandas Brief las, ging mir durch die Seele. Drauf fing sie an, gelassen und ernst, den Schritt mir abzuraten und wir sprachen manches hin und wider. O ihr Gewaltsamen! rief sie endlich, die ihr so schnell zum Äußersten seid, denkt an die Nemesis!

Wer Äußerstes leidet, sagt ich, dem ist das Äußerste recht.

Wenns auch recht ist, sagte sie, du bist dazu nicht geboren.

So scheint es, sagt ich; ich hab auch lange genug gesäumt. O ich möchte einen Atlas auf mich laden, um die Schulden meiner Jugend abzutragen. Hab ich ein Bewusstsein? hab ich ein Bleiben in mir? O lass mich, Diotima! Hier, gerad in solcher Arbeit muss ich es erbeuten.

Das ist eitel Übermut! rief Diotima; neulich warst du bescheidner, neulich, da du sagtest, ich muss noch ausgehn, zu lernen.

Liebe Sophistin! rief ich, damals war ja auch von ganz was anderem die Rede. In den Olymp des Göttlichschönen, wo aus ewigjungen Quellen das Wahre mit allem Guten entspringt, dahin mein Volk zu führen, bin ich noch jetzt nicht geschickt. Aber ein Schwert zu brauchen, hab ich gelernt und mehr bedarf es für jetzt nicht. Der neue Geisterbund kann in der Luft nicht leben, die heilige Theokratie des Schönen muss in einem Freistaat wohnen, und der will Platz auf Erden haben und diesen Platz erobern wir gewiss.

Du wirst erobern, rief Diotima, und vergessen, wofür? wirst, wenn es hoch kommt, einen Freistaat dir erzwingen und dann sagen, wofür hab ich gebaut? ach! es wird verzehrt sein, all das schöne Leben, das daselbst sich regen sollte, wird verbraucht sein selbst in dir! Der wilde Kampf wird dich zerreißen, schöne Seele, du wirst altern, seliger Geist! und lebensmüd am Ende fragen, wo seid ihr nun, ihr Ideale der Jugend?

Das ist grausam, Diotima, rief ich, so ins Herz zu greifen, so an meiner eignen Todesfurcht, an meiner höchsten Lebenslust mich festzuhalten, aber nein! nein! nein! der Knechtsdienst tötet, aber gerechter Krieg macht jede Seele lebendig. Das gibt dem Golde die Farbe der Sonne, dass man ins Feuer es wirft! Das, das gibt erst dem Menschen seine ganze Jugend, dass er Fesseln zerreißt! Das rettet ihn allein, dass er sich aufmacht und die Natter zertritt, das kriechende Jahrhundert, das alle schöne Natur im Keime vergiftet! – Altern sollt ich, Diotima! wenn ich Griechenland befreie? altern, ärmlich werden, ein gemeiner Mensch? O so war er wohl recht schal und leer und gottverlassen, der Athenerjüngling, da er als Siegesbote von Marathon über den Gipfel des Pentele kam und hinabsah in die Täler von Attika! – Lieber! Lieber! rief Diotima, sei doch still! ich sage dir kein Wort mehr. Du sollst gehn, sollst gehen, stolzer Mensch! Ach! wenn du so bist, hab ich keine Macht, kein Recht auf dich.

Sie weinte bitter und ich stand, wie ein Verbrecher, vor ihr. Vergib mir, göttliches Mädchen! rief ich, vor ihr niedergesunken, o vergib mir, wo ich muss! Ich wähle nicht, ich sinne nicht. Eine Macht ist in mir und ich weiß nicht, ob ich es selbst bin, was zu dem Schritte mich treibt. Deine volle Seele gebietet dirs, antwortete sie. Ihr nicht zu folgen, führt oft zum Untergange, doch, ihr zu folgen, wohl auch. Das beste ist, du gehst, denn es ist größer. Handle du; ich will es tragen.

Hyperion an Bellarmin

Diotima war von nun an wunderbar verändert.

Mit Freude hatt ich gesehn, wie seit unserer Liebe das verschwiegne Leben aufgegangen war in Blicken und lieblichen Worten und ihre genialische Ruhe war mir oft in glänzender Begeisterung entgegengekommen.

Aber wie so fremd wird uns die schöne Seele, wenn sie nach dem ersten Aufblühn, nach dem Morgen ihres Laufs hinauf zur Mittagshöhe muss! Man kannte fast das selige Kind nicht mehr, so erhaben und so leidend war sie geworden.

O wie manchmal lag ich vor dem traurenden Götterbilde, und wähnte die Seele hinwegzuweinen im Schmerz um sie, und stand bewundernd auf und selber voll von allmächtigen Kräften! Eine Flamme war ihr ins Auge gestiegen aus der gepressten Brust. Es war ihr zu enge geworden im Busen voll Wünschen und Leiden; darum waren die Gedanken des Mädchens so herrlich und kühn. Eine neue Größe, eine sichtbare Gewalt über alles, was fühlen konnte, herrscht' in ihr. Sie war ein höheres Wesen. Sie gehörte zu den sterblichen Menschen nicht mehr.

O meine Diotima, hätte ich damals gedacht, wohin das kommen sollte?

Hyperion an Bellarmin

Auch der kluge Notara wurde bezaubert von den neuen Entwürfen, versprach mir eine starke Partei, hoffte bald den Korinthischen Isthmus zu besetzen und Griechenland hier, wie an der Handhabe, zu fassen. Aber das Schicksal wollt es anders und machte seine Arbeit unnütz, ehe sie ans Ziel kam.

Er riet mir, nicht nach Tina zu gehn, gerade den Peloponnes hinab zu reisen, und durchaus so unbemerkt, als möglich. Meinem Vater sollt ich unterweges schreiben, meint' er, der bedächtige Alte würde leichter einen geschehenen Schritt verzeihn, als einen ungeschehenen erlauben. Das war mir nicht recht nach meinem Sinne, aber wir opfern die eignen Gefühle so gern, wenn uns ein großes Ziel vor Augen steht.

Ich zweifle, fuhr Notara fort, ob du wirst auf deines Vaters Hilfe in solchem Falle rechnen können. Darum geb ich dir, was nebenbei doch nötig ist für dich, um einige Zeit in allen Fällen zu leben und zu wirken. Kannst du einst, so zahlst du mir es zurück, wo nicht, so war das meine auch dein. Schäme des Gelds dich nicht, setzt' er lächelnd hinzu; auch die Rosse des Phöbus leben von der Luft nicht allein, wie uns die Dichter erzählen.

Hyperion an Bellarmin

Nun kam der Tag des Abschieds.

Den Morgen über war ich oben in Notaras Garten geblieben, in der frischen Winterluft, unter den immergrünen Zypressen und Zedern. Ich war gefasst. Die großen Kräfte der Jugend hielten mich aufrecht und das Leiden, das ich ahnete, trug, wie eine Wolke, mich höher.

Diotimas Mutter hatte Notara und die andern Freunde und mich gebeten, dass wir noch den letzten Tag bei ihr zusammen leben möchten. Die Guten hatten sich alle meiner und Diotimas gefreut und das Göttliche in unserer Liebe war an ihnen nicht verloren geblieben. Sie sollten nun mein Scheiden auch mir segnen.

Ich ging hinab. Ich fand das teure Mädchen am Herde. Es schien ihr ein heilig priesterlich Geschäft, an diesem Tage das Haus zu besorgen. Sie hatte alles zurechtgemacht, alles im Hause verschönert und es durft ihr niemand dabei helfen. Alle Blumen, die noch übrig waren im Garten, hatte sie eingesammelt, Rosen und frische Trauben hatte sie in der späten Jahrszeit noch zusammengebracht.

Sie kannte meinen Fußtritt, da ich heraufkam, trat mir leis entgegen; die bleichen Wangen glühten von der Flamme des Herds und die ernsten großgewordnen Augen glänzten von Tränen. Sie sahe, wie michs überfiel. Gehe hinein, mein Lieber, sagte sie; die Mutter ist drinnen und ich folge gleich.

Ich ging hinein. Da saß die edle Frau und streckte mir die schöne Hand entgegen – kommst du, rief sie, kommst du, mein Sohn! Ich sollte dir zürnen, du hast mein Kind mir genommen, hast alle Vernunft mir ausgeredet, und tust, was dich gelüstet, und gehest davon; aber vergebt es ihm, ihr himmlischen Mächte! wenn er Unrecht vorhat, und hat er Recht, o so zögert nicht mit eurer Hilfe dem Lieben! Ich wollte reden, aber eben kam Notara mit den übrigen Freunden herein und hinter ihnen Diotima.

Wir schwiegen eine Weile. Wir ehrten die traurende Liebe, die in uns allen war, wir fürchteten uns, sich ihrer zu überheben in Reden und stolzen Gedanken. Endlich nach wenigen flüchtigen Worten bat mich Diotima, einiges von Agis und Kleomenes zu erzählen; ich hätte die großen Seelen oft mit feuriger Achtung genannt und gesagt, sie wären Halbgötter, so gewiss, wie Prometheus, und ihr Kampf mit dem Schicksal von Sparta sei heroischer, als irgendeiner in den glänzenden Mythen. Der Genius dieser Menschen sei das Abendrot des griechischen Tages, wie Theseus und Homer die Aurore desselben.

Ich erzählte und am Ende fühlten wir uns alle stärker und höher.

Glücklich, rief einer von den Freunden, wem sein Leben wechselt zwischen Herzensfreude und frischem Kampf! Ja! rief ein anderer, das ist ewige Jugend, dass immer Kräfte genug im Spiele sind und wir uns ganz erhalten in Lust und Arbeit.

O ich möchte mit dir, rief Diotima mir zu.

Es ist auch gut, dass du bleibst, Diotima! sagt ich. Die Priesterin darf aus dem Tempel nicht gehen. Du bewahrst die heilige Flamme, du bewahrst im Stillen das Schöne, dass ich es wiederfinde bei dir.

Du hast auch recht, mein Lieber, das ist besser, sagte sie, und ihre Stimme zitterte und das Ätherauge verbarg sich ins Tuch, um seine Tränen, seine Verwirrung nicht sehen zu lassen.

O Bellarmin! es wollte mir die Brust zerreißen, dass ich sie so schamrot gemacht. Freunde! rief ich, erhaltet diesen Engel mir. Ich weiß von nichts mehr, wenn ich sie nicht weiß. O Himmel! ich darf nicht denken, wozu ich fähig wäre, wenn ich sie vermisste.

Sei ruhig, Hyperion! fiel Notara mir ein.

Ruhig? rief ich; o ihr guten Leute! ihr könnt oft sorgen, wie der Garten blühn und wie die Ernte werden wird, ihr könnt für euren Weinstock beten und ich soll ohne Wünsche scheiden von dem Einzigen, dem meine Seele dient?

Nein, o du Guter! rief Notara bewegt, nein! ohne Wünsche sollst du mir von ihr nicht scheiden! nein, bei der Götterunschuld eurer Liebe! meinen Segen habt ihr gewiss.

Du mahnst mich, rief ich schnell. Sie soll uns segnen, diese teure Mutter, soll mit euch uns zeugen – komm Diotima! unsern Bund soll deine Mutter heiligen, bis die schöne Gemeinde, die wir hoffen, uns vermählt.

So fiel ich auf ein Knie; mit großem Blick, errötend, festlichlächelnd sank auch sie an meiner Seite nieder.

Längst, rief ich, o Natur! ist unser Leben *Eines* mit dir und himmlischjugendlich, wie du und deine Götter all, ist unsre eigne Welt durch Liebe.

In deinen Hainen wandelten wir, fuhr Diotima fort, und waren, wie du, an deinen Quellen saßen wir und waren, wie du, dort über die Berge gingen wir, mit deinen Kindern, den Sternen, wie du.

Da wir uns ferne waren, rief ich, da, wie Harfengelispel, unser kommend Entzücken uns erst tönte, da wir uns fanden, da kein Schlaf mehr war und alle Töne in uns erwachten zu des Lebens vollen Akkorden, göttliche Natur! da waren wir immer, wie du, und nun auch da wir scheiden und die Freude stirbt, sind wir, wie du, voll Leidens und doch gut, drum soll ein reiner Mund uns zeugen, dass unsre Liebe heilig ist und ewig, so wie du.

Ich zeug es, sprach die Mutter.

Wir zeugen es, riefen die andern.

Nun war kein Wort mehr für uns übrig. Ich fühlte mein höchstes Herz; ich fühlte mich reif zum Abschied. Jetzt will ich fort, ihr Lieben! sagt ich, und das Leben schwand von allen Gesichtern. Diotima stand, wie ein Marmorbild und ihre Hand starb fühlbar in meiner. Alles hatt ich um mich her getötet, ich war einsam und mir schwindelte vor der grenzenlosen Stille, wo mein überwallend Leben keinen Halt mehr fand. – Ach! rief ich, mir ists brennendheiß im Herzen, und ihr steht alle so kalt, ihr Lieben! und nur die Götter des Hauses neigen ihr Ohr? – Diotima! – du bist stille, du siehst nicht! – o wohl dir, dass du nicht siehst!

So geh nur, seufzte sie, es muss ja sein; geh nur, du teures Herz!

O süßer Ton aus diesen Wonnelippen! rief ich, und stand wie ein Betender, vor der holden Statue – süßer Ton! noch *Einmal* wehe mich an, noch *Einmal* tage, liebes Augenlicht!

Rede so nicht, Lieber! rief sie, rede mir ernster, rede mit größerem Herzen mir zu!

Ich wollte mich halten, aber ich war wie im Traume.

Wehe! rief ich, das ist kein Abschied, wo man wiederkehrt.

Du wirst sie töten, rief Notara. Siehe, wie sanft sie ist, und du bist so außer dir.

Ich sahe sie an und Tränen stürzten mir aus brennendem Auge.

So lebe denn wohl, Diotima! rief ich, Himmel meiner Liebe, lebe wohl! – Lasset uns stark sein, teure Freunde! teure Mutter! ich gab dir Freude und Leid. Lebt wohl! lebt wohl! Ich wankte fort. Diotima folgte mir allein.

Es war Abend geworden und die Sterne gingen herauf am Himmel. Wir standen still unter dem Hause. Ewiges war in uns, über uns. Zart, wie der Äther, umwand mich Diotima. Törichter, was ist denn Trennung? flüsterte sie geheimnisvoll mir zu, mit dem Lächeln einer Unsterblichen.

Es ist mir auch jetzt anders, sagt ich, und ich weiß nicht, was von beiden ein Traum ist, mein Leiden oder meine Freudigkeit.

Beides ist, erwiderte sie, und beides ist gut.

Vollendete! rief ich, ich spreche wie du. Am Sternenhimmel wollen wir uns erkennen. Er sei das Zeichen zwischen mir und dir, solange die Lippen verstummen.

Das sei er! sprach sie mit einem langsamen niegehörten Tone – es war ihr letzter.

Im Dämmerlicht entschwand mir ihr Bild und ich weiß nicht, ob sie es wirklich war, da ich zum letzten Male mich umwandt' und die erlöschende Gestalt noch einen Augenblick vor meinem Auge zückte und dann in die Nacht verschied.

Hyperion an Bellarmin

Warum erzähl ich dir und wiederhole mein Leiden und rege die ruhelose Jugend wieder auf in mir? Ists nicht genug, *Einmal* das Sterbliche durchwandert zu haben? warum bleib ich im Frieden meines Geistes nicht stille?

Darum, mein Bellarmin! weil jeder Atemzug des Lebens unserm Herzen wert bleibt, weil alle Verwandlungen der reinen Natur auch mit zu ihrer Schöne gehören. Unsre Seele, wenn sie die sterblichen Erfahrungen ablegt und allein nur lebt in heiliger Ruhe, ist sie nicht, wie ein unbelaubter Baum? wie ein Haupt ohne Locken? Lieber Bellarmin! ich habe eine Weile geruht; wie ein Kind, hab ich unter den stillen Hügeln von Salamis gelebt, vergessen des Schicksals und des Strebens der Menschen. Seitdem ist manches anders in meinem Auge geworden, und ich habe nun so viel Frieden in mir, um ruhig zu bleiben, bei jedem Blick ins menschliche Leben. O Freund! am Ende söhnet der Geist mit allem uns aus. Du wirsts nicht glauben, wenigstens von mir nicht. Aber ich meine, du solltest sogar meinen Briefen es ansehn, wie meine Seele täglich stiller wird und stiller. Und ich will künftig noch so viel davon sagen, bis du es glaubst.

Hier sind Briefe von Diotima und mir, die wir uns nach meinem Abschied von Kalaurea geschrieben. Sie sind das liebste, was ich dir vertraue. Sie sind das wärmste Bild aus jenen Tagen meines Lebens. Vom Kriegslärm sagen sie dir wenig. Desto mehr von meinem eigneren Leben und das ists ja, was du willst. Ach und du musst auch sehen, wie geliebt ich war. Das konnt ich nie dir sagen, das sagt Diotima nur.

Hyperion an Diotima

Ich bin erwacht aus dem Tode des Abschieds, meine Diotima! gestärkt, wie aus dem Schlafe, richtet mein Geist sich auf.

Ich schreibe dir von einer Spitze der Epidaurischen Berge. Da dämmert fern in der Tiefe deine Insel, Diotima! und dorthinaus mein Stadium, wo ich siegen oder fallen muss. O Peloponnes! o ihr Quellen des Eurotas und Alpheus! Da wird es gelten! Aus den spartanischen Wäldern, da wird, wie ein Adler, der alte Landesgenius stürzen mit unsrem Heere, wie mit rauschenden Fittichen.

Meine Seele ist voll von Tatenlust und voll von Liebe, Diotima, und in die griechischen Täler blickt mein Auge hinaus, als sollt es magisch gebieten: steigt wieder empor, ihr Städte der Götter!

Ein Gott muss in mir sein, denn ich fühl auch unsere Trennung kaum. Wie die seligen Schatten am Lethe, lebt jetzt meine Seele mit deiner in himmlischer Freiheit und das Schicksal waltet über unsre Liebe nicht mehr.

Hyperion an Diotima

Ich bin jetzt mitten im Peloponnes. In derselben Hütte, worin ich heute übernachte, übernachtete ich einst, da ich, beinahe noch Knabe, mit Adamas diese Gegenden durchzog. Wie saß ich da so glücklich auf der Bank vor dem Hause und lauschte dem Geläute der fernher kommenden Karawane und dem Geplätscher des nahen Brunnens, der unter blühenden Akazien sein silbern Gewässer ins Becken goss.

Jetzt bin ich wieder glücklich. Ich wandere durch dies Land, wie durch Dodonas Hain, wo die Eichen tönten von ruhmweissagenden Sprüchen. Ich sehe nur Taten, vergangene, künftige, wenn ich auch vom Morgen bis zum Abend unter freiem Himmel wandre. Glaube mir, wer dieses Land durchreist, und noch ein Joch auf seinem Halse duldet, kein Pelopidas wird, der ist herzleer, oder ihm fehlt es am Verstande. – So lange schliefs – so lange schlich die Zeit, wie der Höllenfluss, trüb und stumm, in ödem Müßiggange vorüber? Und doch liegt alles bereit. Voll rächerischer Kräfte ist das Bergvolk hieherum, liegt da, wie eine schweigende Wetterwolke, die nur des Sturmwinds wartet, der sie treibt. Diotima! lass mich den Odem Gottes unter sie hauchen, lass mich ein Wort von Herzen an sie reden, Diotima.

Fürchte nichts! Sie werden so wild nicht sein. Ich kenne die rohe Natur. Sie höhnt der Vernunft, sie stehet aber im Bunde mit der Begeisterung. Wer nur mit ganzer Seele wirkt, irrt nie. Er bedarf des Klügelns nicht, denn keine Macht ist wider ihn.

Hyperion an Diotima

Morgen bin ich bei Alabanda. Es ist mir eine Lust, den Weg nach Koron zu erfragen, und ich frage öfter, als nötig ist. Ich möchte die Flügel der Sonne nehmen und hin zu ihm und doch zaudr ich auch so gerne und frage: wie wird er sein?

Der königliche Jüngling! warum bin ich später geboren? warum sprang ich nicht aus *Einer* Wiege mit ihm? Ich kann den Unterschied nicht leiden, der zwischen uns ist. O warum lebt ich, wie ein müßiger Hirtenknabe, zu Tina, und träumte nur von seinesgleichen noch erst, da er schon in lebendiger Arbeit die Natur erprüfte und mit Meer und Luft und allen Elementen schon rang? triebs denn in mir nach Tatenwonne nicht auch?

Aber ich will ihn einholen, ich will schnell sein. Beim Himmel! ich bin überreif zur Arbeit. Meine Seele tobt nur gegen sich selbst, wenn ich nicht bald durch ein lebendig Geschäft mich befreie.

Hohes Mädchen! wie konnt ich bestehen vor dir? Wie war dirs möglich, so ein tatlos Wesen zu lieben?

Hyperion an Diotima

Ich hab ihn, teure Diotima!

Leicht ist mir die Brust und schnell sind meine Sehnen, ha! und die Zukunft reizt mich, wie eine klare Wassertiefe uns reizt, hinein zu springen und das übermütige Blut im frischen Bade zu kühlen. Aber das ist Geschwätz. Wir sind uns lieber, als je, mein Alabanda und ich. Wir sind freier umeinander und doch ists alle die Fülle und Tiefe des Lebens, wie sonst.

O wie hatten die alten Tyrannen so recht, Freundschaften, wie die unsere, zu verbieten! Da ist man stark, wie ein Halbgott, und duldet nichts Unverschämtes in seinem Bezirke! –

Es war des Abends, da ich in sein Zimmer trat. Er hatte eben die Arbeit bei Seite gelegt, saß in einer mondhellen Ecke am Fenster und pflegte seiner Gedanken. Ich stand im Dunkeln, er erkannte mich nicht, sah unbekümmert gegen mich her. Der Himmel weiß, für wen er mich halten mochte. Nun, wie geht es? rief er. So ziemlich! sagt ich. Aber das Heucheln war umsonst. Meine Stimme war voll geheimen Frohlockens. Was ist das? fuhr er auf; bist du's? Ja wohl, du Blinder! rief ich, und flog ihm in die Arme. O nun! rief Alabanda endlich, nun soll es anders werden, Hyperion!

Das denk ich, sagt ich und schüttelte freudig seine Hand. – Kennst du mich denn noch, fuhr Alabanda fort nach einer Weile, hast du den alten frommen Glauben noch an Alabanda? Großmütiger! mir ist es nimmer indes so wohl gegangen, als da ich im Lichte deiner Liebe mich fühlte.

Wie? rief ich, fragt dies Alabanda? Das war nicht stolz gesprochen, Alabanda. Aber es ist das Zeichen dieser Zeit, dass die alte Heroennatur um Ehre betteln geht, und das lebendige Menschenherz, wie eine Waise, um einen Tropfen Liebe sich kümmert.

Lieber Junge! rief er; ich bin eben alt geworden. Das schlaffe Leben überall und die Geschichte mit den Alten, zu denen ich in Smyrna dich in die Schule bringen wollte –

O es ist bitter, rief ich; auch an diesen wagte sich die Todesgöttin, die Namenlose, die man Schicksal nennt.

Es wurde Licht gebracht und wir sahn von neuem mit leisem liebendem Forschen uns an. Die Gestalt des Teuren war sehr anders geworden seit den Tagen der Hoffnung. Wie die Mittagssonne vom bleichen Himmel, funkelte sein großes ewiglebendes Auge vom abgeblühten Gesichte mich an.

Guter! rief Alabanda mit freundlichem Unwillen, da ich ihn so ansah, lass die Wehmutsblicke, guter Junge! Ich weiß es wohl, ich bin herabgekommen. O mein Hyperion! ich sehne mich sehr nach etwas Großem und Wahrem und ich hoff es zu finden mit dir. Du bist mir über den Kopf gewachsen, du bist freier und stärker, wie ehmals und siehe! das freut mich herzlich. Ich bin das dürre Land und du kommst, wie ein glücklich Gewitter – o es ist herrlich, dass du da bist!

Stille! sagt ich, du nimmst mir die Sinnen, und wir sollten gar nicht von uns sprechen, bis wir im Leben, unter den Taten sind.

Jawohl! rief Alabanda freudig, erst, wenn das Jagdhorn schallt, da fühlen sich die Jäger.

Wirds denn bald angehn? sagt ich.

Es wird, rief Alabanda, und ich sage dir, Herz! es soll ein ziemlich Feuer werden. Ha! mags doch reichen bis an die Spitze des Turms und seine Fahne schmelzen und um ihn wüten und wogen, bis er berstet und stürzt! – und stoße dich nur an unsern Bundsgenossen nicht. Ich weiß es wohl, die guten Russen möchten uns gerne, wie Schießgewehre, brauchen. Aber lass das gut sein! haben nur erst unsere kräftigen Spartaner bei Gelegenheit erfahren, wer sie sind und was sie können, und haben wir so den Peloponnes erobert, so lachen wir dem Nordpol ins Angesicht und bilden uns ein eigenes Leben.

Ein eignes Leben, rief ich, ein neu, ein ehrsames Leben. Sind wir denn, wie ein Irrlicht aus dem Sumpfe geboren oder stammen wir von den Siegern bei Salamis ab? Wie ists denn nun? wie bist du denn zur Magd geworden, griechische freie Natur? wie bist du so herabgekommen, väterlich Geschlecht, von dem das Götterbild des Jupiter und des Apoll einst nur die Kopie war? – Aber höre mich, Ioniens Himmel! höre mich, Vaterlandserde, die du dich halbnackt, wie eine Bettlerin, mit den Lappen deiner alten Herrlichkeit umkleidest, ich will es länger nicht dulden!

O Sonne, die uns erzog! rief Alabanda, zusehn sollst du, wenn unter der Arbeit uns der Mut wächst, wenn unter den Schlägen des Schicksals unser Entwurf, wie das Eisen unter dem Hammer sich bildet.

Es entzündete einer den andern.

Und dass nur kein Flecken hängen bleibe, rief ich, kein Posse, womit uns das Jahrhundert, wie der Pöbel die Wände, bemalt! O, rief Alabanda, darum ist der Krieg auch so gut –

Recht, Alabanda, rief ich, so wie alle große Arbeit, wo des Menschen Kraft und Geist und keine Krücke und kein wächserner Flügel hilft. Da legen wir die Sklavenkleider ab, worauf das Schicksal uns sein Wappen gedrückt – Da gilt nichts Eitles und Anerzwungenes mehr, rief Alabanda, da gehn wir schmucklos, fessellos, nackt, wie im Wettlauf zu Nemea, zum Ziele. – Zum Ziele, rief ich, wo der junge Freistaat dämmert und das Pantheon alles Schönen aus griechischer Erde sich hebt.

Alabanda schwieg eine Weile. Eine neue Röte stieg auf in seinem Gesichte, und seine Gestalt wuchs, wie die erfrischte Pflanze, in die Höhe.

O Jugend! Jugend! rief er, dann will ich trinken aus deinem Quell, dann will ich leben und lieben. Ich bin sehr freudig, Himmel der Nacht, fuhr er, wie trunken, fort, indem er unter das Fenster trat, wie eine Rebenlaube, überwölbest du mich, und deine Sterne hängen, wie Trauben, herunter.

Hyperion an Diotima

Es ist mein Glück, dass ich in voller Arbeit lebe. Ich müsst in eine Torheit um die andere fallen, so voll ist meine Seele, so berauscht der Mensch mich, der wunderbare, der stolze, der nichts liebt, als mich und alle Demut, die in ihm ist, nur auf mich häuft. O Diotima! dieser Alabanda hat geweint vor mir, hat, wie ein Kind, mirs abgebeten, was er mir in Smyrna getan.

Wer bin ich dann, ihr Lieben, dass ich mein euch nenne, dass ich sagen darf, sie sind mein eigen, dass ich, wie ein Eroberer, zwischen euch steh und euch, wie meine Beute, umfasse.

O Diotima! o Alabanda! edle, ruhiggroße Wesen! wie muss ich vollenden, wenn ich nicht fliehn will vor meinem Glücke, vor euch?

Eben, während ich schrieb, erhielt ich deinen Brief, du liebe.

Traure nicht, holdes Wesen, traure nicht! Spare dich, unversehrt von Gram, den künftigen Vaterlandsfesten! Diotima! dem glühenden Festtag der Natur, dem spare dich auf und all den heitern Ehrentagen der Götter!

Siehest du Griechenland nicht schon?

O siehest du nicht, wie, froh der neuen Nachbarschaft, die ewigen Sterne lächeln über unsern Städten und Hainen, wie das alte Meer, wenn es unser Volk lustwandelnd am Ufer sieht, der schönen Athener wieder gedenkt und wieder Glück uns bringt, wie damals seinen Lieblingen, auf fröhlicher Woge?

Seelenvolles Mädchen! du bist so schön schon jetzt! wie wirst du dann erst, wenn das echte Klima dich nährt, in entzückender Glorie blühn!

Diotima an Hyperion

Ich hatte die meiste Zeit mich eingeschlossen, seit du fort bist, lieber Hyperion! Heute war ich wieder einmal draußen.

In holder Februarluft hab ich Leben gesammelt und bringe das gesammelte dir. Es hat auch mir noch wohlgetan, das frische Erwarmen des Himmels, noch hab ich sie mitgefühlt, die neue Wonne der Pflanzenwelt, der reinen, immergleichen, wo alles trauert und sich wieder freut zu seiner Zeit.

Hyperion! o mein Hyperion! warum gehn wir denn die stillen Lebenswege nicht auch? Es sind heilige Namen, Winter und Frühling und Sommer und Herbst! wir aber kennen sie nicht. Ist es nicht Sünde, zu trauern im Frühling? warum tun wir es dennoch?

Vergib mir! die Kinder der Erde leben durch die Sonne allein; ich lebe durch dich, ich habe andre Freuden, ist es denn ein Wunder, wenn ich andre Trauer habe? und muss ich trauern? muss ich denn?

Mutiger! lieber! sollt ich welken, wenn du glänzest? sollte mir das Herz ermatten, wenn die Siegslust dir in allen Sehnen erwacht? Hätt ich ehmals gehört, ein griechischer Jüngling mache sich auf, das gute Volk aus seiner Schmach zu ziehn, es der mütterlichen Schönheit, der es entstammte, wieder zu bringen, wie hätt ich aufgestaunt aus dem Traume der Kindheit und gedürstet nach dem Bilde des Teuren? und nun er da ist, nun er mein ist, kann ich noch weinen? o des albernen Mädchens! ist es denn nicht wirklich? ist er der Herrliche nicht, und ist er nicht mein! o ihr Schatten seliger Zeit! ihr meine trauten Erinnerungen!

Ist mir doch, als wär er kaum von gestern, jener Zauberabend, da der heilge Fremdling mir zum ersten Male begegnete, da er, wie ein trauernder Genius, hereinglänzt' in die Schatten des Walds, wo im Jugendtraume das unbekümmerte Mädchen saß – in der Mailuft kam er, in Ioniens zaubrischer Mailuft und sie macht' ihn blühender mir, sie lockt' ihm das Haar, entfaltet' ihm, wie Blumen, die Lippen, löst' in Lächeln die Wehmut auf und o ihr Strahlen des Himmels! wie leuchtet ihr aus diesen Augen mich an, aus diesen berauschenden Quellen, wo im Schatten umschirmender Bogen ewig Leben schimmert und wallt! –

Gute Götter! wie er schön ward mit dem Blick auf mich! wie der ganze Jüngling, eine Spanne größer geworden, in leichter Nerve dastand, nur dass ihm die lieben Arme, die bescheidnen, niedersanken, als wären sie nichts! und wie er drauf emporsah im Entzücken, als wär ich gen Himmel entflogen und nicht mehr da, ach! wie er nun in aller Herzensanmut lächelt' und errötete, da er wieder mich gewahr ward und unter den dämmernden Tränen sein Phöbusauge durchstrahlt', um zu fragen, bist du's? bist du es wirklich?

Und warum begegnet' er so frommen Sinnes, so voll lieben Aberglaubens mir? warum hatt er erst sein Haupt gesenkt, warum war der Götterjüngling so voll Sehnens und Trauerns? Sein Genius war zu selig, um allein zu bleiben, und zu arm die Welt, um ihn zu fassen. O es war ein liebes Bild, gewebt von Größe und Leiden! Aber nun ists anders! mit dem Leiden ists aus! Er hat zu tun bekommen, er ist der

Kranke nicht mehr! –

Ich war voll Seufzens, da ich anfing, dir zu schreiben, mein Geliebter! Jetzt bin ich lauter Freude. So spricht man über dir sich glücklich. Und siehe! so solls auch bleiben. Lebe wohl!

Hyperion an Diotima

Wir haben noch zu gutem Ende dein Fest gefeiert, schönes Leben! ehe der Lärm beginnt. Es war ein himmlischer Tag. Das holde Frühjahr weht' und glänzte vom Orient her, entlockt' uns deinen Namen, wie es den Bäumen die Blüten entlockt, und alle seligen Geheimnisse der Liebe entatmeten mir. Eine Liebe, wie die unsre, war dem Freunde nie erschienen, und es war entzückend, wie der stolze Mensch aufmerkte und Auge und Geist ihm glühte, dein Bild, dein Wesen zu fassen.

O, rief er endlich, da ists wohl der Mühe wert, für unser Griechenland zu streiten, wenn es solche Gewächse noch trägt!

Ja wohl, mein Alabanda, sagt ich; da gehn wir heiter in den Kampf, da treibt uns himmlisch Feuer zu Taten, wenn unser Geist vom Bilde solcher Naturen verjüngt ist, und da läuft man auch nach einem kleinen Ziele nicht, da sorgt man nicht für dies und das und künstelt, den Geist nicht achtend, von außen und trinkt um des Kelchs willen den Wein; da ruhn wir dann erst, Alabanda, wenn des Genius Wonne kein Geheimnis mehr ist, dann erst, wenn die Augen all in Triumphbogen sich wandeln, wo der Menschengeist, der langabwesende, hervorglänzt aus den Irren und Leiden und siegesfroh den väterlichen Äther grüßt. – Ha! an der Fahne allein soll niemand unser künftig Volk erkennen; es muss sich alles verjüngen, es muss von Grund aus anders sein; voll Ernsts die Lust und heiter alle Arbeit! nichts, auch das kleinste, das alltäglichste nicht ohne den Geist und die Götter! Lieb und Hass und jeder Laut von uns muss die gemeinere Welt befremden und auch kein Augenblick darf *Einmal* noch uns mahnen an die platte Vergangenheit!

Hyperion an Diotima

Der Vulkan bricht los. In Koron und Modon werden die Türken belagert und wir rücken mit unserem Bergvolk gegen den Peloponnes hinauf.

Nun hat die Schwermut all ein Ende, Diotima, und mein Geist ist fester und schneller, seit ich in lebendiger Arbeit bin und sieh! ich habe nun auch eine Tagesordnung.

Mit der Sonne beginn ich. Da geh ich hinaus, wo im Schatten des Walds mein Kriegsvolk liegt und grüße die tausend hellen Augen, die jetzt vor mir mit wilder Freundlichkeit sich auftun. Ein erwachendes Heer! ich kenne nichts gleiches und alles Leben in Städten und Dörfern ist, wie ein Bienenschwarm, dagegen.

Der Mensch kanns nicht verleugnen, dass er einst glücklich war, wie die Hirsche des Forsts und nach unzähligen Jahren klimmt noch in uns ein Sehnen nach den Tagen der Urwelt, wo jeder die Erde durchstreifte, wie ein Gott, eh, ich weiß nicht was? den Menschen zahm gemacht, und noch, statt Mauern und totem Holz, die Seele der Welt, die heilige Luft allgegenwärtig ihn umfing.

Diotima! mir geschieht oft wunderbar, wenn ich mein unbekümmert Volk durchgehe und, wie aus der Erde gewachsen, einer um den andern aufsteht und dem Morgenlicht entgegen sich dehnt, und unter den Haufen der Männer die knatternde Flamme emporsteigt, wo die Mutter sitzt mit dem frierenden Kindlein, wo die erquickende Speise kocht, indes die Rosse, den Tag witternd, schnauben und schrein, und der Wald ertönt von allerschütternder Kriegsmusik, und rings von Waffen schimmert und rauscht – aber das sind Worte und die eigne Lust von solchem Leben erzählt sich nicht.

Dann sammelt mein Haufe sich um mich her, mit Lust, und es ist wunderbar, wie auch die Ältesten und Trotzigsten in aller meiner Jugend mich ehren. Wir werden vertrauter und mancher erzählt, wies ihm erging im Leben und mein Herz schwillt oft von mancherlei Schicksal. Dann fang ich an, von besseren Tagen zu reden, und glänzend gehn die Augen ihnen auf, wenn sie des Bundes gedenken, der uns einigen soll, und das stolze Bild des werdenden Freistaats dämmert vor ihnen.

Alles für jeden und jeder für alle! Es ist ein freudiger Geist in den Worten und er ergreift auch immer meine Menschen, wie Göttergebot. O Diotima! so zu sehn, wie von Hoffnungen da die starre Natur erweicht und all ihre Pulse mächtiger schlagen und von Entwürfen die verdüsterte Stirne sich entfaltet und glänzt, so da zu stehn in einer Sphäre von Menschen, umrungen von Glauben und Lust, das ist doch mehr, als Erd und Himmel und Meer in aller ihrer Glorie zu schaun.

Dann üb ich sie in Waffen und Märschen bis um Mittag. Der frohe Mut macht sie gelehrig, wie er zum Meister mich macht. Bald stehn sie dichtgedrängt in mazedonischer Reih und regen den Arm nur, bald fliegen sie, wie Strahlen, auseinander zum gewagteren Streit in einzelnen Haufen, wo die geschmeidige Kraft in jeder Stelle sich ändert und jeder selbst sein Feldherr ist, und sammeln sich wieder in sicherem Punkt – und immer, wo sie gehen und stehn in solchem Waffentanze, schwebt ihnen und mir das Bild der Tyrannenknechte und der ernstere Walplatz vor Augen.

Drauf, wenn die Sonne heißer scheint, wird Rat gehalten im Innern des Walds und es ist Freude, so mit stillen Sinnen über der großen Zukunft zu walten. Wir nehmen dem Zufall die Kraft, wir meistern das Schicksal. Wir lassen Widerstand nach unserem Willen entstehn, wir reizen den Gegner zu dem, worauf wir gerüstet sind. Oder sehen wir zu und scheinen furchtsam und lassen ihn näher kommen, bis er das Haupt zum Schlag uns reicht, auch nehmen wir ihm mit Schnelle die Fassung und das ist meine Panazee. Doch halten die erfahrneren Ärzte nichts auf solche allesheilende Mittel.

Wie wohl ist dann des Abends mir bei meinem Alabanda, wenn wir zur Lust auf muntern Rossen die sonnenroten Hügel umschweifen, und auf den Gipfeln, wo wir weilen, die Luft in den Mähnen unserer Tiere spielt, und das freundliche Säuseln in unsere Gespräche sich mischt, indes wir hinaussehn in die Fernen von Sparta, die unser Kampfpreis sind! und wenn wir nun zurück sind und zusammensitzen in lieblicher Kühle der Nacht, wo uns der Becher duftet und das Mondlicht unser spärlich Mahl bescheint und mitten in unsrer lächelnden Stille die Geschichte der Alten, wie eine Wolke aufsteigt aus dem heiligen Boden, der uns trägt, wie selig ists da, in solchem Momente sich die Hände zu reichen!

Dann spricht wohl Alabanda noch von manchem, den die Langeweile des Jahrhunderts peinigt, von so mancher wunderbaren krummen Bahn, die sich das Leben bricht, seitdem sein grader Gang gehemmt ist, dann fällt mir auch mein Adamas ein, mit seinen Reisen, seiner eignen Sehnsucht in das innere Asien hinein – das sind nur Notbehelfe, guter Alter! möcht ich dann ihm rufen, komm! und baue deine Welt! mit uns! denn unsre Welt ist auch die deine.

Auch die deine, Diotima, denn sie ist die Kopie von dir. O du, mit deiner Elysiumsstille, könnten wir das schaffen, was du bist!

Hyperion an Diotima

Wir haben jetzt dreimal in einem fort gesiegt in kleinen Gefechten, wo aber die Kämpfer sich durchkreuzten, wie Blitze, und alles *Eine* verzehrende Flamme war. Navarin ist unser und wir stehen jetzt vor der Feste Misistra, dem Überreste des alten Sparta. Ich hab auch die Fahne, die ich einer albanischen Horde entriss, auf eine Ruine gepflanzt, die vor der Stadt liegt, habe vor Freude meinen türkischen Kopfbund in den Eurotas geworfen und trage seitdem den griechischen Helm.

Und nun möcht ich dich sehen, o Mädchen! sehen möcht ich dich und deine Hände nehmen und an mein Herz sie drücken, dem die Freude nun bald vielleicht zu groß ist! bald! in einer Woche vielleicht ist er befreit, der alte, edle, heilige Peloponnes.

O dann, du Teure! lehre mich fromm sein! dann lehre mein überwallend Herz ein Gebet! Ich sollte schweigen, denn was hab ich getan? und hätt ich etwas getan, wovon ich sprechen möchte, wieviel ist dennoch übrig? Aber was kann ich dafür, dass mein Gedanke schneller ist, wie die Zeit? Ich wollte so gern, es wäre umgekehrt und die Zeit und die Tat überflöge den Gedanken und der geflügelte Sieg übereilte die Hoffnung selbst.

Mein Alabanda blüht, wie ein Bräutigam. Aus jedem seiner Blicke lacht die kommende Welt mich an, und daran still ich noch die Ungeduld so ziemlich.

Diotima! ich möchte dieses werdende Glück nicht um die schönste Lebenszeit des alten Griechenlands vertauschen, und der kleinste unsrer Siege ist mir lieber, als Marathon und Thermopylä und Platea. Ists nicht wahr? Ist nicht dem Herzen das genesende Leben mehr wert, als das reine, das die Krankheit noch nicht kennt? Erst wenn die Jugend hin ist, lieben wir sie, und dann erst, wenn die verlorne wiederkehrt, beglückt sie alle Tiefen der Seele.

Am Eurotas stehet mein Zelt, und wenn ich nach Mitternacht erwache, rauscht der alte Flussgott mahnend mir vorüber, und lächelnd nehm ich die Blumen des

Ufers, und streue sie in seine glänzende Welle und sag ihm: Nimm es zum Zeichen, du Einsamer! Bald umblüht das alte Leben dich wieder.

Diotima an Hyperion

Ich habe die Briefe erhalten, mein Hyperion, die du unterwegens mir schriebst. Du ergreifst mich gewaltig mit allem, was du mir sagst, und mitten in meiner Liebe schaudert mich oft, den sanften Jüngling, der zu meinen Füßen geweint, in dieses rüstige Wesen verwandelt zu sehn.

Wirst du denn nicht die Liebe verlernen?

Aber wandle nur zu! Ich folge dir. Ich glaube, wenn du mich hassen könntest, würd ich auch da sogar dir nachempfinden, würde mir Mühe geben, dich zu hassen und so blieben unsre Seelen sich gleich und das ist kein eitelübertrieben Wort, Hyperion.

Ich bin auch selbst ganz anders, wie sonst. Mir mangelt der heitre Blick in die Welt und die freie Lust an allem Lebendigen. Nur das Feld der Sterne zieht mein Auge noch an. Dagegen denk ich um so lieber an die großen Geister der Vorwelt und wie sie geendet haben auf Erden, und die hohen spartanischen Frauen haben mein Herz gewonnen. Dabei vergess ich nicht die neuen Kämpfer, die kräftigen, deren Stunde gekommen ist, oft hör ich ihren Siegslärm durch den Peloponnes herauf mir näher brausen und näher, oft seh ich sie, wie eine Katarakte, dort herunterwogen durch die Epidaurischen Wälder und ihre Waffen fernher glänzen im Sonnenlichte, das, wie ein Herold, sie geleitet, o mein Hyperion! und du kömmst geschwinde nach Kalaurea herüber und grüßest die stillen Wälder unserer Liebe, grüßest mich, und fliegst nun wieder zu deiner Arbeit zurück; – und denkst du, ich fürchte den Ausgang? Liebster! manchmal wills mich überfallen, aber meine größern Gedanken halten, wie Flammen, den Frost ab. –

Lebe wohl! vollende, wie es der Geist dir gebeut! und lass den Krieg zu lange nicht dauern, um des Friedens willen, Hyperion, um des schönen, neuen, goldenen Friedens willen, wo, wie du sagtest, einst in unser Rechtsbuch eingeschrieben werden die Gesetze der Natur, und wo das Leben selbst, wo sie, die göttliche Natur, die in kein Buch geschrieben werden kann, im Herzen der Gemeinde sein wird. Lebe wohl.

Hyperion an Diotima

Du hättest mich besänftigen sollen, meine Diotima! hättest sagen sollen, ich möchte mich nicht übereilen, möchte dem Schicksal nach und nach den Sieg abnötigen, wie kargen Schuldnern die Summe. O Mädchen! stille zu stehn, ist schlimmer, wie alles. Mir trocknet das Blut in den Adern, so dürst ich, weiterzukommen und muss hier müßig stehn, muss belagern und belagern, den einen Tag, wie den andern. Unser Volk will stürmen, aber das würde die aufgeregten Gemüter zum Rausch erhitzen und wehe dann unsern Hoffnungen, wenn das wilde Wesen aufgärt und die Zucht und die Liebe zerreißt.

Ich weiß nicht, es kann nur noch einige Tage dauern, so muss Misistra sich ergeben, aber ich wollte, wir wären weiter. Im Lager hier ists mir, wie in gewitterhafter Luft. Ich bin ungeduldig, auch meine Leute gefallen mir nicht. Es ist ein furchtbarer Mutwill unter ihnen.

Aber ich bin nicht klug, dass ich so viel aus meiner Laune mache. Und das alte Lacedämon ists ja doch wohl wert, dass man ein wenig Sorge leidet, eh man es hat.

Hyperion an Diotima

Es ist aus, Diotima! unsre Leute haben geplündert, gemordet, ohne Unterschied, auch unsre Brüder sind erschlagen, die Griechen in Misistra, die Unschuldigen, oder irren sie hilflos herum und ihre tote Jammermiene ruft Himmel und Erde zur Rache gegen die Barbaren, an deren Spitze ich war.

Nun kann ich hingehn und von meiner guten Sache predigen. O nun fliegen alle Herzen mir zu!

Aber ich habs auch klug gemacht. Ich habe meine Leute gekannt. In der Tat! es war ein außerordentlich Projekt, durch eine Räuberbande mein Elysium zu pflanzen.

Nein! bei der heiligen Nemesis! mir ist recht geschehn und ich wills auch dulden, dulden will ich, bis der Schmerz mein letzt Bewusstsein mir zerreißt.

Denkst du, ich tobe? Ich habe eine ehrsame Wunde, die einer meiner Getreuen mir schlug, indem ich den Greuel abwehrte. Wenn ich tobte, so riss' ich die Binde von ihr, und so ränne mein Blut, wohin es gehört, in diese trauernde Erde.

Diese trauernde Erde! die nackte! so ich kleiden wollte mit heiligen Hainen, so ich schmücken wollte mit allen Blumen des griechischen Lebens!

O es wäre schön gewesen, meine Diotima.

Nennst du mich mutlos? Liebes Mädchen! es ist des Unheils zu viel. An allen Enden brechen wütende Haufen herein; wie eine Seuche, tobt die Raubgier in Morea und wer nicht auch das Schwert ergreift, wird verjagt, geschlachtet und dabei sagen die Rasenden, sie fechten für unsre Freiheit. Andre des rohen Volks sind von dem Sultan bestellt und treibens, wie jene.

Eben hör ich, unser ehrlos Heer sei nun zerstreut. Die Feigen begegneten bei Tripolissa einem albanischen Haufen, der um die Hälfte geringer an Zahl war. Weils aber nichts zu plündern gab, so liefen die Elenden alle davon. Die Russen, die mit uns den Feldzug wagten, vierzig brave Männer, hielten allein aus, fanden auch alle den Tod.

Und so bin ich nun mit meinem Alabanda wieder einsam, wie zuvor. Seitdem der Treue mich fallen und bluten sah in Misistra, hat er alles andre vergessen, seine Hoffnungen, seine Siegslust, seine Verzweiflung. Der Ergrimmte, der unter die Plünderer stürzte, wie ein strafender Gott, der führte nun so sanft mich aus dem Getümmel, und seine Tränen netzten mein Kleid. Er blieb auch bei mir in der Hütte, wo ich seitdem lag und ich freue mich nun erst recht darüber. Denn wär er mit fortgezogen, so läg er jetzt bei Tripolissa im Staub.

Wie es weiter werden soll, das weiß ich nicht. Das Schicksal stößt mich ins Ungewisse hinaus und ich hab es verdient; von dir verbannt mich meine eigene Scham und wer weiß, wie lange?

Ach! ich habe dir ein Griechenland versprochen und du bekommst ein Klaglied nun dafür. Sei selbst dein Trost!

Hyperion an Diotima

Ich bringe mich mit Mühe zu Worten.

Man spricht wohl gerne, man plaudert, wie die Vögel, solange die Welt, wie Mailuft, einen anweht; aber zwischen Mittag und Abend kann es anders werden, und was ist verloren am Ende?

Glaube mir und denk, ich sags aus tiefer Seele dir: die Sprache ist ein großer Überfluss. Das Beste bleibt doch immer für sich und ruht in seiner Tiefe, wie die Perle im Grunde des Meers. – Doch was ich eigentlich dir schreiben wollte, weil doch einmal das Gemälde seinen Rahmen und der Mann sein Tagwerk haben muss, so will ich noch auf eine Zeitlang Dienste nehmen bei der russischen Flotte; denn mit den Griechen hab ich weiter nichts zu tun.

O teures Mädchen! es ist sehr finster um mich geworden!

Hyperion an Diotima

Ich habe gezaudert, gekämpft. Doch endlich muss es sein.

Ich sehe, was notwendig ist, und weil ich es sehe, so soll es auch werden. Missdeute mich nicht! verdamme mich nicht! ich muss dir raten, dass du mich verlässest, meine Diotima.

Ich bin für dich nichts mehr, du holdes Wesen! Dies Herz ist dir versiegt, und meine Augen sehen das Lebendige nicht mehr. O meine Lippen sind verdorrt; der Liebe süßer Hauch quillt mir im Busen nicht mehr.

Ein Tag hat alle Jugend mir genommen; am Eurotas hat mein Leben sich müde geweint, ach! am Eurotas, der in rettungsloser Schmach an Lacedämons Schutt vorüberklagt, mit allen seinen Wellen. Da, da hat mich das Schicksal abgeerntet. – Soll ich deine Liebe, wie ein Almosen, besitzen? – Ich bin so gar nichts, bin so ruhmlos, wie der ärmste Knecht. Ich bin verbannt, verflucht, wie ein gemeiner Rebell und mancher Grieche in Morea wird von unsern Heldentaten, wie von einer Diebsgeschichte, seinen Kindeskindern künftighin erzählen.

Ach! und eines hab ich lange dir verschwiegen. Feierlich verstieß mein Vater mich, verwies mich ohne Rückkehr aus dem Hause meiner Jugend, will mich nimmer wieder sehen, nicht in diesem, noch im andern Leben, wie er sagt. So lautet die

Antwort auf den Brief, worin ich mein Beginnen ihm geschrieben. Nun lass dich nur das Mitleid nimmer irre führen. Glaube mir, es bleibt uns überall noch eine Freude. Der echte Schmerz begeistert. Wer auf sein Elend tritt, steht höher. Und das ist herrlich, dass wir erst im Leiden recht der Seele Freiheit fühlen. Freiheit! wer das Wort versteht – es ist ein tiefes Wort, Diotima. Ich bin so innigst angefochten, bin so unerhört gekränkt, bin ohne Hoffnung, ohne Ziel, bin gänzlich ehrlos, und doch ist eine Macht in mir, ein Unbezwingliches, das mein Gebein mit süßen Schauern durchdringt, so oft es rege wird in mir.

Auch hab ich meinen Alabanda noch. Der hat so wenig zu gewinnen, als ich selbst. Den kann ich ohne Schaden mir behalten. Ach! der königliche Jüngling hätt ein besser Los verdient. Er ist so sanft geworden und so still. Das will mir oft das Herz zerreißen. Aber einer erhält den andern. Wir sagen uns nichts; was sollten wir uns sagen? aber es ist denn doch ein Segen in manchem kleinen Liebesdienste, den wir uns leisten.

Da schläft er und lächelt genügsam, mitten in unsrem Schicksal. Der Gute! er weiß nicht, was ich tue. Er würd es nicht dulden. Du musst an Diotima schreiben, gebot er mir, und musst ihr sagen, dass sie bald mit dir sich aufmacht, in ein leidlicher Land zu fliehn. Aber er weiß nicht, dass ein Herz, das so verzweifeln lernte, wie seines und wie meines, der Geliebten nichts mehr ist. Nein! nein! du fändest ewig keinen Frieden bei Hyperion, du müsstest untreu werden und das will ich dir ersparen.

Und so lebe denn wohl, du süßes Mädchen! lebe wohl! Ich möchte dir sagen, gehe dahin, gehe dorthin; da rauschen die Quellen des Lebens. Ich möcht ein freier Land, ein Land voll Schönheit und voll Seele dir zeigen und sagen: dahin rette dich! Aber o Himmel! könnt ich dies, so wär ich auch ein andrer und so müsst ich auch nicht Abschied nehmen – Abschied nehmen? Ach! ich weiß nicht, was ich tue. Ich wähnte mich so gefasst, so besonnen. Jetzt schwindelt mir und mein Herz wirft sich umher, wie ein ungeduldiger Kranker. Weh über mich! ich richte meine letzte Freude zu Grunde. Aber es muss sein und das Ach! der Natur ist hier umsonst. Ich bins dir schuldig, und ich bin ja ohnedies dazu geboren, heimatlos und ohne Ruhestätte zu sein. O Erde! o ihr Sterne! werde ich nirgends wohnen am Ende?

Noch *Einmal* möcht ich wiederkehren an deinen Busen, wo es auch wäre! Ätheraugen! Einmal noch mir wieder begegnen in euch! an deinen Lippen hängen, du Liebliche! du Unaussprechliche! und in mich trinken dein entzückend heiligsüßes Leben – aber höre das nicht! ich bitte dich, achte das nicht! Ich würde sagen, ich sei ein Verführer, wenn du es hörtest. Du kennst mich, du verstehst mich. Du weißt, wie tief du mich achtest, wenn du mich nicht bedauerst, mich nicht hörst.

Ich kann, ich darf nicht mehr – wie mag der Priester leben, wo sein Gott nicht mehr ist? O Genius meines Volks! o Seele Griechenlands! ich muss hinab, ich muss im Totenreiche dich suchen.

Hyperion an Diotima

Ich habe lange gewartet, ich will es dir gestehn, ich habe sehnlich auf ein Ab-
schiedswort aus deinem Herzen gehofft, aber du schweigst. Auch das ist eine Sprache deiner schönen Seele, Diotima.

Nicht wahr, die heiligern Akkorde hören darum denn doch nicht auf? nicht wahr,
Diotima, wenn auch der Liebe sanftes Mondlicht untergeht, die höhern Sterne ihres
Himmels leuchten noch immer? O das ist ja meine letzte Freude, dass wir unzertrennlich sind, wenn auch kein Laut von dir zu mir, kein Schatten unsrer holden Ju-
gendtage mehr zurückkehrt!

Ich schaue hinaus in die abendrötliche See, ich strecke meine Arme aus nach der
Gegend, wo du ferne lebst und meine Seele erwarmt noch einmal an allen Freuden
der Liebe und Jugend.

O Erde! meine Wiege! alle Wonne und aller Schmerz ist in dem Abschied, den
wir von dir nehmen.

Ihr lieben Jonischen Inseln! und du, mein Kalaurea, und du, mein Tina, ihr seid
mir all im Auge, so fern ihr seid und mein Geist fliegt mit den Lüftchen über die
regen Gewässer; und die ihr dort zur Seite mir dämmert, ihr Ufer von Teos und
Ephesus, wo ich einst mit Alabanda ging in den Tagen der Hoffnung, ihr scheint
mir wieder, wie damals, und ich möcht hinüberschiffen ans Land und den Boden
küssen und den Boden erwärmen an meinem Busen, und alle süßen Abschiedsworte
stammeln vor der schweigenden Erde, eh ich auffliege ins Freie.

Schade, schade, dass es jetzt nicht besser zugeht unter den Menschen, sonst blieb'
ich gern auf diesem guten Stern. Aber ich kann dies Erdenrund entbehren, das ist
mehr, denn alles, was es geben kann.

Lass uns im Sonnenlicht, o Kind! die Knechtschaft dulden, sagte zu Polyxena die
Mutter, und ihre Lebensliebe konnte nicht schöner sprechen. Aber das Sonnenlicht,
das eben widerrät die Knechtschaft mir, das lässt mich auf der entwürdigten Erde
nicht bleiben und die heiligen Strahlen ziehn, wie Pfade, die zur Heimat führen,
mich an.

Seit langer Zeit ist mir die Majestät der schicksallosen Seele gegenwärtiger, als
alles andre gewesen; in herrlicher Einsamkeit hab ich manchmal in mir selber gelebt; ich bins gewohnt geworden, die Außendinge abzuschütteln, wie Flocken von
Schnee; wie sollt ich dann mich scheun, den sogenannten Tod zu suchen? hab ich
nicht tausendmal mich in Gedanken befreit, wie sollt ich denn anstehn, es einmal
wirklich zu tun? Sind wir denn, wie leibeigene Knechte, an den Boden gefesselt,
den wir pflügen? sind wir, wie zahmes Geflügel, das aus dem Hofe nicht laufen
darf, weils da gefüttert wird?

Wir sind, wie die jungen Adler, die der Vater aus dem Neste jagt, dass sie im hohen Äther nach Beute suchen.

Morgen schlägt sich unsre Flotte und der Kampf wird heiß genug sein. Ich be-
trachte diese Schlacht, wie ein Bad, den Staub mir abzuwaschen; und ich werde
wohl finden, was ich wünsche; Wünsche, wie meiner, gewähren an Ort und Stelle

sich leicht. Und so hätt ich doch am Ende durch meinen Feldzug etwas erreicht und sehe, dass unter Menschen keine Mühe vergebens ist.

Fromme Seele! ich möchte sagen, denke meiner, wenn du an mein Grab kommst. Aber sie werden mich wohl in die Meersflut werfen, und ich seh es gerne, wenn der Rest von mir da untersinkt, wo die Quellen all und die Ströme, die ich liebte, sich versammeln, und wo die Wetterwolke aufsteigt, und die Berge tränkt und die Tale, die ich liebte. Und wir? o Diotima! Diotima! wann sehn wir uns wieder?

Es ist unmöglich, und mein innerstes Leben empört sich, wenn ich denken will, als verlören wir uns. Ich würde Jahrtausende lang die Sterne durchwandern, in alle Formen mich kleiden, in alle Sprachen des Lebens, um dir *Einmal* wieder zu begegnen. Aber ich denke, was sich gleich ist, findet sich bald.

Große Seele! du wirst dich finden können in diesem Abschied und so lass mich wandern! Grüße deine Mutter! Grüße Notara und die andern Freunde!

Auch die Bäume grüße, wo ich dir zum ersten Male begegnete und die fröhlichen Bäche, wo wir gingen und die schönen Gärten von Angele, und lass, du Liebe! dir mein Bild dabei begegnen. Lebe wohl.

Zweites Buch

Hyperion an Bellarmin

Ich war in einem holden Traume, da ich die Briefe, die ich einst gewechselt, für dich abschrieb. Nun schreib ich wieder dir, mein Bellarmin! und führe weiter dich hinab, hinab bis in die tiefste Tiefe meiner Leiden, und dann, du letzter meiner Lieben! komm mit mir heraus zur Stelle, wo ein neuer Tag uns anglänzt.

Die Schlacht, wovon ich an Diotima geschrieben, begann. Die Schiffe der Türken hatten sich in den Kanal, zwischen die Insel Chios und die asiatische Küste hinein, geflüchtet, und standen am festen Lande hinauf bei Tschesme. Mein Admiral verließ mit seinem Schiffe, worauf ich war, die Reihe, und hub das Vorspiel an mit dem ersten Schiffe der Türken. Das grimmige Paar war gleich beim ersten Angriff bis zum Taumel erhitzt, es war ein rachetrunknes schreckliches Getümmel. Die Schiffe hingen bald mit ihrem Tauwerk aneinander fest; das wütende Gefecht ward immer enger und enger.

Ein tiefes Lebensgefühl durchdrang mich noch. Es war mir warm und wohl in allen Gliedern. Wie ein zärtlichscheidender, fühlte zum letzten Male sich in allen seinen Sinnen mein Geist. Und nun, voll heißen Unmuts, dass ich Besseres nicht wusste, denn mich schlachten zu lassen in einem Gedränge von Barbaren, mit zürnenden Tränen im Auge, stürmt ich hin, wo mir der Tod gewiss war.

Ich traf die Feinde nahe genug und von den Russen, die an meiner Seite fochten, war in wenig Augenblicken auch nicht *Einer* übrig. Ich stand allein da, voll Stolzes, und warf mein Leben, wie einen Bettlerpfenning, vor die Barbaren, aber sie wollten mich nicht. Sie sahen mich an, wie einen, an dem man sich zu versündigen fürchtet, und das Schicksal schien mich zu achten in meiner Verzweiflung.

Aus höchster Notwehr hieb denn endlich einer auf mich ein, und traf mich, dass ich stürzte. Mir wurde von da an nichts mehr bewusst, bis ich auf Paros, wohin ich übergeschifft war, wieder erwachte.

Von dem Diener, der mich aus der Schlacht trug, hört ich nachher, die beiden Schiffe, die den Kampf begonnen, seien in die Luft geflogen, den Augenblick darauf, nachdem er mit dem Wundarzt mich in einem Boote weggebracht. Die Russen hatten Feuer in das türkische Schiff geworfen, und weil ihr eignes an dem andern festhing, brannt es mit auf.

Wie diese fürchterliche Schlacht ein Ende nahm, ist dir bekannt. So straft ein Gift das andre, rief ich, da ich erfuhr, die Russen hätten die ganze türkische Flotte verbrannt – so rotten die Tyrannen sich selbst aus.

Hyperion an Bellarmin

Sechs Tage nach der Schlacht lag ich in einem peinlichen todähnlichen Schlaf. Mein Leben war, wie eine Nacht, von Schmerzen, wie von zückenden Blitzen, unterbrochen. Das Erste, was ich wieder erkannte, war Alabanda. Er war, wie ich erfuhr, nicht einen Augenblick von mir gewichen, hatte fast allein mich bedient, mit unbegreiflicher Geschäftigkeit, mit tausend zärtlichen häuslichen Sorgen, woran er sonst im Leben nie gedacht, und man hatt ihn auf den Knien vor meinem Bette rufen gehört: o lebe, mein Lieber! dass ich lebe!

Es war ein glücklich Erwachen, Bellarmin! da mein Auge nun wieder dem Lichte sich öffnete, und mit den Tränen des Wiedersehens der Herrliche vor mir stand.

Ich reicht ihm die Hand hin, und der Stolze küsste sie mit allen Entzücken der Liebe. Er lebt, rief er, o Retterin! o Natur! du gute, alles heilende! dein armes Paar, das vaterlandslose, das irre, verlässest doch du nicht! O ich will es nie vergessen, Hyperion! wie dein Schiff vor meinen Augen im Feuer aufging, und donnernd, in die rasende Flamme die Schiffer mit sich hinaufriss, und unter den wenigen geretteten kein Hyperion war. Ich war von Sinnen und der grimmige Schlachtlärm stillte mich nicht. Doch hört ich bald von dir und flog dir nach, sobald wir mit dem Feinde vollends fertig waren. –

Und wie er nun mich hütete! wie er mit liebender Vorsicht mich gefangen hielt in dem Zauberkreise seiner Gefälligkeiten! wie er, ohne ein Wort, mit seiner großen Ruhe mich lehrte, den freien Lauf der Welt neidlos und männlich zu verstehen!

O ihr Söhne der Sonne! ihr freieren Seelen! es ist viel verloren gegangen in diesem Alabanda. Ich suchte umsonst und flehte das Leben an, seit er fort ist; solch eine Römernatur hab ich nimmer gefunden. Der Sorgenfreie, der Tiefverständige, der Tapfre, der Edle! Wo ist ein Mann, wenn er's nicht war? Und wenn er freundlich war und fromm, da war's, wie wenn das Abendlicht im Dunkel der majestätischen Eiche spielt und ihre Blätter träufeln vom Gewitter des Tags.

Hyperion an Bellarmin

Es war in den schönen Tagen des Herbsts, da ich von meiner Wunde halbgenesen zum ersten Male wieder ans Fenster trat. Ich kam mit stilleren Sinnen wieder ins Leben und meine Seele war aufmerksamer geworden. Mit seinem leisesten Zauber wehte der Himmel mich an, und mild, wie ein Blütenregen, flossen die heitern Sonnenstrahlen herab. Es war ein großer, stiller, zärtlicher Geist in dieser Jahreszeit, und die Vollendungsruhe, die Wonne der Zeitigung in den säuselnden Zweigen umfing mich, wie die erneuerte Jugend, so die Alten in ihrem Elysium hofften.

Ich hatt es lange nicht mit reiner Seele genossen, das kindliche Leben der Welt, nun tat mein Auge sich auf mit aller Freude des Wiedersehens und die selige Natur war wandellos in ihrer Schöne geblieben. Meine Tränen flossen, wie ein Sühnopfer, vor ihr, und schaudernd stieg ein frisches Herz mir aus dem alten Unmut auf. O heilige Pflanzenwelt! rief ich, wir streben und sinnen und haben doch dich! wir ringen mit sterblichen Kräften Schönes zu baun, und es wächst doch sorglos neben uns auf! nicht wahr, Alabanda? für die Not zu sorgen, sind die Menschen gemacht, das übrige gibt sich selber. Und doch – ich kann es nicht vergessen, wie viel mehr ich gewollt. – Lass dir genug sein, Lieber! dass du bist, rief Alabanda, und störe dein stilles Wirken durch die Trauer nicht mehr.

Ich will auch ruhen, sagt ich. O ich will die Entwürfe, die Fordrungen alle, wie Schuldbriefe, zerreißen. Ich will mich rein erhalten, wie ein Künstler sich hält, dich will ich lieben, harmlos Leben, Leben des Hains und des Quells! dich will ich ehren, o Sonnenlicht! an dir mich stillen, schöner Äther, der die Sterne beseelt, und hier auch diese Bäume umatmet und hier im Innern der Brust uns berührt! o Eigensinn der Menschen! wie ein Bettler, hab ich den Nacken gesenkt und es sahen die schweigenden Götter der Natur mit allen ihren Gaben mich an! – Du lächelst, Alabanda? o wie oft, in unsern ersten Zeiten, hast du so gelächelt, wann dein Knabe vor dir plauderte, im trunknen Jugendmut, indes du da, wie eine stille Tempelsäule, standst, im Schutt der Welt, und leiden musstest, dass die wilden Ranken meiner Liebe dich umwuchsen – sieh! wie eine Binde fällts von meinen Augen und die alten goldenen Tage sind lebendig wieder da.

Ach! rief er, dieser Ernst, in dem wir lebten und diese Lebenslust!

Wenn wir jagten im Forst, rief ich, wenn in der Meersflut wir uns badeten, wenn wir sangen und tranken, wo durch den Lorbeerschatten die Sonn und der Wein und Augen und Lippen uns glänzten – es war ein einzig Leben und unser Geist umleuchtete, wie ein glänzender Himmel, unser jugendlich Glück. Drum lässt auch keiner von dem andern, sagte Alabanda.

O ich habe dir ein schwer Bekenntnis abzulegen, sagt ich. Wirst du mir es glauben, dass ich fort gewollt? von dir! dass ich gewaltsam meinen Tod gesucht! war das nicht herzlos? rasend? ach und meine Diotima! sie soll mich lassen, schrieb ich ihr, und drauf noch einen Brief, den Abend vor der Schlacht – und da schriebst du, rief er, dass du in der Schlacht dein Ende finden wolltest? o Hyperion! Doch hat sie wohl den letzten Brief noch nicht. Du musst nur eilen, ihr zu schreiben, dass du lebst.

Bester Alabanda! rief ich, das ist Trost! Ich schreibe gleich und schicke meinen Diener fort damit. O ich will ihm alles, was ich habe, bieten, dass er eilt und noch zu rechter Zeit nach Kalaurea kömmt. – Und den andern Brief, wo vom Entsagen die Rede war, versteht, vergibt die gute Seele dir leicht, setzt' er hinzu. Vergibt sie? rief ich; o ihr Hoffnungen alle! ja! wenn ich noch glücklich mit dem Engel würde!

Noch wirst du glücklich sein, rief Alabanda; noch ist die schönste Lebenszeit dir übrig. Ein Held ist der Jüngling, der Mann ein Gott, wenn ers erleben kann. – Es dämmerte mir wunderbar in der Seele bei seiner Rede. Der Bäume Gipfel schauerten leise; wie Blumen aus der dunklen Erde, sprossten Sterne aus dem Schoße der Nacht und des Himmels Frühling glänzt' in heiliger Freude mich an.

Hyperion an Bellarmin

Einige Augenblicke darauf, da ich eben an Diotima schreiben wollte, trat Alabanda freudig wieder ins Zimmer. Ein Brief, Hyperion! rief er; ich schrak zusammen und flog hinzu. – Wie lange, schrieb Diotima, muss ich leben ohne ein Zeichen von dir! Du schriebst mir von dem Schicksalstage in Misistra und ich antwortete schnell; doch allem nach erhieltst du meinen Brief nicht. Du schriebst mir bald darauf wieder, kurz und düster, und sagtest mir, du seiest gesonnen, auf die russische Flotte zu gehn; ich antwortete wieder; doch auch diesen Brief erhieltst du nicht; nun harrt auch ich vergebens, vom Mai bis jetzt zum Ende des Sommers, bis vor einigen Tagen der Brief kömmt, der mir sagt, ich möchte dir entsagen, Lieber!

Du hast auf mich gerechnet, hast mirs zugetraut, dass dieser Brief mich nicht beleidigen könne. Das freute mich herzlich, mitten in meiner Betrübnis.

Unglücklicher, hoher Geist! ich habe nur zu sehr dich gefasst. O es ist so ganz natürlich, dass du nimmer lieben willst, weil deine größern Wünsche verschmachten. Musst du denn nicht die Speise verschmähn, wenn du daran bist, Durstes zu sterben?

Ich wusste es bald; ich konnte dir nicht *Alles* sein. Konnt ich die Bande der Sterblichkeit dir lösen? konnt ich die Flamme der Brust dir stillen, für die kein Quell fleußt und kein Weinstock wächst? konnt ich die Freuden einer Welt in einer Schale dir reichen?

Das willst du. Das bedarfst du, und du kannst nicht anders. Die grenzenlose Unmacht deiner Zeitgenossen hat dich um dein Leben gebracht.

Wem einmal, so, wie dir, die ganze Seele beleidiget war, der ruht nicht mehr in einzelner Freude, wer so, wie du, das fade Nichts gefühlt, erheitert in höchstem Geiste sich nur, wer so den Tod erfuhr, wie du, erholt allein sich unter den Göttern.

Glücklich sind sie alle, die dich nicht verstehen! Wer dich versteht, muss deine Größe teilen und deine Verzweiflung.

Ich fand dich, wie du bist. Des Lebens erste Neugier trieb mich an das wunderbare Wesen. Unaussprechlich zog die zarte Seele mich an und kindischfurchtlos spielt ich um deine gefährliche Flamme. – Die schönen Freuden unserer Liebe sänftigten dich; böser Mann! nur, um dich wilder zu machen. Sie besänftigten, sie trösteten auch mich, sie machten mich vergessen, dass du im Grunde trostlos warst, und dass auch ich nicht fern war, es zu werden, seit ich dir in dein geliebtes Herz sah.

In Athen, bei den Trümmern des Olympion ergriff es mich von neuem. Ich hatte sonst wohl noch in einer leichten Stunde gedacht, des Jünglings Trauer sei doch wohl so ernst und unerbittlich nicht. Es ist so selten, dass ein Mensch mit dem ersten Schritt ins Leben so mit *Einmal,* so im kleinsten Punkt, so schnell, so tief das ganze Schicksal seiner Zeit empfand, und dass es unaustilgbar in ihm haftet, dies Gefühl, weil er nicht rau genug ist, um es auszustoßen, und nicht schwach genug, es auszuweinen, das, mein Teurer! ist so selten, dass es uns fast unnatürlich dünkt.

Nun, im Schutt des heiteren Athens, nun ging mirs selbst zu nah, wie sich das Blatt gewandt, dass jetzt die Toten oben über der Erde gehn und die Lebendigen, die Göttermenschen drunten sind, nun sah ichs auch zu wörtlich und zu wirklich dir aufs Angesicht geschrieben, nun gab ich dir auf ewig recht. Aber zugleich erschienst du mir auch größer. Ein Wesen voll geheimer Gewalt, voll tiefer unentwickelter Bedeutung, ein einzig hoffnungsvoller Jüngling schienst du mir. Zu wem so laut das Schicksal spricht, der darf auch lauter sprechen mit dem Schicksal, sagt ich mir; je unergründlicher er leidet, um so unergründlich mächtiger ist er. Von dir, von dir nur hofft ich alle Genesung. Ich sah dich reisen. Ich sah dich wirken. O der Verwandlung! Von dir gestiftet, grünte wieder des Akademus Hain über den horchenden Schülern und heilige Gespräche hörte, wie einst, der Ahorn des Ilissus wieder.

Den Ernst der Alten gewann in deiner Schule der Genius unserer Jünglinge bald, und seine vergänglichen Spiele wurden unsterblicher, denn er schämte sich, hielt für Gefangenschaft den Schmetterlingsflug. –

Dem hätt, ein Ross zu lenken, genügt; nun ist er ein Feldherr. Allzu genügsam hätte der ein eitel Liedchen gesungen; nun ist er ein Künstler. Denn die Kräfte der Helden, die Kräfte der Welt hattest du aufgetan vor ihnen in offenem Kampf; die Rätsel deines Herzens hattest du ihnen zu lösen gegeben; so lernten die Jünglinge Großes vereinen, lernten verstehn das Spiel der Natur, das seelenvolle, und vergaßen den Scherz. – Hyperion! Hyperion! hast du nicht mich, die Unmündige, zur Muse gemacht? So ergings auch den andern.

Ach! nun verließen so leicht sich nicht die geselligen Menschen; wie der Sand im Sturme der Wildnis irrten sie untereinander nicht mehr, noch höhnte sich Jugend und Alter, noch fehlt' ein Gastfreund dem Fremden und die Vaterlandsgenossen sonderten nimmer sich ab und die Liebenden entleideten alle sich nimmer; an deinen Quellen, Natur, erfrischten sie sich, ach! an den heiligen Freuden, die geheimnisvoll aus deiner Tiefe quillen und den Geist erneun; und die Götter erheiterten wieder die verwelkliche Seele der Menschen; es bewahrten die herzerhaltenden Götter jedes freundliche Bündnis unter ihnen. Denn du, Hyperion! hattest deinen Griechen das Auge geheilt, dass sie das Lebendige sahn, und die in ihnen, wie Feuer im Holze schlief, die Begeisterung hattest du entzündet, dass sie fühlten die stille stete Begeisterung der Natur und ihrer reinen Kinder. Ach! nun nahmen die Menschen die schöne Welt nicht mehr, wie Laien des Künstlers Gedicht, wenn sie die Worte loben und den Nutzen drin ersehn. Ein zauberisch Beispiel wurdest du, lebendige Natur! den Griechen, und entzündet von der ewigjungen Götter Glück war alles Menschentun, wie einst, ein Fest; und zu Taten geleitete, schöner als Kriegsmusik, die jungen Helden Helios Licht.

Stille! stille! Es war mein schönster Traum, mein erster und mein letzter. Du bist zu stolz, dich mit dem bübischen Geschlechte länger zu befassen. Du tust auch recht daran. Du führtest sie zur Freiheit und sie dachten an Raub. Du führst sie siegend in ihr altes Lacedämon ein und diese Ungeheuer plündern und verflucht bist du von deinem Vater, großer Sohn! und keine Wildnis, keine Höhle ist sicher genug für dich auf dieser griechischen Erde, die du, wie ein Heiligtum, geachtet, die du mehr, wie mich, geliebt.

O mein Hyperion! ich bin das sanfte Mädchen nicht mehr, seit ich das alles weiß. Die Entrüstung treibt mich aufwärts, dass ich kaum zur Erde sehen mag und unablässig zittert mein beleidigtes Herz.

Wir wollen uns trennen. Du hast recht. Ich will auch keine Kinder; denn ich gönne sie der Sklavenwelt nicht, und die armen Pflanzen welkten mir ja doch in dieser Dürre vor den Augen weg.

Lebe wohl! du teurer Jüngling! geh du dahin, wo es dir der Mühe wert scheint, deine Seele hinzugeben. Die Welt hat doch wohl *Einen* Walplatz, eine Opferstätte, wo du dich entledigen magst. Es wäre schade, wenn die guten Kräfte alle, wie ein Traumbild, so vergingen. Doch wie du auch ein Ende nimmst, du kehrest zu den Göttern, kehrst ins heilge, freie, jugendliche Leben der Natur, wovon du ausgingst, und das ist ja dein Verlangen nur und auch das meine.

So schrieb sie mir. Ich war erschüttert bis ins Mark, voll Schrecken und Lust, doch sucht ich mich zu fassen, um Worte zur Antwort zu finden.

Du willigest ein, Diotima? schrieb ich, du billigest mein Entsagen? konntest es begreifen? – Treue Seele! darein konntest du dich schicken? Auch in meine finstern Irren konntest du dich schicken, himmlische Geduld! und gabst dich hin, verdüstertest dich aus Liebe, glücklich Schoßkind der Natur! und wardst mir gleich und heiligtest durch deinen Beitritt meine Trauer? Schöne Heldin! welche Krone verdientest du?

Aber nun sei es auch des Trauerns genug, du Liebe! Du bist mir nachgefolgt in meine Nacht, nun komm! und lass mich dir zu deinem Lichte folgen, zu deiner Anmut lass uns wiederkehren, schönes Herz! o deine Ruhe lass mich wiedersehen, selige Natur! vor deinem Friedensbilde meinen Übermut auf immer mir entschlummern. Nicht wahr, du Teure! noch ist meine Rückkehr nicht zu spät, und du nimmst mich wieder auf und kannst mich wieder lieben, wie sonst? nicht wahr, noch ist das Glück vergangner Tage nicht für uns verloren?

Ich hab es bis aufs Äußerste getrieben. Ich habe sehr undankbar an der mütterlichen Erde gehandelt, habe mein Blut und alle Liebesgaben, die sie mir gegeben, wie einen Knechtlohn, weggeworfen und ach! wie tausendmal undankbarer an dir, du heilig Mädchen! das mich einst in seinen Frieden aufnahm, mich, ein scheu zerrissnes Wesen, dem aus tiefgepresster Brust sich kaum ein Jugendschimmer stahl, wie hie und da ein Grashalm auf zertretnen Wegen. Hattest du mich nicht ins Leben gerufen? war ich nicht dein? wie konnt ich denn – o du weißt es, wie ich hoffe, noch nicht, hast noch den Unglücksbrief nicht in den Händen, den ich vor der letzten Schlacht dir schrieb? Da wollt ich sterben, Diotima, und ich glaubt, ein heilig Werk zu tun. Aber wie kann das heilig sein, was Liebende trennt? wie kann das heilig sein, was unsers Lebens frommes Glück zerrüttet? – Diotima! schöngebornes Leben! ich bin dir jetzt dafür in deinem Eigensten um so ähnlicher geworden, ich hab es endlich achten gelernt, ich hab es bewahren gelernt, was gut und innig ist auf Erden. O wenn ich auch dort oben landen könnte an den glänzenden Inseln des Himmels, fänd ich mehr, als ich bei Diotima finde?

Höre mich nun, Geliebte! In Griechenland ist meines Bleibens nicht mehr. Das weißt du. Bei seinem Abschied hat mein Vater mir so viel von seinem Überflusse geschickt, als hinreicht, in ein heilig Tal der Alpen oder Pyrenäen uns zu flüchten, und da ein freundlich Haus und auch von grüner Erde so viel zu kaufen, als des Lebens goldene Mittelmäßigkeit bedarf.

Willst du, so komm ich gleich und führ an treuem Arme dich und deine Mutter und wir küssen Kalaureas Ufer und trocknen die Tränen uns ab, und eilen über den Isthmus hinein ans Adriatische Meer, von wo ein sicher Schiff uns weiter bringt. O komm! in den Tiefen der Gebirgswelt wird das Geheimnis unsers Herzens ruhn, wie das Edelgestein im Schacht, im Schoße der himmelragenden Wälder, da wird uns sein, wie unter den Säulen des innersten Tempels, wo die Götterlosen nicht nahn, und wir werden sitzen am Quell, in seinem Spiegel unsre Welt betrachten, den Himmel und Haus und Garten und uns. Oft werden wir in heiterer Nacht im Schatten unsers Obstwalds wandeln und den Gott in uns, den liebenden, belauschen, indes die Pflanze aus dem Mittagsschlummer ihr gesunken Haupt erhebt und deiner Blumen stilles Leben sich erfrischt, wenn sie im Tau die zarten Arme baden, und die Nachtluft kühlend sie umatmet und durchdringt, und über uns blüht die Wiese des Himmels mit all ihren funkelnden Blumen und seitwärts ahmt das Mondlicht hinter westlichem Gewölk den Niedergang des Sonnenjünglings, wie aus Liebe schüchtern nach – und dann des Morgens, wenn sich, wie ein Flussbett unser Tal mit warmem Lichte füllt, und still die goldne Flut durch unsre Bäume rinnt, und unser Haus umwallt und die lieblichen Zimmer, deine Schöpfung dir verschönt, und du in ihrem Sonnenglanze gehst und mir den Tag in deiner Grazie segnest, Liebe! wenn sich dann, indes wir so die Morgenwonne feiern, der Erde geschäftig Leben, wie ein Opferbrand, vor unsern Augen entzündet, und wir nun hingehn, um auch unser Tagwerk, um von uns auch einen Teil in die steigende Flamme zu werfen, wirst du da nicht sagen, wir sind glücklich, wir sind wieder, wie die alten Priester der Natur, die heiligen und frohen, die schon fromm gewesen, eh ein Tempel stand.

Hab ich genug gesagt? entscheide nun mein Schicksal, teures Mädchen, und bald! – Es ist ein Glück, dass ich noch halb ein Kranker bin, von der letzten Schlacht her, und dass ich noch aus meinem Dienste nicht entlassen bin; ich könnte sonst nicht bleiben, ich müsste selbst fort, müsste fragen, und das wäre nicht gut, das hieße dich bestürmen. –

Ach Diotima! bange törichte Gedanken fallen mir aufs Herz und doch – ich kann es nicht denken, dass auch diese Hoffnung scheitern soll.

Bist du denn nicht zu groß geworden, um noch wiederzukehren zu dem Glück der Erde? verzehrt die heftige Geistesflamme, die an deinem Leiden sich entzündete, verzehrt sie nicht alles Sterbliche dir?

Ich weiß es wohl, wer leicht sich mit der Welt entzweit, versöhnt auch leichter sich mit ihr. Aber du, mit deiner Kinderstille, du, so glücklich einst in deiner hohen Demut, Diotima! wer will dich versöhnen, wenn das Schicksal dich empört?

Liebes Leben! ist denn keine Heilkraft mehr für dich in mir? von allen Herzenslauten ruft dich keiner mehr zurück, ins menschliche Leben, wo du einst so lieblich mit gesenktem Fluge dich verweilt? o komm, o bleib in dieser Dämmerung! Dies Schattenland ist ja das Element der Liebe und hier nur rinnt der Wehmut stiller Tau vom Himmel deiner Augen.

Und denkst du unsrer goldenen Tage nicht mehr? der holdseligen, göttlichmelodischen? säuseln sie nicht aus allen Hainen von Kalaurea dich an?

Und sieh! es ist so manches in mir untergegangen, und ich habe der Hoffnungen nicht viele mehr. Dein Bild mit seinem Himmelssinne, hab ich noch, wie einen Hausgott, aus dem Brande gerettet. Unser Leben, unsers ist noch unverletzt in mir. Sollt ich nun hingehn und auch dies begraben? Soll ich ruhelos und ohne Ziel hinaus, von einer Fremde in die andre? Hab ich darum lieben gelernt? O nein! du Erste und du Letzte! Mein warst du, du wirst die Meine bleiben.

Hyperion an Bellarmin

Ich saß mit Alabanda auf einem Hügel der Gegend, in lieblichwärmender Sonn, und um uns spielte der Wind mit abgefallenem Laube. Das Land war stumm; nur hie und da ertönt' im Wald ein stürzender Baum, vom Landmann gefällt, und neben uns murmelte der vergängliche Regenbach hinab ins ruhige Meer.

Ich war so ziemlich sorglos; ich hoffte, nun meine Diotima bald zu sehn, nun bald mit ihr in stillem Glücke zu leben. Alabanda hatte die Zweifel alle mir ausgeredet; so sicher war er selbst hierüber. Auch er war heiter; nur in andrem Sinne. Die Zukunft hatte keine Macht mehr über ihn. O ich wusst es nicht; er war am Ende seiner Freuden, sah mit allen seinen Rechten an die Welt, mit seiner ganzen siegrischen Natur sich unnütz, wirkungslos und einsam, und das ließ er so geschehn, als wär ein zeitverkürzend Spiel verloren.

Jetzt kam ein Bote auf uns zu. Er bracht uns die Entlassung aus dem Kriegsdienst, um die wir beide bei der russischen Flotte gebeten, weil für uns nichts mehr zu tun war, was der Mühe wert schien. Ich konnte nun Paros verlassen, wenn ich wollte. Auch war ich nun zur Reise gesund genug. Ich wollte nicht auf Diotimas Antwort warten, wollte fort zu ihr, es war, als wenn ein Gott nach Kalaurea mich triebe. Wie das Alabanda von mir hörte, veränderte sich seine Farbe und er sah wehmütig mich an. So leicht wirds meinem Hyperion, rief er, seinen Alabanda zu verlassen?

Verlassen? sagt ich, wie denn das? O über euch Träumer! rief er, siehest du denn nicht, dass wir uns trennen müssen?

Wie sollt ichs sehen? erwidert ich; du sagst ja nichts davon; und was mir hie und da erschien an dir, das wie auf einen Abschied deutete, das nahm ich gerne für Laune, für Herzensüberfluss –

O ich kenn es, rief er, dieses Götterspiel der reichen Liebe, die sich selber Not schafft, um sich ihrer Fülle zu entladen und ich wollt, es wäre so mit mir, du Guter! aber hier ists Ernst!

Ernst? rief ich, und warum denn?

Darum, mein Hyperion, sagt' er sanft, weil ich dein künftig Glück nicht gerne stören möchte, weil ich Diotimas Nähe fürchten muss. Glaube mir, es ist gewagt, um Liebende zu leben, und ein tatlos Herz, wie meines nun ist, hält es schwerlich aus.

Ach guter Alabanda! sagt ich lächelnd, wie misskennst du dich! Du bist so wächsern nicht und deine feste Seele springt so leicht nicht über ihre Grenzen. Zum ersten Mal in deinem Leben bist du grillenhaft. Du machtest hier bei mir den Krankenwärter und man sieht, wie wenig du dazu geboren bist. Das Stillesitzen hat dich scheu gemacht –

Siehst du? rief er, das ists eben. Werd ich tätiger leben mit euch? und wenn es eine Andre wäre! aber diese Diotima! kann ich anders? kann ich sie mit halber Seele fühlen? sie, die um und um so innig *Eines* ist, *Ein* göttlich ungeteiltes Leben? Glaube mir, es ist ein kindischer Versuch, dies Wesen sehn zu wollen ohne Liebe. Du blickst mich an, als kenntest du mich nicht? Bin ich doch selbst mir fremd geworden, diese letzten Tage, seit ihr Wesen so lebendig ist in mir.

O warum kann ich sie dir nicht schenken? rief ich.

Lass das! sagt' er. Tröste mich nicht, denn hier ist nichts zu trösten. Ich bin einsam, einsam, und mein Leben geht, wie eine Sanduhr, aus.

Große Seele! rief ich, muss es dahin mit dir kommen?

Sei zufrieden! sagt' er. Ich fing schon an zu welken, da wir in Smyrna uns fanden. Ja! da ich noch ein Schiffsjung war und stark und schnell der Geist und alle Glieder mir wurden bei rauer Kost, in mutiger Arbeit! Wenn ich da in heiterer Luft nach einer Sturmnacht oben am Gipfel des Masts hing, unter der wehenden Flagge, und dem Seegevögel nach hinaussah über die glänzende Tiefe, wenn in der Schlacht oft unsre zornigen Schiffe die See durchwühlten, wie der Zahn des Ebers die Erd und ich an meines Hauptmanns Seite stand mit hellem Blick – da lebt ich, o da lebt ich! Und lange nachher, da der junge Tiniote mir nun am Smyrner Strande begegnete, mit seinem Ernste, seiner Liebe, und meine verhärtete Seele wieder aufgetaut war von den Blicken des Jünglings und lieben lernt' und heilig halten alles, was zu gut ist, um beherrscht zu werden, da ich mit ihm ein neues Leben begann, und neue seelenvollere Kräfte mir keimten zum Genusse der Welt und zum Kampfe mit ihr, da hofft ich wieder – ach! und alles was ich hofft und hatte, war an dich gekettet; ich riss dich an mich, wollte mit Gewalt dich in mein Schicksal ziehn, verlor dich, fand dich wieder, unsre Freundschaft nur war meine Welt, mein Wert, mein Ruhm; nun ists auch damit aus, auf immer und all mein Dasein ist vergebens.

Ist denn das wahr? erwidert ich mit Seufzen.

Wahr, wie die Sonne, rief er, aber lass das gut sein! es ist für alles gesorgt.

Wie so, mein Alabanda? sagt ich.

Lass mich dir erzählen, sagt' er. Ich habe noch nie dir ganz von einer gewissen Sache gesprochen. Und dann – so stillt es auch dich und mich ein wenig, wenn wir sprechen von Vergangenem.

Ich ging einst hilflos an dem Hafen von Triest. Das Kaperschiff, worauf ich diente, war einige Jahre zuvor gescheitert, und ich hatte kaum mit wenigen ans Ufer von Sevilla mich gerettet. Mein Hauptmann war ertrunken und mein Leben und mein triefend Kleid war alles, was mir blieb. Ich zog mich aus und ruht im Sonnenschein und trocknete die Kleider an den Sträuchen. Drauf ging ich weiter auf der Straße nach der Stadt. Noch vor den Toren sah ich heitere Gesellschaft in den Gärten, ging hinein, und sang ein griechisch lustig Lied. Ein trauriges kannt ich nicht. Ich glühte dabei vor Scham und Schmerz, mein Unglück so zur Schau zu tragen. Ich war ein achtzehnjähriger Knabe, wild und stolz, und hasst es wie den Tod, zum Gegenstande der Menschen zu werden. Vergebt mir, sagt ich, da ich fertig war mit meinem Liede; ich komme so eben aus dem Schiffbruch und weiß der Welt für heute keinen

134

bessern Dienst zu tun, als ihr zu singen. Ich hatte das, so gut es ging, in spanischer Sprache gesagt. Ein Mann mit ausgezeichnetem Gesichte trat mir näher, gab mir Geld und sagt' in unserer Sprache mit Lächeln: Da! kauf einen Schleifstein dir dafür und lerne Messer schärfen und wandre so durchs feste Land. Der Rat gefiel mir. Herr! das will ich in der Tat; erwidert ich. Noch wurd ich reichlich von den übrigen beschenkt und ging und tat, wie mir der Mann geraten hatte, und trieb mich so in Spanien und Frankreich einige Zeit herum.

Was ich in dieser Zeit erfuhr, wie an der Knechtschaft tausendfältigen Gestalten meine Freiheitsliebe sich schärft' und wie aus mancher harten Not mir Lebensmut und kluger Sinn erwuchs, das hab ich oft mit Freude dir gesagt.

Ich trieb mein wandernd schuldlos Tagewerk mit Lust, doch wurd es endlich mir verbittert.

Man nahm es für Maske, weil ich nicht gemein genug daneben aussehn mochte, man bildete sich ein, ich treib im stillen ein gefährlicher Geschäft, und wirklich wurd ich zweimal in Verhaft genommen. Das bewog mich dann, es aufzugeben und ich trat mit wenig Gelde, das ich mir gewonnen, meine Rückkehr an zur Heimat, der ich einst entlaufen war. Schon war ich in Triest und wollte durch Dalmatien hinunter. Da befiel mich von der harten Reise eine Krankheit und mein kleiner Reichtum ging darüber auf. So ging ich halbgenesen traurig an dem Hafen von Triest. Mit einmal stand der Mann vor mir, der an dem Ufer von Sevilla meiner einst sich angenommen hatte. Er freute sich sonderbar, mich wieder zu sehen, sagte mir, dass er sich meiner oft erinnert und fragte mich, wie mirs indes ergangen sei. Ich sagt ihm alles. Ich sehe, rief er, dass es nicht umsonst war, dich ein wenig in die Schule des Schicksals zu schicken. Du hast dulden gelernt, du sollst nun wirken, wenn du willst.

Die Rede, sein Ton, sein Händedruck, seine Miene, sein Blick, das alles traf, wie eines Gottes Macht, mein Wesen, das von manchem Leiden jetzt gerad entzündbarer, als je, war, und ich gab mich hin.

Der Mann, Hyperion, von dem ich spreche, war von jenen einer, die du in Smyrna bei mir sahst. Er führte gleich die Nacht darauf in eine feierliche Gesellschaft mich ein. Ein Schauer überlief mich, da ich in den Saal trat und beim Eintritt mein Begleiter mir die ernsten Männer wies und sagte: Dies ist der Bund der Nemesis. Berauscht vom großen Wirkungskreise, der vor mir sich auftat, übermacht ich feierlich mein Blut und meine Seele diesen Männern. Bald nachher wurde die Versammlung aufgehoben, um in Jahren anderswo sich zu erneuern und ein jeder trat den angewiesenen Weg an, den er durch die Welt zu machen hatte. Ich wurde denen beigesellt, die du in Smyrna einige Jahre nachher bei mir fandst.

Der Zwang, worin ich lebte, folterte mich oft, auch sah ich wenig von den großen Wirkungen des Bundes und meine Tatenlust fand kahle Nahrung. Doch all dies reichte nicht hin, um mich zu einem Abfall zu vermögen. Die Leidenschaft zu dir verleitete mich endlich. Ich habs dir oft gesagt, ich war wie ohne Luft und Sonne, da du fort warst; und anders hatt ich keine Wahl; ich musste dich aufgeben, oder meinen Bund. Was ich erwählte, siehst du.

Aber alles Tun des Menschen hat am Ende seine Strafe, und nur die Götter und die Kinder trifft die Nemesis nicht.

Ich zog das Götterrecht des Herzens vor. Um meines Lieblings willen brach ich meinen Eid. War das nicht billig? muss das edelste Sehnen nicht das freieste sein? – Mein Herz hat mich beim Worte genommen; ich gab ihm Freiheit und du siehst, es braucht sie.

Huldige dem Genius *Einmal* und er achtet dir kein sterblich Hindernis mehr und reißt dir alle Bande des Lebens entzwei.

Verpflichtung brach ich um des Freundes willen, Freundschaft würd ich brechen um der Liebe willen. Um Diotimas willen würd ich dich betrügen und am Ende mich und Diotima morden, weil wir doch nicht *Eines* wären. Aber es soll nicht seinen Gang gehn; soll ich büßen, was ich tat, so will ich es mit Freiheit; meine eignen Richter wähl ich mir; an denen ich gefehlt, die sollen mich haben.

Sprichst du von deinen Bundesbrüdern? rief ich; o mein Alabanda! tue das nicht!

Was können sie mir nehmen, als mein Blut? erwidert' er. Dann fasst' er sanft mich bei der Hand. Hyperion! rief er, meine Zeit ist aus, und was mir übrig bleibt, ist nur ein edles Ende. Lass mich! mache mich nicht klein und fasse Glauben an mein Wort! Ich weiß so gut, wie du, ich könnte mir ein Dasein noch erkünsteln, könnte, weil des Lebens Mahl verzehrt ist, mit den Brosamen noch spielen, aber das ist meine Sache nicht; auch nicht die deine. Brauch ich mehr zu sagen? Sprech ich nicht aus deiner Seele dir? Ich dürste nach Luft, nach Kühlung, Hyperion! Meine Seele wallt mir über von selbst und hält im alten Kreise nicht mehr. Bald kommen ja die schönen Wintertage, wo die dunkle Erde nichts mehr ist, als die Folie des leuchtenden Himmels, da wär es gute Zeit, da blinken ohnedies gastfreundlicher die Inseln des Lichts! – dich wundert die Rede? Liebster! alle Scheidenden sprechen, wie Trunkne, und nehmen gerne sich festlich. Wenn der Baum zu welken anfängt, tragen nicht alle seine Blätter die Farbe des Morgenrots?

Große Seele, rief ich, muss ich Mitleid für dich tragen?

Ich fühlt an seiner Höhe, wie tief er litt. Ich hatte solches Weh im Leben nie erfahren. Und doch, o Bellarmin! doch fühlt ich auch die Größe aller Freuden, solch ein Götterbild in Augen und Armen zu haben. Ja! stirb nur, rief ich, stirb! Dein Herz ist herrlich genug, dein Leben ist reif, wie die Trauben am Herbsttag. Geh, Vollendeter! ich ginge mit dir, wenn es keine Diotima gäbe.

Hab ich dich nun? erwidert' Alabanda, sprichst du so? wie tief, wie seelenvoll wird alles, wenn mein Hyperion es einmal fasst! Er schmeichelt, rief ich, um das unbesonnene Wort zum zweiten Male mir abzulocken! gute Götter! um von mir Erlaubnis zu gewinnen zu der Reise nach dem Blutgericht!

Ich schmeichle nicht, erwidert' er mit Ernst, ich hab ein Recht, zu tun, was du verhindern willst, und kein gemeines! ehre das!

Es war ein Feuer in seinen Augen, das, wie ein Göttergebot, mich niederschlug und ich schämte mich, nur ein Wort noch gegen ihn zu sagen.

Sie werden es nicht, dacht ich mitunter, sie können es nicht. Es ist zu sinnlos, solch ein herrlich Leben hinzuschlachten, wie ein Opfertier, und dieser Glaube machte mich ruhig.

Es war ein eigner Gewinn, ihn noch zu hören, in der Nacht darauf, nachdem ein jeder für seine eigne Reise gesorgt, und wir vor Tagesanbruch wieder hinausgegangen waren, um noch einmal allein zusammen zu sein.

Weißt du, sagt' er unter andrem, warum ich nie den Tod geachtet? Ich fühl in mir ein Leben, das kein Gott geschaffen, und kein Sterblicher gezeugt. Ich glaube, dass wir durch uns selber sind, und nur aus freier Lust so innig mit dem All verbunden.

So etwas hab ich nie von dir gehört, erwidert ich.

Was wär auch, fuhr er fort, was wär auch diese Welt, wenn sie nicht wär ein Einklang freier Wesen? wenn nicht aus eignem frohem Triebe die Lebendigen von Anbeginn in ihr zusammenwirkten in *Ein* vollstimmig Leben, wie hölzern wäre sie, wie kalt? welch herzlos Machwerk wäre sie?

So wär es hier im höchsten Sinne wahr, erwidert ich, dass ohne Freiheit alles tot ist.

Jawohl, rief er, wächst doch kein Grashalm auf, wenn nicht ein eigner Lebenskeim in ihm ist! wie viel mehr in mir! und darum, Lieber! weil ich frei im höchsten Sinne, weil ich anfangslos mich fühle, darum glaub ich, dass ich endlos, dass ich unzerstörbar bin. Hat mich eines Töpfers Hand gemacht, so mag er sein Gefäß zerschlagen, wie es ihm gefällt. Doch was da lebt, muss unerzeugt, muss göttlicher Natur in seinem Keime sein, erhaben über alle Macht, und alle Kunst, und darum unverletzlich, ewig.

Jeder hat seine Mysterien, lieber Hyperion! seine geheimern Gedanken; dies waren die meinen; seit ich denke.

Was lebt, ist unvertilgbar, bleibt in seiner tiefsten Knechtsform frei, bleibt *Eins* und wenn du es scheidest bis auf den Grund, bleibt unverwundet und wenn du bis ins Mark es zerschlägst und sein Wesen entfliegt dir siegend unter den Händen. – Aber der Morgenwind regt sich; unsre Schiffe sind wach. O mein Hyperion! ich hab es überwunden; ich hab es über mich vermocht, das Todesurteil über mein Herz zu sprechen und dich und mich zu trennen, Liebling meines Lebens! schone mich nun! erspare mir den Abschied! lass uns schnell sein! komm! –

Mir flog es kalt durch alle Gebeine, da er so begann.

O um deiner Treue willen, Alabanda! rief ich vor ihm niedergeworfen, muss es, muss es denn sein? Du übertäubtest mich unredlicherweise, du rissest in einen Taumel mich hin. Bruder! nicht so viel Besinnung ließest du mir, um eigentlich zu fragen, wohin gehst du?

Ich darf den Ort nicht nennen, liebes Herz! erwidert' er; wir sehn vielleicht uns dennoch einmal wieder.

Wiedersehn? erwidert ich; so bin ich ja um einen Glauben reicher! und so werd ich reicher werden und reicher an Glauben und am Ende wird mir alles Glaube sein.

Lieber! rief er, lass uns still sein, wo die Worte nichts helfen! lass uns männlich enden! Du verdirbst die letzten Augenblicke dir.

Wir waren so dem Hafen näher gekommen.

Noch Eines! sagt' er, da wir nun bei seinem Schiffe waren. Grüße deine Diotima! Liebt euch! werdet glücklich, schöne Seelen!

137

O mein Alabanda! rief ich, warum kann ich nicht an deiner Stelle gehn? Dein Beruf ist schöner, erwidert' er; behalt ihn! ihr gehörst du, jenes holde Wesen ist von nun an deine Welt – ach! weil kein Glück ist ohne Opfer, nimm als Opfer mich, o Schicksal, an, und lass die Liebenden in ihrer Freude! –

Sein Herz fing an, ihn zu überwältigen und er riss sich von mir und sprang ins Schiff, um sich und mir den Abschied abzukürzen. Ich fühlte diesen Augenblick, wie einen Wetterschlag, dem Nacht und Totenstille folgte, aber mitten in dieser Vernichtung raffte meine Seele sich auf, ihn zu halten, den teuren Scheidenden und meine Arme zückten von selbst nach ihm. Weh! Alabanda! Alabanda! rief ich, und ein dumpfes Lebewohl hört ich vom Schiffe herüber.

Hyperion an Bellarmin

Zufällig hielt das Fahrzeug, das nach Kalaurea mich bringen sollte, noch bis zum Abend sich auf, nachdem Alabanda schon den Morgen seinen Weg gegangen war.

Ich blieb am Ufer, blickte still, von den Schmerzen des Abschieds müd, in die See, von einer Stunde zur andern. Die Leidenstage der langsam sterbenden Jugend überzählte mein Geist, und irre, wie die schöne Taube, schwebt' er über dem Künftigen. Ich wollte mich stärken, ich nahm mein längstvergessenes Lautenspiel hervor, um mir ein Schicksalslied zu singen, das ich einst in glücklicher unverständiger Jugend meinem Adamas nachgesprochen.

Ihr wandelt droben im Licht
Auf weichem Boden, selige Genien!
Glänzende Götterlüfte
Rühren euch leicht,
Wie die Finger der Künstlerin
Heilige Saiten.

Schicksallos, wie der schlafende
Säugling, atmen die Himmlischen;
Keusch bewahrt
In bescheidener Knospe,
Blühet ewig
Ihnen der Geist,
Und die seligen Augen
Blicken in stiller
Ewiger Klarheit.

Doch uns ist gegeben,
Auf keiner Stätte zu ruhn,
Es schwinden, es fallen
Die leidenden Menschen
Blindlings von einer

Stunde zur andern,
Wie Wasser von Klippe
Zu Klippe geworfen,
Jahr lang ins Ungewisse hinab.

So sang ich in die Saiten. Ich hatte kaum geendet, als ein Boot einlief, wo ich meinen Diener gleich erkannte, der mir einen Brief von Diotima überbrachte.

So bist du noch auf Erden? schrieb sie, und siehest das Tageslicht noch? Ich
dachte dich anderswo zu finden, mein Lieber! Ich habe früher, als du nachher
wünschtest, den Brief erhalten, den du vor der Schlacht bei Tschesme schriebst und
so lebt ich eine Woche lang in der Meinung, du habst dem Tod dich in die Arme geworfen, ehe dein Diener ankam mit der frohen Botschaft, dass du noch lebest. Ich
hatt auch ohnedies noch einige Tage nach der Schlacht gehört, das Schiff, worauf
ich dich wusste, sei mit aller Mannschaft in die Luft geflogen.

Aber o süße Stimme! noch hört ich dich wieder, noch einmal rührte, wie Mailuft,
mich die Sprache des Lieben, und deine schöne Hoffnungsfreude, das holde Phantom unsers künftigen Glücks, hat einen Augenblick auch mich getäuscht.

Lieber Träumer, warum muss ich dich wecken? warum kann ich nicht sagen,
komm, und mache wahr die schönen Tage, die du mir verheißen! Aber es ist zu
spät, Hyperion, es ist zu spät. Dein Mädchen ist verwelkt, seitdem du fort bist, ein
Feuer in mir hat mählich mich verzehrt, und nur ein kleiner Rest ist übrig. Entsetze
dich nicht! Es läutert sich alles Natürliche, und überall windet die Blüte des Lebens
freier und freier vom gröbern Stoffe sich los.

Liebster Hyperion! du dachtest wohl nicht, mein Schwanenlied in diesem Jahre
zu hören.

Fortsetzung

Bald, da du fort warst, und noch in den Tagen des Abschieds fing es an. Eine Kraft
im Geiste, vor der ich erschrak, ein innres Leben, vor dem das Leben der Erd er-
blasst' und schwand, wie Nachtlampen im Morgenrot – soll ichs sagen? ich hätte
mögen nach Delphi gehn und dem Gott der Begeisterung einen Tempel bauen unter
den Felsen des alten Parnass, und, eine neue Pythia, die schlaffen Völker mit Göt-
tersprüchen entzünden, und meine Seele weiß, den Gottverlassnen allen hätte der
jungfräuliche Mund die Augen geöffnet und die dumpfen Stirnen entfaltet, so
mächtig war der Geist des Lebens in mir! Doch müder und müder wurden die sterblichen Glieder und die ängstigende Schwere zog mich unerbittlich hinab. Ach! oft
in meiner stillen Laube hab ich um der Jugend Rosen geweint! sie welkten und
welkten, und nur von Tränen färbte deines Mädchens Wange sich rot. Es waren die
vorigen Bäume noch, es war die vorige Laube – da stand einst deine Diotima, dein
Kind, Hyperion, vor deinen glücklichen Augen, eine Blume unter den Blumen und
die Kräfte der Erde und des Himmels trafen sich friedlich zusammen in ihr; nun
ging sie, eine Fremdlingin unter den Knospen des Mais, und ihre Vertrauten, die
lieblichen Pflanzen, nickten ihr freundlich, sie aber konnte nur trauern; doch ging

ich keine vorüber, doch nahm ich einen Abschied um den andern von all den Jugendgespielen, den Hainen und Quellen und säuselnden Hügeln.

Ach! oft mit schwerer süßer Mühe bin ich noch, so lang ichs konnte, auf die Höhe gegangen, wo du bei Notara gewohnt, und habe von dir mit dem Freunde gesprochen, so leichten Sinns, als möglich war, damit er nichts von mir dir schreiben sollte; bald aber, wenn das Herz zu laut ward, schlich die Heuchlerin sich hinaus in den Garten, und da war ich nun am Geländer, über dem Felsen, wo ich einst mit dir hinab sah, und hinaus in die offne Natur, ach! wo ich stand, von deinen Händen gehalten, von deinen Augen umlauscht, im ersten schaudernden Erwarmen der Liebe und die überwallende Seele auszugießen wünschte, wie einen Opferwein, in den Abgrund des Lebens, da wankt ich nun umher und klagte dem Winde mein Leid, und wie ein scheuer Vogel, irrte mein Blick und wagt' es kaum, die schöne Erde anzusehn, von der ich scheiden sollte.

Fortsetzung

So ists mit deinem Mädchen geworden, Hyperion. Frage nicht wie? erkläre diesen Tod dir nicht! Wer solch ein Schicksal zu ergründen denkt, der flucht am Ende sich und allem, und doch hat keine Seele Schuld daran.

Soll ich sagen, mich habe der Gram um dich getötet? o nein! o nein! er war mir ja willkommen, dieser Gram, er gab dem Tode, den ich in mir trug, Gestalt und Anmut; deinem Lieblinge zur Ehre stirbst du, konnt ich nun mir sagen. –

Oder ist mir meine Seele zu reif geworden in all den Begeisterungen unserer Liebe und hält sie darum mir nun, wie ein übermütiger Jüngling, in der bescheidenen Heimat nicht mehr? sprich! war es meines Herzens Üppigkeit, die mich entzweite mit dem sterblichen, Leben? ist die Natur in mir durch dich, du Herrlicher! zu stolz geworden, um sichs länger gefallen zu lassen auf diesem mittelmäßigen Sterne? Aber hast du sie fliegen gelehrt, warum lehrst du meine Seele nicht auch, dir wiederzukehren? Hast du das ätherliebende Feuer angezündet, warum hütetest du mir es nicht? – Höre mich, Lieber! um deiner schönen Seele willen! klage du dich über meinem Tode nicht an!

Konntest du denn mich halten, als dein Schicksal dir denselben Weg wies? und, hättst du im Heldenkampfe deines Herzens mir geprediget – lass dir genügen, Kind! und schick in die Zeit dich – wärst du nicht der eitelste von allen eiteln gewesen?

Fortsetzung

Ich will es dir gerade sagen, was ich glaube. Dein Feuer lebt' in mir, dein Geist war in mich übergegangen; aber das hätte schwerlich geschadet, und nur dein Schicksal hat mein neues Leben mir tödlich gemacht. Zu mächtig war mir meine Seele durch dich, sie wäre durch dich auch wieder stille geworden. Du entzogst mein Leben der Erde, du hättest auch Macht gehabt, mich an die Erde zu fesseln, du hättest meine Seele, wie in einen Zauberkreis, in deine umfangenden Arme gebannt; ach! *Einer* deiner Herzensblicke hätte mich fest gehalten, *Eine* deiner Liebesreden hätte mich wieder zum frohen gesunden Kinde gemacht; doch da dein eigen Schicksal dich in Geisteseinsamkeit, wie Wasserflut auf Bergesgipfel trieb, o da erst, als ich vollends meinte, dir habe das Wetter der Schlacht den Kerker gesprengt und mein Hyperion sei aufgeflogen in die alte Freiheit, da entschied sich es mit mir und wird nun bald sich enden.

Ich habe viele Worte gemacht, und stillschweigend starb die große Römerin doch, da im Todeskampf ihr Brutus und das Vaterland rang. Was konnt ich aber bessers in den besten meiner letzten Lebenstage tun? – Auch treibt michs immer, mancherlei zu sagen. Stille war mein Leben; mein Tod ist beredt. Genug!

Fortsetzung

Nur *Eines* muss ich dir noch sagen.

Du müsstest untergehn, verzweifeln müsstest du, doch wird der Geist dich retten. Dich wird kein Lorbeer trösten und kein Myrtenkranz; der Olymp wirds, der lebendige, gegenwärtige, der ewig jugendlich um alle Sinne dir blüht. Die schöne Welt ist mein Olymp; in diesem wirst du leben, und mit den heiligen Wesen der Welt, mit den Göttern der Natur, mit diesen wirst du freudig sein.

O seid willkommen, ihr Guten, ihr Treuen! ihr Tiefvermissten, Verkannten! Kinder und Älteste! Sonn und Erd und Äther mit allen lebenden Seelen, die um euch spielen, die ihr umspielt, in ewiger Liebe! o nehmt die allesversuchenden Menschen, nehmt die Flüchtlinge wieder in die Götterfamilie, nehmt in die Heimat der Natur sie auf, aus der sie entwichen! –

Du kennst dies Wort, Hyperion! Du hast es angefangen in mir. Du wirsts vollenden in dir, und dann erst ruhn.

Ich habe genug daran, um freudig, als ein griechisch Mädchen zu sterben.

Die Armen, die nichts kennen, als ihr dürftig Machwerk, die der Not nur dienen und den Genius verschmähn, und dich nicht ehren, kindlich Leben der Natur! die mögen vor dem Tode sich fürchten. Ihr Joch ist ihre Welt geworden; Besseres, als ihren Knechtsdienst, kennen sie nicht; scheun die Götterfreiheit, die der Tod uns gibt?

Ich aber nicht! ich habe mich des Stückwerks überhoben, das die Menschenhände gemacht, ich hab es gefühlt, das Leben der Natur, das höher ist, denn alle Gedanken – wenn ich auch zur Pflanze würde, wäre denn der Schade so groß? – Ich werde sein. Wie sollt ich mich verlieren aus der Sphäre des Lebens, worin die ewige Liebe, die allen gemein ist, die Naturen alle zusammenhält? wie sollt ich scheiden aus dem Bunde, der die Wesen alle verknüpft? Der bricht so leicht nicht, wie die losen Bande dieser Zeit. Der ist nicht, wie ein Markttag, wo das Volk zusammenläuft und lärmt und auseinandergeht. Nein! bei dem Geiste, der uns einiget, bei dem Gottesgeiste, der jedem eigen ist und allen gemein! nein! nein! im Bunde der Natur ist Treue kein Traum. Wir trennen uns nur, um inniger einig zu sein, göttlicher friedlich mit allem, mit uns. Wir sterben, um zu leben.

Ich werde sein; ich frage nicht, was ich werde. Zu sein, zu leben, das ist genug, das ist die Ehre der Götter; und darum ist sich alles gleich, was nur ein Leben ist, in der göttlichen Welt, und es gibt in ihr nicht Herren und Knechte. Es leben umeinander die Naturen, wie Liebende; sie haben alles gemein, Geist, Freude und ewige Jugend.

Beständigkeit haben die Sterne gewählt, in stiller Lebensfülle wallen sie stets und kennen das Alter nicht. Wir stellen im Wechsel das Vollendete dar; in wandelnde Melodien teilen wir die großen Akkorde der Freude. Wie Harfenspieler um die Throne der Ältesten, leben wir, selbst göttlich, um die stillen Götter der Welt, mit dem flüchtigen Lebensliede mildern wir den seligen Ernst des Sonnengotts und der andern.

Sieh auf in die Welt! Ist sie nicht, wie ein wandelnder Triumphzug, wo die Natur den ewigen Sieg über alle Verderbnis feiert? und führt nicht zur Verherrlichung das Leben den Tod mit sich, in goldenen Ketten, wie der Feldherr einst die gefangenen Könige mit sich geführt? und wir, wir sind wie die Jungfrauen und die Jünglinge, die mit Tanz und Gesang, in wechselnden Gestalten und Tönen den majestätischen Zug geleiten.

Nun lass mich schweigen. Mehr zu sagen, wäre zu viel. Wir werden wohl uns wieder begegnen. –

Trauernder Jüngling! bald, bald wirst du glücklicher sein. Dir ist dein Lorbeer nicht gereift und deine Myrten verblühten, denn Priester sollst du sein der göttlichen Natur, und die dichterischen Tage keimen dir schon.

O könnt ich dich sehn in deiner künftigen Schöne! Lebe wohl.

Zugleich erhielt ich einen Brief von Notara, worin er mir schrieb:
Den Tag, nachdem sie dir zum letzten Mal geschrieben, wurde sie ganz ruhig, sprach noch wenig Worte, sagte dann auch, dass sie lieber möcht im Feuer von der Erde scheiden, als begraben sein, und ihre Asche sollten wir in eine Urne sammeln, und in den Wald sie stellen, an den Ort, wo du, mein Teurer! ihr zuerst begegnet wärst. Bald darauf, da es anfing, dunkel zu werden, sagte sie uns gute Nacht, als wenn sie schlafen möcht, und schlug die Arme um ihr schönes Haupt; bis gegen Morgen hörten wir sie atmen. Da es dann ganz stille wurde und ich nichts mehr hörte, ging ich hin zu ihr und lauschte.

O Hyperion! was soll ich weiter sagen? Es war aus und unsre Klagen weckten sie nicht mehr.

Es ist ein furchtbares Geheimnis, dass ein solches Leben sterben soll und ich will es dir gestehn, ich selber habe weder Sinn noch Glauben, seit ich das mit ansah.

Doch immer besser ist ein schöner Tod, Hyperion! denn solch ein schläfrig Leben, wie das unsre nun ist.

Die Fliegen abzuwehren, das ist künftig unsre Arbeit und zu nagen an den Dingen der Welt, wie Kinder an der dürren Feigenwurzel, das ist endlich unsre Freude. Alt zu werden unter jugendlichen Völkern, scheint mir eine Lust, doch alt zu werden, da wo alles alt ist, scheint mir schlimmer, denn alles. –

Ich möchte fast dir raten, mein Hyperion! dass du nicht hieher kommst. Ich kenne dich. Es würde dir die Sinne nehmen. Überdies bist du nicht sicher hier. Mein Teurer! denk an Diotimas Mutter, denk an mich und schone dich!

Ich will es dir gestehn, mir schaudert, wenn ich dein Schicksal überdenke. Aber ich meine doch auch, der brennende Sommer trockne nicht die tiefern Quellen, nur den seichten Regenbach aus. Ich habe dich in Augenblicken gesehn, Hyperion! wo du mir ein höher Wesen schienst. Du bist nun auf der Probe, und es muss sich zeigen, wer du bist. Leb wohl.

So schrieb Notara; und du fragst, mein Bellarmin! wie jetzt mir ist, indem ich dies erzähle?

Bester! ich bin ruhig, denn ich will nichts Bessers haben, als die Götter. Muss nicht alles leiden? Und je trefflicher es ist, je tiefer! Leidet nicht die heilige Natur? O meine Gottheit! dass du trauern könntest, wie du selig bist, das konnt ich lange nicht fassen. Aber die Wonne, die nicht leidet, ist Schlaf, und ohne Tod ist kein Leben. Solltest du ewig sein, wie ein Kind und schlummern, dem Nichts gleich? den Sieg entbehren? nicht die Vollendungen alle durchlaufen? Ja! ja! wert ist der Schmerz, am Herzen der Menschen zu liegen, und dein Vertrauter zu sein, o Natur! Denn er nur führt von einer Wonne zur andern, und es ist kein andrer Gefährte, denn er. –

Damals schrieb ich an Notara, als ich wieder anfing aufzuleben, von Sizilien aus, wohin ein Schiff von Paros mich zuerst gebracht:

Ich habe dir gehorcht, mein Teurer! bin schon weit von euch und will dir nun auch Nachricht geben; aber schwer wird mir das Wort; das darf ich wohl gestehen. Die Seligen, wo Diotima nun ist, sprechen nicht viel; in meiner Nacht, in der Tiefe der Traurenden, ist auch die Rede am Ende.

Einen schönen Tod ist meine Diotima gestorben; da hast du recht; das ists auch, was mich aufweckt, und meine Seele mir wiedergibt.

Aber es ist die vorige Welt nicht mehr, zu der ich wiederkehre. Ein Fremdling bin ich, wie die Unbegrabnen, wenn sie herauf vom Acheron kommen, und wär ich auch auf meiner heimatlichen Insel, in den Gärten meiner Jugend, die mein Vater mir verschließt, ach! dennoch, dennoch, wär ich auf der Erd ein Fremdling und kein Gott knüpft ans Vergangne mich mehr.

Ja! es ist alles vorbei. Das muss ich nur recht oft mir sagen, muss damit die Seele mir binden, dass sie ruhig bleibt, sich nicht erhitzt in ungereimten kindischen Versuchen.

Es ist alles vorbei; und wenn ich gleich auch weinen könnte, schöne Gottheit, wie du um Adonis einst geweint, doch kehrt mir meine Diotima nicht wieder und meines Herzens Wort hat seine Kraft verloren, denn es hören mich die Lüfte nur.

O Gott! und dass ich selbst nichts bin, und der gemeinste Handarbeiter sagen kann, er habe mehr getan, denn ich! dass sie sich trösten dürfen, die Geistesarmen, und lächeln und Träumer mich schelten, weil meine Taten mir nicht reiften, weil meine Arme nicht frei sind, weil meine Zeit dem wütenden Prokrustes gleicht, der Männer, die er fing, in eine Kinderwiege warf, und dass sie passten in das kleine Bett, die Glieder ihnen abhieb.

Wär es nur nicht gar zu trostlos, allein sich unter die närrische Menge zu werfen und zerrissen zu werden von ihr! oder müsst ein edel Blut sich nur nicht schämen, mit dem Knechtsblut sich zu mischen! o gäb es eine Fahne, Götter! wo mein Alabanda dienen möcht, ein Thermopylä, wo ich mit Ehren sie verbluten könnte, all die einsame Liebe, die mir nimmer brauchbar ist! Noch besser wär es freilich, wenn ich leben könnte, leben, in den neuen Tempeln, in der neuversammelten Agora unsers Volks mit großer Lust den großen Kummer stillen; aber davon schweig ich, denn ich weine nur die Kraft mir vollends aus, wenn ich an alles denke.

Ach Notara! auch mit mir ists aus; verleidet ist mir meine eigne Seele, weil ich ihrs vorwerfen muss, dass Diotima tot ist, und die Gedanken meiner Jugend, die ich groß geachtet, gelten mir nichts mehr. Haben sie doch meine Diotima mir vergiftet!

Und nun sage mir, wo ist noch eine Zuflucht? – Gestern war ich auf dem Ätna droben. Da fiel der große Sizilianer mir ein, der einst des Stundenzählens satt, vertraut mit der Seele der Welt, in seiner kühnen Lebenslust sich da hinabwarf in die herrlichen Flammen, denn der kalte Dichter hätte müssen am Feuer sich wärmen, sagt' ein Spötter ihm nach.

O wie gerne hätt ich solchen Spott auf mich geladen! aber man muss sich höher achten, denn ich mich achte, um so ungerufen der Natur ans Herz zu fliegen, oder wie du es sonst noch heißen magst, denn wirklich! wie ich jetzt bin, hab ich keinen Namen für die Dinge und es ist mir alles ungewiss.

Notara! und nun sage mir, wo ist noch Zuflucht?

In Kalaureas Wäldern? – Ja! im grünen Dunkel dort, wo unsre Bäume, die Vertrauten unsrer Liebe stehn, wo, wie ein Abendrot, ihr sterbend Laub auf Diotimas Urne fällt und ihre schönen Häupter sich auf Diotimas Urne neigen, mählich alternd, bis auch sie zusammensinken über der geliebten Asche, – da, da könnt ich wohl nach meinem Sinne wohnen!

Aber du rätst mir, wegzubleiben, meinst, ich sei nicht sicher in Kalaurea und das mag so sein.

Ich weiß es wohl, du wirst an Alabanda mich verweisen. Aber höre nur! zertrümmert ist er! verwittert ist der feste, schlanke Stamm, auch er, und die Buben werden die Späne auflesen und damit ein lustig Feuer sich machen. Er ist fort; er hat gewisse gute Freunde, die ihn erleichtern werden, die ganz eigentlich geschickt sind, jedem abzuhelfen, dem das Leben etwas schwer aufliegt; zu diesen ist er auf Besuch gegangen, und warum? weil sonst nichts für ihn zu tun ist, oder, wenn du alles wissen willst, weil eine Leidenschaft am Herzen ihm nagt, und weißt du auch für wen? für Diotima, die er noch im Leben glaubt, vermählt mit mir und glücklich – armer Alabanda! nun gehört sie dir und mir!

Er fuhr nach Osten hinaus und ich, ich schiffe nach Nordwest, weil es die Gelegenheit so haben will. –

Und nun lebt wohl, ihr Alle! all ihr Teuern, die ihr mir am Herzen gelegen, Freunde meiner Jugend und ihr Eltern und ihr lieben Griechen all, ihr Leidenden!

Ihr Lüfte, die ihr mich genährt, in zarter Kindheit, und ihr dunkeln Lorbeerwälder und ihr Uferfelsen und ihr majestätischen Gewässer, die ihr Großes ahnen meinen Geist gelehrt – und ach! ihr Trauerbilder, ihr, wo meine Schwermut anhub, heilige Mauern, womit die Heldenstädte sich umgürtet und ihr alten Tore, die manch schö-

144

ner Wanderer durchzog, ihr Tempelsäulen und du Schutt der Götter! und du, o Diotima! und ihr Täler meiner Liebe, und ihr Bäche, die ihr sonst die selige Gestalt gesehn, ihr Bäume, wo sie sich erheitert, ihr Frühlinge, wo sie gelebt, die Holde mit den Blumen, scheidet, scheidet nicht aus mir! doch, soll es sein, ihr süßen Angedenken! so erlöscht auch ihr und lasst mich, denn es kann der Mensch nichts ändern und das Licht des Lebens kommt und scheidet, wie es will.

Hyperion an Bellarmin

So kam ich unter die Deutschen. Ich forderte nicht viel und war gefasst, noch weniger zu finden. Demütig kam ich, wie der heimatlose blinde Ödipus zum Tore von Athen, wo ihn der Götterhain empfing; und schöne Seelen ihm begegneten –

Wie anders ging es mir!

Barbaren von alters her, durch Fleiß und Wissenschaft und selbst durch Religion barbarischer geworden, tiefunfähig jedes göttlichen Gefühls, verdorben bis ins Mark zum Glück der heiligen Grazien, in jedem Grad der Übertreibung und der Ärmlichkeit beleidigend für jede gutgeartete Seele, dumpf und harmonielos, wie die Scherben eines weggeworfenen Gefäßes – das, mein Bellarmin! waren meine Tröster.

Es ist ein hartes Wort und dennoch sag ichs, weil es Wahrheit ist: ich kann kein Volk mir denken, das zerrissner wäre, wie die Deutschen. Handwerker siehst du, aber keine Menschen, Denker, aber keine Menschen, Priester, aber keine Menschen, Herrn und Knechte, Jungen und gesetzte Leute, aber keine Menschen – ist das nicht, wie ein Schlachtfeld, wo Hände und Arme und alle Glieder zerstückelt untereinander liegen, indessen das vergossne Lebensblut im Sande zerrinnt?

Ein jeder treibt das Seine, wirst du sagen, und ich sag es auch. Nur muss er es mit ganzer Seele treiben, muss nicht jede Kraft in sich ersticken, wenn sie nicht gerade sich zu seinem Titel passt, muss nicht mit dieser kargen Angst, buchstäblich heuchlerisch das, was er heißt, nur sein, mit Ernst, mit Liebe muss er das sein, was er ist, so lebt ein Geist in seinem Tun, und ist er in ein Fach gedrückt, wo gar der Geist nicht leben darf, so stoß er's mit Verachtung weg und lerne pflügen! Deine Deutschen aber bleiben gerne beim Notwendigsten, und darum ist bei ihnen auch so viele Stümperarbeit und so wenig Freies, Echterfreuliches. Doch das wäre zu verschmerzen, müssten solche Menschen nur nicht fühllos sein für alles schöne Leben, ruhte nur nicht überall der Fluch der gottverlassnen Unnatur auf solchem Volke. –

Die Tugenden der Alten sei'n nur glänzende Fehler, sagt' einmal, ich weiß nicht, welche böse Zunge; und es sind doch selber ihre Fehler Tugenden, denn da noch lebt' ein kindlicher, ein schöner Geist, und ohne Seele war von allem, was sie taten, nichts getan. Die Tugenden der Deutschen aber sind ein glänzend Übel und nichts weiter; denn Notwerk sind sie nur, aus feiger Angst, mit Sklavenmühe, dem wüsten Herzen abgedrungen, und lassen trostlos jede reine Seele, die von Schönem gern sich nährt, ach! die verwöhnt vom heiligen Zusammenklang in edleren Naturen, den Misslaut nicht erträgt, der schreiend ist in all der toten Ordnung dieser Menschen.

145

Ich sage dir: es ist nichts Heiliges, was nicht entheiligt, nicht zum ärmlichen Behelf herabgewürdigt ist bei diesem Volk, und was selbst unter Wilden göttlichrein sich meist erhält, das treiben diese allberechnenden Barbaren, wie man so ein Handwerk treibt, und können es nicht anders, denn wo einmal ein menschlich Wesen abgerichtet ist, da dient es seinem Zweck, da sucht es seinen Nutzen, es schwärmt nicht mehr, bewahre Gott! es bleibt gesetzt, und wenn es feiert und wenn es liebt und wenn es betet und selber, wenn des Frühlings holdes Fest, wenn die Versöhnungszeit der Welt die Sorgen alle löst, und Unschuld zaubert in ein schuldig Herz, wenn von der Sonne warmem Strahle berauscht, der Sklave seine Ketten froh vergisst und von der gottbeseelten Luft besänftiget, die Menschenfeinde friedlich, wie die Kinder, sind – wenn selbst die Raupe sich beflügelt und die Biene schwärmt, so bleibt der Deutsche doch in seinem Fach und kümmert sich nicht viel ums Wetter!

Aber du wirst richten, heilige Natur! Denn, wenn sie nur bescheiden wären, diese Menschen, zum Gesetze nicht sich machten für die Bessern unter ihnen! wenn sie nur nicht lästerten, was sie nicht sind, und möchten sie doch lästern, wenn sie nur das Göttliche nicht höhnten! –

Oder ist nicht göttlich, was ihr höhnt und seellos nennt? Ist besser, denn euer Geschwätz, die Luft nicht, die ihr trinkt? der Sonne Strahlen, sind sie edler nicht, denn all ihr Klugen? der Erde Quellen und der Morgentau erfrischen euern Hain; könnt ihr auch das? ach! töten könnt ihr, aber nicht lebendig machen, wenn es die Liebe nicht tut, die nicht von euch ist, die ihr nicht erfunden. Ihr sorgt und sinnt, dem Schicksal zu entlaufen und begreift es nicht, wenn eure Kinderkunst nichts hilft; indessen wandelt harmlos droben das Gestirn. Ihr entwürdiget, ihr zerreißt, wo sie euch duldet, die geduldige Natur, doch lebt sie fort, in unendlicher Jugend, und ihren Herbst und ihren Frühling könnt ihr nicht vertreiben, ihren Äther, den verderbt ihr nicht.

O göttlich muss sie sein, weil ihr zerstören dürft, und dennoch sie nicht altert und trotz euch schön das Schöne bleibt! –

Es ist auch herzzerreißend, wenn man eure Dichter, eure Künstler sieht, und alle, die den Genius noch achten, die das Schöne lieben und es pflegen. Die Guten! Sie leben in der Welt, wie Fremdlinge im eigenen Hause, sie sind so recht, wie der Dulder Ulyss, da er in Bettlersgestalt an seiner Türe saß, indes die unverschämten Freier im Saale lärmten und fragten, wer hat uns den Landläufer gebracht?

Voll Lieb und Geist und Hoffnung wachsen seine Musenjünglinge dem deutschen Volk heran; du siehst sie sieben Jahre später, und sie wandeln, wie die Schatten, still und kalt, sind, wie ein Boden, den der Feind mit Salz besäete, dass er nimmer einen Grashalm treibt; und wenn sie sprechen, wehe dem! der sie versteht, der in der stürmenden Titanenkraft, wie in ihren Proteuskünsten den Verzweiflungskampf nur sieht, den ihr gestörter schöner Geist mit den Barbaren kämpft, mit denen er zu tun hat.

Es ist auf Erden alles unvollkommen, ist das alte Lied der Deutschen. Wenn doch einmal diesen Gottverlassnen einer sagte, dass bei ihnen nur so unvollkommen alles ist, weil sie nichts Reines unverdorben, nichts Heiliges unbetastet lassen mit den plumpen Händen, dass bei ihnen nichts gedeiht, weil sie die Wurzel des Gedeihns, die göttliche Natur nicht achten, dass bei ihnen eigentlich das Leben schal und sorgenschwer und übervoll von kalter stummer Zwietracht ist, weil sie den Genius verschmähn, der Kraft und Adel in ein menschlich Tun, und Heiterkeit ins Leiden und Lieb und Brüderschaft den Städten und den Häusern bringt.

Und darum fürchten sie auch den Tod so sehr, und leiden, um des Austernlebens willen, alle Schmach, weil Höhers sie nicht kennen, als ihr Machwerk, das sie sich gestoppelt.

O Bellarmin! wo ein Volk das Schöne liebt, wo es den Genius in seinen Künstlern ehrt, da weht, wie Lebensluft, ein allgemeiner Geist, da öffnet sich der scheue Sinn, der Eigendünkel schmilzt, und fromm und groß sind alle Herzen und Helden gebiert die Begeisterung. Die Heimat aller Menschen ist bei solchem Volk und gerne mag der Fremde sich verweilen. Wo aber so beleidigt wird die göttliche Natur und ihre Künstler, ach! da ist des Lebens beste Lust hinweg, und jeder andre Stern ist besser, denn die Erde. Wüster immer, öder werden da die Menschen, die doch alle schöngeboren sind; der Knechtsinn wächst, mit ihm der grobe Mut, der Rausch wächst mit den Sorgen, und mit der Üppigkeit der Hunger und die Nahrungsangst; zum Fluche wird der Segen jedes Jahrs und alle Götter fliehn.

Und wehe dem Fremdling, der aus Liebe wandert, und zu solchem Volke kömmt, und dreifach wehe dem, der, so wie ich, von großem Schmerz getrieben, ein Bettler meiner Art, zu solchem Volke kömmt! –

Genug! du kennst mich, wirst es gut aufnehmen, Bellarmin! Ich sprach in deinem Namen auch, ich sprach für alle, die in diesem Lande sind und leiden, wie ich dort gelitten.

Hyperion an Bellarmin

Ich wollte nun aus Deutschland wieder fort. Ich suchte unter diesem Volke nichts mehr, ich war genug gekränkt, von unerbittlichen Beleidigungen, wollte nicht, dass meine Seele vollends unter solchen Menschen sich verblute.

Aber der himmlische Frühling hielt mich auf; er war die einzige Freude, die mir übrig war, er war ja meine letzte Liebe, wie konnt ich noch an andre Dinge denken und das Land verlassen, wo auch er war?

Bellarmin! Ich hatt es nie so ganz erfahren, jenes alte feste Schicksalswort, dass eine neue Seligkeit dem Herzen aufgeht, wenn es aushält und die Mitternacht des Grams durchduldet, und dass, wie Nachtigallgesang im Dunkeln, göttlich erst in tiefem Leid das Lebenslied der Welt uns tönt. Denn, wie mit Genien, lebt ich jetzt mit den blühenden Bäumen, und die klaren Bäche, die darunter flossen, säuselten, wie Götterstimmen, mir den Kummer aus dem Busen. Und so geschah mir überall, du Lieber! – wenn ich im Grase ruht, und zartes Leben mich umgrünte, wenn ich hinauf, wo wild die Rose um den Steinpfad wuchs, den warmen Hügel ging, auch wenn ich des Stroms Gestade, die luftigen umschifft' und alle die Inseln, die er zärtlich hegt.

Und wenn ich oft des Morgens, wie die Kranken zum Heilquell, auf den Gipfel des Gebirgs stieg, durch die schlafenden Blumen, aber vom süßen Schlummer gesättiget, neben mir die lieben Vögel aus dem Busche flogen, im Zwielicht taumelnd und begierig nach dem Tag, und die regere Luft nun schon die Gebete der Täler, die Stimmen der Herde und die Töne der Morgenglocken herauftrug, und jetzt das hohe Licht, das göttlichheitre den gewohnten Pfad daherkam, die Erde bezaubernd mit unsterblichem Leben, dass ihr Herz erwarmt' und all ihre Kinder wieder sich fühlten – o wie der Mond, der noch am Himmel blieb, die Lust des Tags zu teilen, so stand ich *Einsamer* dann auch über den Ebnen und weinte Liebestränen zu den Ufern hinab und den glänzenden Gewässern und konnte lange das Auge nicht wenden.

Oder des Abends, wenn ich fern ins Tal hinein geriet, zur Wiege des Quells, wo rings die dunkeln Eichhöhn mich umrauschten, mich, wie einen Heiligsterbenden, in ihren Frieden die Natur begrub, wenn nun die Erd ein Schatten war, und unsichtbares Leben durch die Zweige säuselte, durch die Gipfel, und über den Gipfeln still die Abendwolke stand, ein glänzend Gebirg, wovon herab zu mir des Himmels Strahlen, wie die Wasserbäche flossen, um den durstigen Wanderer zu tränken –

O Sonne, o ihr Lüfte, rief ich dann, bei euch allein noch lebt mein Herz, wie unter Brüdern!

So gab ich mehr und mehr der seligen Natur mich hin und fast zu endlos. Wär ich so gerne doch zum Kinde geworden, um ihr näher zu sein, hätt ich so gern doch weniger gewusst und wäre geworden, wie der reine Lichtstrahl, um ihr näher zu sein! o einen Augenblick in ihrem Frieden, ihrer Schöne mich zu fühlen, wie viel mehr galt es vor mir, als Jahre voll Gedanken, als alle Versuche der allesversuchenden Menschen! Wie Eis, zerschmolz, was ich gelernt, was ich getan im Leben, und alle Entwürfe der Jugend verhallten in mir; und o ihr Lieben, die ihr ferne seid, ihr Toten und ihr Lebenden, wie innig *Eines* waren wir!

Einst saß ich fern im Feld, an einem Brunnen, im Schatten efeugrüner Felsen und überhängender Blütenbüsche. Es war der schönste Mittag, den ich kenne. Süße Lüfte wehten und in morgendlicher Frische glänzte noch das Land und still in seinem heimatlichen Äther lächelte das Licht. Die Menschen waren weggegangen, am häuslichen Tische von der Arbeit zu ruhn; allein war meine Liebe mit dem Frühling, und ein unbegreiflich Sehnen war in mir. Diotima, rief ich, wo bist du, o wo bist du? Und mir war, als hört ich Diotimas Stimme, die Stimme, die mich einst erheitert in den Tagen der Freude –

Bei den Meinen, rief sie, bin ich, bei den Deinen, die der irre Menschengeist misskennt!

Ein sanfter Schrecken ergriff mich und mein Denken entschlummerte in mir.

O liebes Wort aus heilgem Munde, rief ich, da ich wieder erwacht war, liebes Rätsel, fass ich dich?

Und *Einmal* sah ich noch in die kalte Nacht der Menschen zurück und schauert und weinte vor Freuden, dass ich so selig war und Worte sprach ich, wie mir dünkt, aber sie waren, wie des Feuers Rauschen, wenn es auffliegt und die Asche hinter sich lässt –

148

»O du, so dacht ich, mit deinen Göttern, Natur! ich hab ihn ausgeträumt, von Menschendingen den Traum und sage, nur du lebst, und was die Friedenslosen erzwungen, erdacht, es schmilzt, wie Perlen von Wachs, hinweg von deinen Flammen!

Wie lang ists, dass sie dich entbehren? o wie lang ists, dass ihre Menge dich schilt, gemein nennt dich und deine Götter, die Lebendigen, die Seligstillen!

Es fallen die Menschen, wie faule Früchte von dir, o lass sie untergehn, so kehren sie zu deiner Wurzel wieder, und ich, o Baum des Lebens, dass ich wieder grüne mit dir und deine Gipfel umatme mit all deinen knospenden Zweigen! friedlich und innig, denn alle wuchsen wir aus dem goldnen Samkorn herauf!

Ihr Quellen der Erd! ihr Blumen! und ihr Wälder und ihr Adler und du brüderliches Licht! wie alt und neu ist unsere Liebe! – Frei sind wir, gleichen uns nicht ängstlich von außen; wie sollte nicht wechseln die Weise des Lebens? wir lieben den Äther doch all und innigst im Innersten gleichen wir uns.

Auch wir, auch wir sind nicht geschieden, Diotima, und die Tränen um dich verstehen es nicht. Lebendige Töne sind wir, stimmen zusammen in deinem Wohllaut, Natur! wer reißt den? wer mag die Liebenden scheiden? –

O Seele! Seele! Schönheit der Welt! du unzerstörbare! du entzückende! mit deiner ewigen Jugend! du bist; was ist denn der Tod und alles Wehe der Menschen? – Ach! viel der leeren Worte haben die Wunderlichen gemacht. Geschiehet doch alles aus Lust, und endet doch alles mit Frieden.

Wie der Zwist der Liebenden, sind die Dissonanzen der Welt. Versöhnung ist mitten im Streit und alles Getrennte findet sich wieder.

Es scheiden und kehren im Herzen die Adern und einiges, ewiges, glühendes Leben ist *Alles*.«

So dacht ich. Nächstens mehr.

Theoretisches

»Systemprogramm des deutschen Idealismus«

(Gemeinschaftliches Fragment / Entwurf von Hegel, Schelling, Hölderlin, um 1795;
Sitzungsberichte der Heidelberger Akademie der Wissenschaften, Heidelberg 1917)

Eine Ethik. Da die ganze Metaphysik künftig in die Moral fällt (wovon Kant mit seinen beiden praktischen Postulaten nur ein Beispiel gegeben, nichts erschöpft hat), so wird diese Ethik nichts andres als ein vollständiges System aller Ideen, oder, was dasselbe ist, aller praktischen Postulate sein. Die erste Idee ist natürlich die Vorstellung von mir selbst, als einem absolut freien Wesen. Mit dem freien, selbstbewussten Wesen tritt zugleich eine ganze Welt – aus dem Nichts hervor – die einzig wahre und gedenkbare Schöpfung aus Nichts – Hier werde ich auf die Felder der Physik herabsteigen; die Frage ist diese: Wie muss eine Welt für ein moralisches Wesen beschaffen sein? Ich möchte unsrer langsamen an Experimenten mühsam schreitenden Physik einmal wieder Flügel geben.

So – wenn die Philosophie die Ideen, die Erfahrung die Data angibt, können wir endlich die Physik im Großen bekommen, die ich von spätern Zeitaltern erwarte. Es scheint nicht, dass die jetzige Physik einen schöpferischen Geist, wie der unsrige ist, oder sein soll, befriedigen könne.

Von der Natur komme ich aufs Menschenwerk: Die Idee der Menschheit voran – will ich zeigen, dass es keine Idee vom Staat gibt, weil der Staat etwas mechanisches ist, so wenig als es eine Idee von einer Maschine gibt. Nur was Gegenstand der Freiheit ist, heißt Idee. Wir müssen also auch über den Staat hinaus! – Denn jeder Staat muss freie Menschen als mechanisches Räderwerk behandeln; und das soll er nicht; also soll er aufhören. Ihr seht von selbst, dass hier alle die Ideen, vom ewigen Frieden u.s.w. nur untergeordnete Ideen einer höhern Idee sind. Zugleich will ich hier die Prinzipien für eine Geschichte der Menschheit niederlegen, und das ganze elende Menschenwerk von Staat, Verfassung, Regierung, Gesetzgebung – bis auf die Haut entblößen. Endlich kommen die Ideen von einer moralischen Welt, Gottheit, Unsterblichkeit – Umsturz alles Afterglaubens, Verfolgung des Priestertums, das neuerdings Vernunft heuchelt, durch die Vernunft selbst. – Absolute Freiheit aller Geister, die die intellektuelle Welt in sich tragen, und weder Gott noch Unsterblichkeit außer sich suchen dürfen.

Zuletzt die Idee, die alle vereinigt, die Idee der Schönheit, das Wort in höherem platonischem Sinne genommen. Ich bin nun überzeugt, dass der höchste Akt der Vernunft, der, indem sie alle Ideen umfasst, ein ästhetischer Akt ist, und dass Wahrheit und Güte, nur in der Schönheit verschwistert sind. Der Philosoph muss eben so viel ästhetische Kraft besitzen, als der Dichter. Die Menschen ohne ästhetischen Sinn sind unsere Buchstabenphilosophen. Die Philosophie des Geistes ist eine ästhetische Philosophie. Man kann in nichts geistreich sein, selbst über Geschichte kann man nicht räsonieren – ohne ästhetischen Sinn. Hier soll offenbar werden, woran es eigentlich den Menschen fehlt, die keine Ideen verstehen, – und treuherzig genug gestehen, dass ihnen alles dunkel ist, sobald es über Tabellen und Register hinausgeht.

Die Poesie bekömmt dadurch eine höhere Würde, sie wird am Ende wieder, was sie am Anfang war – Lehrerin der Menschheit; denn es gibt keine Philosophie, keine Geschichte mehr, die Dichtkunst allein wird alle übrigen Wissenschaften und Künste überleben.

Zu gleicher Zeit hören wir so oft, der große Haufen müsse eine sinnliche Religion haben. Nicht nur der große Haufen, auch der Philosoph bedarf ihrer. Monotheismus der Vernunft und des Herzens, Polytheismus der Einbildungskraft und der Kunst, dies ist's, was wir bedürfen!

Zuerst werde ich hier von einer Idee sprechen, die, soviel ich weiß, noch in keines Menschen Sinn gekommen ist – wir müssen eine neue Mythologie haben, diese Mythologie aber muss im Dienste der Ideen stehen, sie muss eine Mythologie der Vernunft werden.

Ehe wir die Ideen ästhetisch d. h. mythologisch machen, haben sie für das Volk kein Interesse, und umgekehrt: ehe die Mythologie vernünftig ist, muss sich der Philosoph ihrer schämen. So müssen endlich Aufgeklärte und Unaufgeklärte sich die Hand reichen, die Mythologie muss philosophisch werden, um das Volk vernünftig, und die Philosophie muss mythologisch werden, um die Philosophen sinnlich zu machen. Dann herrscht ewige Einheit unter uns. Nimmer der verachtende Blick, nimmer das blinde Zittern des Volks vor seinen Weisen und Priestern. Dann erst erwartet uns gleiche Ausbildung aller Kräfte, des Einzelnen sowohl als aller Individuen. Keine Kraft wird mehr unterdrückt werden, dann herrscht allgemeine Freiheit und Gleichheit der Geister! – Ein höherer Geist vom Himmel gesandt, muss diese neue Religion unter uns stiften, sie wird das letzte, größte Werk der Menschheit sein.

Über die Partien des Gedichts
(um 1800 / F. Zinkernagel, Leipzig 1914)

Der Ausdruck, das sinnliche gewöhnliche individuelle des Gedichts, bleibt sich immer gleich, und wenn jede der verschiedenen Partien in sich selbst verschieden ist, so ist das erste in jeder Partie gleich dem ersten der andern, das zweite jeder Partie gleich dem zweiten der andern, das dritte jeder Partie gleich dem dritten der andern. Der Stil, das …

Die Bedeutung der Tragödien
(um 1801 / N. v. Hellingrath, Berlin 1922)

Die Bedeutung der Tragödien ist am leichtesten aus dem Paradoxon zu begreifen. Denn alles Ursprüngliche, weil alles Vermögen gerecht und gleich geteilt ist, erscheint zwar nicht in ursprünglicher Stärke, sondern eigentlich in seiner Schwäche, so dass recht eigentlich das Lebenslicht und die Erscheinung der Schwäche jedes

Ganzen angehört. Im Tragischen nun ist das Zeichen an sich selbst unbedeutend, wirkungslos, aber das Ursprüngliche ist gerade heraus. Eigentlich nämlich kann das Ursprüngliche nur in seiner Schwäche erscheinen, insofern aber das Zeichen an sich selbst als unbedeutend = 0 gesetzt wird, kann auch das Ursprüngliche, der verborgene Grund jeder Natur sich darstellen. Stellt die Natur in ihrer schwächsten Gabe sich eigentlich dar, so ist das Zeichen, wenn sie sich in ihrer stärksten Gabe darstellt, = 0.

Pindar-Fragmente

(vor 1805; Das Reich, Stuttgart 1916)

Untreue der Weisheit

O Kind, dem an des pontischen Wilds Haut,
Des felsenliebenden, am meisten das Gemüt
Hängt, allen Städten geselle dich,
Das Gegenwärtige lobend
Gutwillig,
Und anderes denk in anderer Zeit.

Fähigkeit der einsamen Schule für die Welt. Das Unschuldige des reinen Wissens als die Seele der Klugheit. Denn Klugheit ist die Kunst, unter verschiedenen Umständen getreu zu bleiben, das Wissen die Kunst, bei positiven Irrtümern im Verstande sicher zu sein. Ist intensiv der Verstand geübt, so erhält er seine Kraft auch im Zerstreuten; sofern er an der eigenen geschliffenen Schärfe das Fremde leicht erkennt, deswegen nicht leicht irre wird in ungewissen Situationen.
So tritt Jason, ein Zögling des Zentauren, vor den Pelias:

ich glaube, die Lehre
Chirons zu haben. Aus der Grotte nämlich komm ich
Bei Charikli und Philyra, wo des
Zentauren Mädchen mich ernähret,
Die heilgen; zwanzig Jahre aber hab
Ich zugebracht und nicht ein Werk
Noch Wort, ein schmutziges, jenen
Gesagt, und bin gekommen nach Haus,
Die Herrschaft wiederzubringen meines Vaters.

Von der Wahrheit

Anfängerin großer Tugend, Königin Wahrheit,
Dass du nicht stoßest
Mein Denken an raue Lüge.

Furcht vor der Wahrheit, aus Wohlgefallen an ihr. Nämlich das erste lebendige Auffassen derselben im lebendigen Sinne ist, wie alles reine Gefühl, Verwirrungen ausgesetzt; so dass man nicht irret, aus eigener Schuld, noch auch aus einer Störung, sondern des höheren Gegenstandes wegen, für den, verhältnismäßig, der Sinn zu schwach ist.

Von der Ruhe

Das Öffentliche, hat das ein Bürger
In stiller Witterung gefasst,
Soll er erforschen
Großmännlicher Ruhe heiliges Licht,
Und dem Aufruhr von der Brust,
Von Grund aus, wehren, seinen Winden; denn Armut macht er
Und feind ist er Erziehern der Kinder.

Ehe die Gesetze, der großmännlichen Ruhe heiliges Licht, erforschet werden, muss einer, ein Gesetzgeber oder ein Fürst, in *reißenderem* oder *stetigerem* Schicksal eines Vaterlandes und je nachdem die Rezeptivität des Volkes beschaffen ist, den Charakter jenes Schicksals, *das königlichere* oder *gesamtere* in den Verhältnissen der Menschen, zu ungestörter Zeit, *usurpatorischer,* wie bei griechischen Natursöhnen, oder *erfahrener,* wie bei Menschen von Erziehung, auffassen. Dann sind die Gesetze die Mittel, jenes Schicksal in seiner Ungestörtheit festzuhalten. Was für den Fürsten origineller Weise, das gilt, als Nachahmung, für den eigentlicheren Bürger.

Vom Delphin

Den in des wellenlosen Meeres Tiefe von Flöten
Bewegt hat liebenswürdig der Gesang.

Der Gesang der Natur, in der Witterung der Musen, wenn über Blüten die Wolken, wie Flocken, hängen, und über dem Schmelz von goldenen Blumen. Um diese Zeit gibt jedes Wesen seinen Ton an, seine Treue, die Art, wie eines in sich selbst zusammenhängt. Nur der Unterschied der Arten macht dann die Trennung in der Natur, dass also alles mehr Gesang und reine Stimme ist, als Akzent des Bedürfnisses oder auf der anderen Seite Sprache.

Es ist das wellenlose Meer, wo der bewegliche Fisch die Pfeife der Tritonen, das Echo des Wachstums in den weichen Pflanzen des Wassers fühlt.

Das Höchste

Das Gesetz,
Von allen der König, Sterblichen und
Unsterblichen; das führt eben

Darum gewaltig
Das gerechteste Recht mit allerhöchster Hand.

Das Unmittelbare, streng genommen, ist für die Sterblichen unmöglich, wie für die Unsterblichen; der Gott muss verschiedene Welten unterscheiden, seiner Natur gemäß, weil himmlische Güte, ihret selber wegen, heilig sein muss, unvermischet. Der Mensch, als Erkennendes, muss auch verschiedene Welten unterscheiden, weil Erkenntnis nur durch Entgegensetzung möglich ist. Deswegen ist das Unmittelbare, streng genommen, für die Sterblichen unmöglich, wie für die Unsterblichen.

Die strenge Mittelbarkeit ist aber das Gesetz.

Deswegen aber führt es gewaltig das gerechteste Recht mit allerhöchster Hand.

Die Zucht, sofern sie die Gestalt ist, worin der Mensch sich und der Gott begegnet, der Kirche und des Staats Gesetz und anererbte Satzungen (die Heiligkeit des Gottes, und für den Menschen die Möglichkeit einer Erkenntnis, einer Erklärung), diese führen gewaltig das gerechteste Recht mit allerhöchster Hand, sie halten strenger, als die Kunst, die lebendigen Verhältnisse fest, in denen, mit der Zeit, ein Volk sich begegnet hat und begegnet. »König« bedeutet hier den Superlativ, der nur das Zeichen ist für den höchsten Erkenntnisgrund, nicht für die höchste Macht.

Das Alter

Wer recht und heilig
Das Leben zubringt,
Süß ihm das Herz ernährend,
Lang Leben machend,
Begleitet die Hoffnung, die
Am meisten Sterblichen
Die vielgewandte Meinung regieret.

Eines der schönsten Bilder des Lebens, wie schuldlose Sitte das lebendige Herz erhält, woraus die Hoffnung kommet; die der Einfalt dann auch eine Blüte gibt, mit ihren mannigfaltigen Versuchen, und den Sinn gewandt und so lang Leben machet, mit ihrer eilenden Weile.

Das Unendliche

Ob ich des Rechtes Mauer,
Die hohe, oder krummer Täuschung
Ersteig und so mich selbst
Umschreibend, hinaus
Mich lebe, darüber
Hab ich zweideutig ein
Gemüt, genau es zu sagen.

Ein Scherz des Weisen, und das Rätsel sollte fast nicht gelöst werden. Das Schwanken und das Streiten zwischen Recht und Klugheit löst sich nämlich nur in durchgängiger Beziehung. »Ich habe zweideutig ein Gemüt, genau es zu sagen.« Dass ich dann zwischen Recht und Klugheit den Zusammenhang auffinde, der nicht ihnen selber, sondern einem dritten zugeschrieben werden muss, wodurch sie unendlich (genau) zusammenhängen, darum hab ich ein zweideutig Gemüt.

Die Asyle

Zuerst haben
Die wohlratende Themis
Die Himmlischen, auf goldenen Rossen, neben
Des Ozeans Salz,
Die Zeiten, zu der Leiter,
Zur heiligen, geführt des Olympos, zu
Der glänzenden Rückkehr,
Des Retters alte Tochter,
Des Zeus, zu sein,
Sie aber hat
Die goldgehefteten, die gute,
Die glänzendbefruchteten Ruhestätten geboren.

Wie der Mensch sich setzt, ein Sohn der Themis, wenn, aus dem Sinne für Vollkommens, sein Geist, auf Erden und im Himmel, keine Ruhe fand, bis sich im Schicksal begegnend, an den Spuren der alten Zucht, der Gott und der Mensch sich wiedererkennt, und in Erinnerung ursprünglicher Not froh ist *da, wo er sich halten kann.*

Themis, die ordnungsliebende, hat die *Asyle des Menschen,* die stillen Ruhestätten, geboren, denen nichts Fremdes ankann, weil an ihnen das Wirken und das Leben der Natur sich konzentrierte, und ein Ahnendes um sie, wie erinnernd, dasselbige erfähret, das sie vormals erfuhren.

Das Belebende

Die männerbezwingende, nachdem
Gelernet die Zentauren
Die Gewalt
Des honigsüßen Weines, plötzlich trieben
Die weiße Milch mit Händen, den Tisch sie fort, von selbst,
Und aus den silbernen Hörnern trinkend
Betörten sie sich.

Der Begriff von den Zentauren ist wohl der vom Geiste eines Stromes, sofern der Bahn und Grenze macht, mit Gewalt, auf der ursprünglich pfadlosen aufwärtswachsenden Erde.

Sein Bild ist deswegen an Stellen der Natur, wo das Gestade reich *an Felsen und Grotten ist, besonders an Orten, wo ursprünglich der Strom die Kette der Gebirge verlassen und ihre Richtung quer durchreißen musste.*

Zentauren sind deswegen auch ursprünglich Lehrer der Naturwissenschaft, weil sich aus jenem Gesichtspunkte die Natur am besten einsehn lässt.

In solchen Gegenden musst ursprünglich der Strom umirren, eh er sich eine Bahn riss. Dadurch bildeten sich, wie an Teichen, feuchte Wiesen, und Höhlen in der Erde für säugende Tiere, und der Zentaur war indessen wilder Hirte, dem Odyssäischen Cyklops gleich; die Gewässer suchten sehnend ihre Richtung. Je mehr sich aber von seinen beiden Ufern das Trocknere fester bildete und Richtung gewann durch festwurzelnde Bäume, und Gesträuche und den Weinstock, desto mehr musst auch der Strom, der seine Bewegung von der Gestalt des Ufers annahm, Richtung gewinnen, bis er, von seinem Ursprung an gedrängt, an einer Stelle durchbrach, wo die Berge, die ihn einschlossen, am leichtesten zusammenhingen.

So *lernten* die Zentauren *die Gewalt des honigsüßen Weins,* sie nahmen von dem festgebildeten, bäumereichen Ufer Bewegung und Richtung an, und warfen *die weiße Milch und den Tisch mit Händen weg,* die gestaltete Welle verdrängte die Ruhe des Teichs, auch die Lebensart am Ufer veränderte sich, der Überfall des Waldes mit den Stürmen und den sicheren Fürsten des Forsts regte das müßige Leben der Heide auf, das stagnierende Gewässer ward so lange zurückgestoßen, vom jäheren Ufer, *bis es Arme gewann,* und so mit eigener Richtung, von selbst *aus silbernen Hörnern trinkend,* sich Bahn machte, eine Bestimmung annahm.

Die Gesänge des Ossian besonders sind wahrhaftige Zentaurengesänge, mit dem Stromgeist gesungen, und wie vom griechischen Chiron, der den Achill auch das Saitenspiel gelehrt.

Biographischer Abriss Friedrich Hölderlins

Johann Christian Friedrich Hölderlin erblickt das Licht der Welt am 20. März 1770 als Sohn des Klosterhofmeisters Heinrich Friedrich Hölderlin (1736-1772) und dessen Ehefrau, der Pfarrerstochter Johanna Christiana Hölderlin, geb. Heyn (1748-1828), in Lauffen am Neckar im Herzogtum Württemberg. Im Sommer 1772 Tod des Vaters nach einem Schlaganfall. 1774 heiratet seine Mutter Johann Christoph Gok, Weinhändler, später Nürtinger Bürgermeister; die Familie zieht nach Nürtingen. 1776 Nürtinger Lateinschule. Im März 1779 stirbt nach einer Lungenentzündung der Stiefvater. 1784 niedere Klosterschule Denkendorf. 1786 Einzug von Hölderlins Schuljahrgang in die höhere Klosterschule Maulbronn. Liebe zu Luise Nast, der Tochter des Maulbronner Klosterverwalters, mit der er sich 1788 verlobt. Zur gleichen Zeit mit Georg Wilhelm Friedrich Hegel ins Tübinger Stift. Freundschaft mit Christian Ludwig Neuffer (1769-1838; Dichter und Theologe) und Rudolf Magenau (Rudolf Friedrich Heinrich Magenau, 1767-1846; evangelischer Pfarrer, Schriftsteller, Heimatforscher). 1789 Auflösung des Verlöbnisses mit Luise Nast. 1790-1793 Tübinger Hymnen. Aldermann-Bund mit Neuffer und Magenau. Magisterexamen. Bekanntschaft mit Friedrich Wilhelm Joseph Schelling (1775-1854; ein Hauptvertreter des Deutschen Idealismus, spekulative Naturphilosophie), der ins Tübinger Stift eintritt. 1793 Abschlussexamen. Hölderlin besucht Friedrich Schiller in Ludwigsburg und wird auf dessen Empfehlung zum Hofmeister der Familie von Kalb bestellt. Konsistorialexamen und Probepredigt in Stuttgart. 1794 Arbeit am *»Hyperion«*-Roman. Er sendet das *»Fragment«* an Schiller, der es in seiner Zeitschrift *»Neue Thalia«* veröffentlicht. Mit seinem Schüler Fritz von Kalb nach Jena. Bei Schiller begegnet er auch Goethe, und er hört Vorlesungen Fichtes. Mit Charlotte von Kalb und ihrem Sohn zieht er nach Weimar. Nach Beendigung des Arbeitsverhältnisses bei von Kalb kehrt Hölderlin 1795 nach Jena zurück, befreundet sich mit Isaac von Sinclair (1775-1815; Diplomat und Schriftsteller; Interessenvertreter Hessen-Homburgs und seines Landgrafen Friedrich V. von Hessen-Homburg). Dann reist er nach Nürtingen. 1796 Hinwendung Hölderlins, unter dem Einfluss von Friedrich Gottlieb Klopstocks (1724-1803; deutscher Hexameter, Lehre vom Wortfuß, freie Rhythmen) Dichtung, zu antiken Versmaßen und Strophenformen. Hofmeisterstelle bei Gontard in Frankfurt am Main. Liebe zu Susette Gontard (*»Diotima«*), der Herrin des Hauses. Flucht vor den anrückenden Franzosen nach Kassel; im September Rückkehr nach Frankfurt am Main. 1797 erscheint auf Vermittlung Schillers der erste Band des *»Hyperion«* bei Cotta in Tübingen. Seine Elegie *»Der Wanderer«* wird in Schillers Zeitschrift *»Die Horen«* publiziert. 1798 Streit mit Gontard, Hölderlin verliert seine Hofmeisterstelle, wohnt in Homburg. Heimliche Treffen und Briefe bis Mai 1800 mit Susette Gontard. Trauerspiel *»Empedokles«* (erst 1826 in den *»Gedichten«* veröffentlicht). 1799 zweiter Band des *»Hyperion«*. 1800 Übersiedlung nach Stuttgart. Oden und Elegien. 1801 dreimonatige Hofmeisterstelle im Hause Gonzenbach in Hauptwil (Schweiz). Zurück nach Nürtingen. Große Hymnen des Spätwerks (*»Vaterländische Gesänge«*). 1802 Hofmeisterstelle in Bordeaux beim Hamburger Konsul Meyer, die Hölderlin nach kaum vier Monaten aufgibt, er kehrt über Paris nach Deutschland zurück; geistig zerrüttete Ankunft in Nürtingen. Am 22. Juni 1802 stirbt Susette Gontard. 1804 kommt seine Übersetzung *»Trauerspiele des Sophokles«* heraus. *»Nachtgesänge«*, letzter von Hölderlin in Druck gegebener Gedicht-Zyklus im *»Taschenbuch auf das Jahr 1805«*. 1806 Einlieferung in das Autenriethsche Klinikum in Tübingen; 1807 als unheilbar entlassen. Seine Pflege übernimmt der Schreinermeister Ernst Zimmer, in dessen Haus er bis zum Tode das *»Turmzimmer«* bewohnen darf. 1828 stirbt seine Mutter, 1838 Ernst Zimmer, dessen Tochter (Charlotte) Hölderlins Betreuung fortführt. Friedrich Hölderlin stirbt am 7. Juni 1843 in Tübingen.

Joerg K. Sommermeyer, Lahnstein, 17. März 2023

B u c h a n z e i g e

Nova Giulianiad
Saitenblätter für die Gitarre und Laute
Herausgegeben von Joerg Sommermeyer
i. V. m. d. Internationalen Gitarristischen Vereinigung
ISSN: 0254-9565
Orlando Syrg, Freiburg i. Brsg., 1983-1988

Josefa Gerhäuser
Leben will ich
Gedichte und Assoziationen
Herausgegeben von JS (Joerg Sommermeyer)
Orlando Syrg Taschenbuch, OrSyTa 12002, Freiburg i. Brsg. 2002

Joerg Sommermeyer
Anton Unbekannt
Pathoaphysischer Antiroman
Tragigroteskenfragment
Herausgegeben von Georg J. Feurig-Sorgenfrei
Orlando Syrg Taschenbuch, 1. Aufl., OrSyTa 12009, Berlin 2009

Joerg K. Sommermeyer (Hg.)
Balleinrubin: Ball, Einstein, Rubiner
Hugo Ball: Tenderenda der Phantast
Carl Einstein: Bebuquin oder die Dilettanten des Wunders
Ludwig Rubiner: Gedichte, Kritiken, Manifeste
Herausg. u. mit einem Nachwort versehen von Joerg K. Sommermeyer
Orlando Syrg Taschenbuch, 1. Aufl., OrSyTa 12017, Berlin 2017

Franz Treller
Nikunthas, König der Miami
Eine Abenteuererzählung aus Nordamerika
Anhang: **Indianer-Gedanken** von Oskar Panizza
und **Die blaue Schlange** von Fritz von Ostini
Vollst. rev. und neu bearb. von Georg J. Feurig-Sorgenfrei
Hrsg. und mit einem Nachw. vers. von Joerg Sommermeyer
Kollektion Abenteuer- & Reiseerzählungen / KAR 1
Orlando Syrg Taschenbuch, 1. Aufl., OrSyTa 22009, Berlin 2010
2. Aufl., OrSyTa 22017, Berlin 2017

Joerg K. Sommermeyer
Vernimm mein Schreien
Pathoaphysischer Antiroman
Tragigroteskenfragment
Herausgegeben von Georg J. Feurig-Sorgenfrei
Orlando Syrg Taschenbuch, 2. durchgesehene, verbesserte und um einen Anhang
erweiterte Auflage von *Anton unbekannt*, OrSyTa 32017, Berlin 2017
3. Auflage, Neufassung, OrSyTa 112018, Berlin 2018

Joerg K. Sommermeyer
Lieblingsmärchen
[Andersen, 1001 Nacht, von Arnim, Bechstein, Brentano, de la Motte Fouqué,
Brüder Grimm, Hauff, Hebel, Hoffmann, Hofmannsthal, Keller, Mörike,
von Sternberg, Stevenson, JS, Storm]
Ausgewählt, zusammengestellt, durchgesehen und revidiert,
herausgegeben und mit einem Nachwort versehen
von Joerg K. Sommermeyer
Kollektion Abenteuer- & Reiseerzählungen / KAR 2
Orlando Syrg Taschenbuch, 1. Aufl., OrSyTa 42017, Berlin 2017
2. erweiterte Auflage, OrSyTa 22018, Berlin 2018

Joerg K. Sommermeyer (Hg.)
Franz Kafkas Romane
Der Verschollene (Amerika), Der Prozess, Das Schloss
Durchgesehen, revidiert und herausgegeben
von Joerg K. Sommermeyer
Reihe alte Tradition Azurcelesteblueoscuro / RAT ACBO 1
Exemplarische Werke der Weltliteratur
Orlando Syrg Taschenbuch, 1. Aufl., OrSyTa 52017, Berlin 2017

Joerg K. Sommermeyer (Hg.)
Franz Kafkas Erzählungen
Durchgesehen, revidiert und und mit einem Nachwort herausgegeben
von Joerg K. Sommermeyer
Reihe alte Tradition Azurcelesteblueoscuro / RAT ACBO 2
Exemplarische Werke der Weltliteratur
Orlando Syrg Taschenbuch, 1. Aufl., OrSyTa 12018, Berlin 2018

Joerg K. Sommermeyer (Hg.)
Heinrich von Kleists Erzählungen, Anekdoten und Essays
Durchgesehen, revidiert und mit einem biographischen Abriss
herausgegeben von Joerg K. Sommermeyer
Reihe alte Tradition Azurcelesteblueoscuro / RAT ACBO 3
Exemplarische Werke der Weltliteratur
Orlando Syrg Taschenbuch, 1. Aufl., OrSyTa 32018, Berlin 2018

Joerg K. Sommermeyer (Hg.)
Christian Morgensterns Galgenlieder und Palmström
Durchgesehen, revidiert und mit einem biographischen Abriss
herausgegeben von Joerg K. Sommermeyer
Reihe alte Tradition Azurcelesteblueoscuro / RAT ACBO 4
Exemplarische Werke der Weltliteratur
Orlando Syrg Taschenbuch, 1. Aufl., OrSyTa 42018, Berlin 2018

Joerg K. Sommermeyer (Hg.)
Robert Müllers Tropen
Der Mythos der Reise
Urkunden eines deutschen Ingenieurs
Durchgesehen und revidiert, herausgegeben
und mit einem Nachwort versehen
von Joerg K. Sommermeyer
Kollektion Abenteuer- & Reiseerzählungen / KAR 3
Orlando Syrg Taschenbuch, 1. Aufl., OrSyTa 52018, Berlin 2018

Joerg K. Sommermeyer (Hg.)
Taugenichts et cetera
Eichendorff, Chamisso, Büchner
Aus dem Leben eines Taugenichts
Peter Schlemihls wundersame Geschichte
Lenz
Durchgesehen, revidiert und mit einem Nachwort
herausgegeben von Joerg K. Sommermeyer
Reihe alte Tradition Azurcelesteblueoscuro / RAT ACBO 5
Exemplarische Werke der Weltliteratur
Orlando Syrg Taschenbuch, 1. Aufl., OrSyTa 62018, Berlin 2018

Joerg K. Sommermeyer (Hg.)
Künstlerbetrachtungen
Diderot, Wackenroder, Hoffmann
Rameaus Neffe, Joseph Berglinger, Johannes Kreisler, Kater Murr
Durchgesehen, revidiert und mit einem Nachwort
herausgegeben von Joerg K. Sommermeyer
Reihe alte Tradition Azurcelesteblueoscuro / RAT ACBO 6
Exemplarische Werke der Weltliteratur
Orlando Syrg Taschenbuch, 1. Aufl., OrSyTa 72018, Berlin 2018

Joerg K. Sommermeyer (Hg.)
Rainer Maria Rilkes Gedichte
Stunden-Buch, Buch der Bilder, Neue Gedichte, Der neuen Gedichte anderer Teil,
Requiem, Das Marien-Leben, Duineser Elegien, Die Sonette an Orpheus
Durchgesehen, revidiert und mit einem Nachwort
herausgegeben von Joerg K. Sommermeyer
Reihe alte Tradition Azurcelesteblueoscuro / RAT ACBO 7
Exemplarische Werke der Weltliteratur
Orlando Syrg Taschenbuch, 1. Aufl., OrSyTa 92018, Berlin 2018

Joerg K. Sommermeyer (Hg.)
Rainer Maria Rilkes Prosa
Dichtungen in Prosa, Die Weise von Liebe und Tod des Cornets Christoph Rilke,
Die Aufzeichnungen des Malte Laurids Brigge, Erzählungen und Skizzen,
Geschichten vom lieben Gott, Auguste Rodin, Aufsätze und Besprechungen
Durchgesehen, revidiert und mit einem Nachwort
herausgegeben von Joerg K. Sommermeyer
Reihe alte Tradition Azurcelesteblueoscuro / RAT ACBO 8
Exemplarische Werke der Weltliteratur
Orlando Syrg Taschenbuch, 1. Aufl., OrSyTa 102018, Berlin 2018

Joerg K. Sommermeyer (Hg.)
Drei alte Erzählungen
Die Judenbuche (Droste-Hülshoff), Die schwarze Spinne (Gotthelf),
Krambambuli (Ebner-Eschenbach)
Durchgesehen, revidiert und mit einem Nachwort
herausgegeben von Joerg K. Sommermeyer
Reihe alte Tradition Azurcelesteblueoscuro / RAT ACBO 9
Exemplarische Werke der Weltliteratur
Orlando Syrg Taschenbuch, 1. Aufl., OrSyTa 122018, Berlin 2018

Joerg K. Sommermeyer (Hg.)
James Fenimore Coopers The Last of the Mohicans
Der letzte Mohikaner
A Narrative of 1757 / Eine Erzählung aus dem Jahre 1757
Deutsch nach der Übersetzung von J. F. L. Tafel,
revidiert und neu bearbeitet von Georg J. Feurig-Sorgenfrei
Herausgegeben und mit einem Nachwort versehen
von Joerg K. Sommermeyer
Kollektion Abenteuer- & Reiseerzählungen / KAR 4
Orlando Syrg Taschenbuch, 1. Aufl., OrSyTa 132018, Berlin 2018

Joerg K. Sommermeyer (Hg.)
Johann Wolfgang von Goethes
Reineke Fuchs
Durchgesehen, revidiert und mit einem Nachwort
herausgegeben von Joerg K. Sommermeyer
Reihe alte Tradition Azurcelesteblueoscuro / RAT ACBO 10
Exemplarische Werke der Weltliteratur
Orlando Syrg Taschenbuch, 1. Aufl., OrSyTa 142018, Berlin 2018

Joerg K. Sommermeyer (Hg.)
Heinrich Heines Romanzero nebst Lieblingsballaden
von Goethe, Schiller und anderen
Ausgewählt, durchgesehen, revidiert und mit einem Nachwort
herausgegeben von Joerg K. Sommermeyer
Reihe alte Tradition Azurcelesteblueoscuro / RAT ACBO 11
Exemplarische Werke der Weltliteratur
Orlando Syrg Taschenbuch, 1. Aufl., OrSyTa 152018, Berlin 2018

Joerg K. Sommermeyer (Hg.)
Eduard von Keyserlings Prosa
Ausgewählte Werke I
Beate und Mareile, Schwüle Tage, Dumala, Wellen, Abendliche Häuser
Durchgesehen, revidiert und mit einem biographischen Abriss
herausgegeben von Joerg K. Sommermeyer
Reihe alte Tradition Azurcelesteblueoscuro / RAT ACBO 12
Exemplarische Werke der Weltliteratur
Orlando Syrg Taschenbuch, 1. Aufl., OrSyTa 162018, Berlin 2018

Joerg K. Sommermeyer (Hg.)
August Stramms Gedichte
Du. Liebesgedichte; Die Menschheit; Weltwehe;
Tropfblut. Gedichte aus dem Krieg
Durchgesehen, revidiert und mit einem biographischen Abriss
herausgegeben von Joerg K. Sommermeyer
Reihe alte Tradition Azurcelesteblueoscuro / RAT ACBO 13
Exemplarische Werke der Weltliteratur
Orlando Syrg Taschenbuch, 1. Aufl., OrSyTa 172018, Berlin 2018

Joerg K. Sommermeyer (Hg.)
Joseph Conrads Heart of Darkness
Herz der Finsternis
Englisch und Deutsch
Deutsch nach der Übersetzung von Ernst Wolfgang Freißler,
revidiert und neu bearbeitet von Georg J. Feurig-Sorgenfrei
Herausgegeben und mit einem Nachwort versehen von Joerg K. Sommermeyer
Kollektion Abenteuer- & Reiseerzählungen / KAR 5
Orlando Syrg Taschenbuch, 1. Aufl., OrSyTa 182018, Berlin 2018

Joerg K. Sommermeyer (Hg.)
Münchhausen und Lukian
Bürgers Münchhausen und Lukians Bericht
phantastischer Begebenheiten
Durchgesehen, revidiert, neu bearbeitet
(Lukian basierend auf der Übersetzung von August Friedrich Pauly),
herausgegeben und mit einem Nachwort versehen,
von Joerg K. Sommermeyer
Kollektion Abenteuer- & Reiseerzählungen / KAR 6
Orlando Syrg Taschenbuch, 1. Aufl., OrSyTa 192018, Berlin 2018

Joerg K. Sommermeyer (Hg.)
Johann Wolfgang von Goethes Prosa
Ausgewählte Werke I
Die Leiden des jungen Werther, Briefe aus der Schweiz,
Die Wahlverwandtschaften, Novelle
Durchgesehen, revidiert und mit einem Nachwort
herausgegeben von Joerg K. Sommermeyer
Reihe alte Tradition Azurcelesteblueoscuro / RAT ACBO 14
Exemplarische Werke der Weltliteratur
Orlando Syrg Taschenbuch, 1. Aufl., OrSyTa 12019, Berlin 2019

Joerg K. Sommermeyer (Hg.)
Johann Wolfgang von Goethes Prosa
Ausgewählte Werke II
Wilhelm Meisters Lehrjahre
Durchgesehen, revidiert und herausgegeben
von Joerg K. Sommermeyer
Reihe alte Tradition Azurcelesteblueoscuro / RAT ACBO 15
Exemplarische Werke der Weltliteratur
Orlando Syrg Taschenbuch, 1. Aufl., OrSyTa 22019, Berlin 2019

Joerg K. Sommermeyer (Hg.)
Johann Wolfgang von Goethes Prosa
Ausgewählte Werke III
Unterhaltungen deutscher Ausgewanderten,
Wilhelm Meisters Wanderjahre
Durchgesehen, revidiert und herausgegeben
von Joerg K. Sommermeyer
Reihe alte Tradition Azurcelesteblueoscuro / RAT ACBO 16
Exemplarische Werke der Weltliteratur
Orlando Syrg Taschenbuch, 1. Aufl., OrSyTa 32019, Berlin 2019

Joerg K. Sommermeyer (Hg.)
Johann Wolfgang von Goethes Prosa
Ausgewählte Werke IV
Dichtung und Wahrheit,
Belagerung von Mainz
Durchgesehen, revidiert und herausgegeben
von Joerg K. Sommermeyer
Reihe alte Tradition Azurcelesteblueoscuro / RAT ACBO 17
Exemplarische Werke der Weltliteratur
Orlando Syrg Taschenbuch, 1. Aufl., OrSyTa 42019, Berlin 2019

Joerg K. Sommermeyer (Hg.)
August Klingemanns Nachtwachen
von Bonaventura
Durchgesehen, revidiert und herausgegeben
von Joerg K. Sommermeyer
Reihe alte Tradition Azurcelesteblueoscuro / RAT ACBO 18
Orlando Syrg Taschenbuch, 1. Aufl., OrSyTa 52019, Berlin 2019

Joerg K. Sommermeyer (Hg.)
Gustav Sacks Romane
Ein verbummelter Student, Paralyse, Ein Namenloser
Durchgesehen, revidiert und mit einem Nachwort
herausgegeben von Joerg K. Sommermeyer
Reihe alte Tradition Azurcelesteblueoscuro / RAT ACBO 19
Orlando Syrg Taschenbuch, 1. Aufl., OrSyTa 62019, Berlin 2019

Joerg K. Sommermeyer
Vernimm mein Schreien
Pathoaphysischer Antiroman
Tragigroteskenfragment
Herausgegeben von Georg J. Feurig-Sorgenfrei
Jubiläumsausgabe / Hardcover
[3. durchgesehene, verbesserte und um einen Anhang
erweiterte Auflage von *Anton unbekannt*]
OrSyTa 72019, Berlin 2019

Joerg K. Sommermeyer (Hg.)
Friedrich Schillers Prosa
Ausgewählte Werke I
Eine großmütige Handlung, Der Geisterseher,
Der Verbrecher aus verlorener Ehre, Spiel des Schicksals und anderes
Durchgesehen, revidiert und mit einem Nachwort
herausgegeben von Joerg K. Sommermeyer
Reihe alte Tradition Azurcelesteblueoscuro / RAT ACBO 20
Exemplarische Werke der Weltliteratur
Orlando Syrg Taschenbuch, 1. Aufl., OrSyTa 82019, Berlin 2019

Joerg K. Sommermeyer (Hg.)
Johann Karl Wezels Satiren
Kakerlak oder die Geschichte eines Rosenkreuzers,
Satirische Erzählungen
Durchgesehen, revidiert und herausgegeben
von Joerg K. Sommermeyer
Reihe alte Tradition Azurcelesteblueoscuro / RAT ACBO 21
Orlando Syrg Taschenbuch, 1. Aufl., OrSyTa 92019, Berlin 2019

Joerg K. Sommermeyer (Hg.)

Heinrich Heines Versepen, Erzählprosa und Memoiren
Ausgewählte Werke I

Atta Troll, Deutschland. Ein Wintermärchen, Aus den Memoiren des Herren von Schnabelewopski,
Florentinische Nächte, Der Rabbi von Bacherach, Geständnisse, Memoiren

Durchgesehen, revidiert und mit einem Nachwort
herausgegeben von Joerg K. Sommermeyer
Reihe alte Tradition Azurcelesteblueoscuro / RAT ACBO 22
Exemplarische Werke der Weltliteratur
Orlando Syrg Taschenbuch, 1. Aufl., OrSyTa 102019, Berlin 2019

Joerg K. Sommermeyer (Hg.)

Heinrich Heines Reisebilder
Ausgewählte Werke II

Briefe aus Berlin, Über Polen, Reisebilder I-IV

Durchgesehen, revidiert und mit einem biographischen Abriss
herausgegeben von Joerg K. Sommermeyer
Reihe alte Tradition Azurcelesteblueoscuro / RAT ACBO 23
Exemplarische Werke der Weltliteratur
Orlando Syrg Taschenbuch, 1. Aufl., OrSyTa 112019, Berlin 2019

Joerg K. Sommermeyer (Hg.)

Heinrich Heines Gedichte
Ausgewählte Werke III

Buch der Lieder, Neue Gedichte,
Aus den Jahren 1853 und 1854, Sonstiges / Posthum

Durchgesehen, revidiert und mit einem Biographischen Abriss
herausgegeben von Joerg K. Sommermeyer
Reihe alte Tradition Azurcelesteblueoscuro / RAT ACBO 24
Exemplarische Werke der Weltliteratur
Orlando Syrg Taschenbuch, 1. Aufl., OrSyTa 122019, Berlin 2019

Joerg K. Sommermeyer (Hg.)

Heinrich Heines Über Deutschland, Essays und Pamphlete
Ausgewählte Werke IV

Die romantische Schule, Zur Geschichte der Religion und Philosophie in Deutschland,
Elementargeister, Die Götter im Exil, Schwabenspiegel, Ludwig Börne

Durchgesehen, revidiert und mit einem Biographischen Abriss
herausgegeben von Joerg K. Sommermeyer
Reihe alte Tradition Azurcelesteblueoscuro / RAT ACBO 25
Exemplarische Werke der Weltliteratur
Orlando Syrg Taschenbuch, 1. Aufl., OrSyTa 132019, Berlin 2019

Joerg K. Sommermeyer (Hg.)
Heinrich Heines Essays über Frankreich
Ausgewählte Werke V
Französische Maler, Französische Zustände,
Über die Französische Bühne, Lutetia,
Durchgesehen, revidiert und mit einem Biographischen Abriss
herausgegeben von Joerg K. Sommermeyer
Reihe alte Tradition Azurcelesteblueoscuro / RAT ACBO 26
Exemplarische Werke der Weltliteratur
Orlando Syrg Taschenbuch, 1. Aufl., OrSyTa 142019, Berlin 2019

Joerg K. Sommermeyer (Hg.)
Johann Wolfgang von Goethes
West-östlicher Divan, Hermann und Dorothea
Ausgewählte Werke V
Durchgesehen, revidiert und herausgegeben
von Joerg K. Sommermeyer
Reihe alte Tradition Azurcelesteblueoscuro / RAT ACBO 27
Exemplarische Werke der Weltliteratur
Orlando Syrg Taschenbuch, 1. Aufl., OrSyTa 152019, Berlin 2019

Joerg K. Sommermeyer (Hg.)
Gottfried Kellers Prosa
Ausgewählte Werke I
Die Leute von Seldwyla, Sieben Legenden
Durchgesehen, revidiert und mit einem Biographischen Abriss
herausgegeben von Joerg K. Sommermeyer
Reihe alte Tradition Azurcelesteblueoscuro / RAT ACBO 28
Exemplarische Werke der Weltliteratur
Orlando Syrg Taschenbuch, 1. Aufl., OrSyTa 162019, Berlin 2019

Joerg K. Sommermeyer (Hg.)
Gottfried Kellers Prosa
Ausgewählte Werke II
Züricher Novellen, Das Sinngedicht
Durchgesehen, revidiert und mit einem Biographischen Abriss
herausgegeben von Joerg K. Sommermeyer
Reihe alte Tradition Azurcelesteblueoscuro / RAT ACBO 29
Exemplarische Werke der Weltliteratur
Orlando Syrg Taschenbuch, 1. Aufl., OrSyTa 172019, Berlin 2019

Joerg K. Sommermeyer (Hg.)
Gottfried Kellers Prosa
Ausgewählte Werke III
Der grüne Heinrich, Zwölf Gedichte, Autobiographisches
Durchgesehen, revidiert und mit einem Nachwort
herausgegeben von Joerg K. Sommermeyer
Reihe alte Tradition Azurcelesteblueoscuro / RAT ACBO 30
Exemplarische Werke der Weltliteratur
Orlando Syrg Taschenbuch, 1. Aufl., OrSyTa 182019, Berlin 2019

Joerg K. Sommermeyer (Hg.)
Friedrich Schillers Gedichte
Ausgewählte Werke II
Durchgesehen, revidiert und herausgegeben
von Joerg K. Sommermeyer
Reihe alte Tradition Azurcelesteblueoscuro / RAT ACBO 31
Exemplarische Werke der Weltliteratur
Orlando Syrg Taschenbuch, 1. Aufl., OrSyTa 192019, Berlin 2019

Joerg K. Sommermeyer (Hg.)
Johann Wolfgang von Goethes Gedichte
Ausgewählte Werke VI
Durchgesehen, revidiert und herausgegeben
von Joerg K. Sommermeyer
Reihe alte Tradition Azurcelesteblueoscuro / RAT ACBO 32
Exemplarische Werke der Weltliteratur
Orlando Syrg Taschenbuch, 1. Aufl., OrSyTa 202019, Berlin 2019

Joerg K. Sommermeyer (Hg.)
Charles Sealsfields Das Kajütenbuch
oder Nationale Charakteristiken
Die Prärie am Jacinto, Der Kapitän
Durchgesehen, revidiert, herausgegeben
und mit einem Nachwort versehen
von Joerg K. Sommermeyer
Kollektion Abenteuer- & Reiseerzählungen / KAR 7
Orlando Syrg Taschenbuch, 1. Aufl., OrSyTa 212019, Berlin und Lahnstein 2019

Joerg K. Sommermeyer (Hg.)

Paul Heyses Meisternovellen und Autobiographisches

L'Arrabbiata, Andrea Delfin, Die Einsamen, Der letzte Zentaur,
Jugenderinnerungen und Bekenntnisse

Durchgesehen, revidiert, mit Anmerkungen herausgegeben
von Joerg K. Sommermeyer
Reihe alte Tradition Azurcelesteblueoscuro / RAT ACBO 33
Exemplarische Werke der Weltliteratur
Orlando Syrg Taschenbuch, 1. Aufl., OrSyTa 12020, Berlin und Lahnstein 2020

Joerg K. Sommermeyer (Hg.)

Karl Mays Ardistan und Dschinnistan I

Ardistan

Revidiert, herausgegeben und mit einem Nachwort versehen
von Joerg K. Sommermeyer
Kollektion Abenteuer- & Reiseerzählungen / KAR 8
Orlando Syrg Taschenbuch, 1. Aufl., OrSyTa 22020, Berlin und Lahnstein 2020

Joerg K. Sommermeyer (Hg.)

Karl Mays Ardistan und Dschinnistan II

Der Mir von Dschinnistan,
Das Märchen von Sitara, Meine Werke, Merhameh

Revidiert, herausgegeben und mit einem Nachwort versehen
von Joerg K. Sommermeyer
Kollektion Abenteuer- & Reiseerzählungen / KAR 9
Orlando Syrg Taschenbuch, 1. Aufl., OrSyTa 32020, Berlin und Lahnstein 2020

Joerg K. Sommermeyer (Hg.)

Anton Tschechows Ausgewählte Prosa I

Ein Zweikampf, Der Taugenichts, Die Dame mit dem Spitz,
Eine Bagatelle, Der Kuss, Gram, Schatten des Todes
und dreizehn weitere Meistererzählungen

Durchgesehen, revidiert und herausgegeben
von Joerg K. Sommermeyer
Reihe alte Tradition Azurcelesteblueoscuro / RAT ACBO 34
Exemplarische Werke der Weltliteratur
Orlando Syrg Taschenbuch, 1. Aufl., OrSyTa 12021, Berlin und Lahnstein 2021

Joerg K. Sommermeyer (Hg.)

Adalbert Stifters Ausgewählte Prosa I

Waldwanderung, Der sanftmütige Obrist, Margarita, Abdias,
Kalkstein, Bergkristall, Katzensilber

Durchgesehen, revidiert und herausgegeben
von Joerg K. Sommermeyer
Reihe alte Tradition Azurcelesteblueoscuro / RAT ACBO 35
Exemplarische Werke der Weltliteratur
Orlando Syrg Taschenbuch, 1. Aufl., OrSyTa 12023, Berlin und Lahnstein 2023

Joerg K. Sommermeyer (Hg.)

William Shakespeares Sonnets / Sonette

Englisch und Deutsch

Übersetzungen von Gottlob Regis, Stefan George, Karl Kraus

Durchgesehen, revidiert und herausgegeben
von Joerg K. Sommermeyer
Reihe alte Tradition Azurcelesteblueoscuro / RAT ACBO 36
Exemplarische Werke der Weltliteratur
Orlando Syrg Taschenbuch, 1. Aufl., OrSyTa 22023, Berlin und Lahnstein 2023

Joerg K. Sommermeyer (Hg.)

Friedrich Hölderlins Lyrik

Ausgewählte Gedichte

Ausgewählt, durchgesehen, revidiert und mit
einem Biographischen Abriss herausgegeben
von Joerg K. Sommermeyer
Reihe alte Tradition Azurcelesteblueoscuro / RAT ACBO 37
Exemplarische Werke der Weltliteratur
Orlando Syrg Taschenbuch, 1. Aufl., OrSyTa 32023, Berlin und Lahnstein 2023